T0278953

TALLY, LA NIÑA TIGRE

Maquetación y adaptación de cubierta: Endoradisseny

Título original: *Can You See Me?*
© 2019, Libby Scott y Rebecca Westcott, por el texto
© 2019, Aaron Cushley, por el diseño tipográfico
© 2020, Marcelo E. Mazzanti, por la traducción

Ilustración de cubierta reproducida con el permiso de Scholastic Ltd.

ISBN: 978-84-17761-89-9
Código IBIC: YF
DL B 25.714-2019

© de esta edición, 2020 por Antonio Vallardi Editore S.u.r.l., Milán
Primera edición: marzo de 2020
Duomo ediciones es un sello de Antonio Vallardi Editore S.u.r.l.
www.duomoediciones.com

Gruppo Editoriale Mauri Spagnol S.p.A.
www.maurispagnol.it

Impresión: Grafica Veneta S.p.A. di Trebaseleghe (PD)
Impreso en Italia

LIBBY SCOTT   REBECCA WESTCOTT

TALLY,

te hacen

LA

encajar

NIÑA

orgullosa de

TIGRE

destacar

Duomo ediciones

Para mamá. Gracias por comprenderme y ayudarme a que me comprendiese yo misma. Este libro también está dedicado a todas las chicas que sienten que no encajan. ¡Destaca y sé valiente!

—Libby

A Adam, que desde el glorioso primer día me ha animado a mirar arriba, al cielo, en vez de abajo, a los pies.

—Rebecca

CAPÍTULO 1

Mira arriba. Venga, ahora mismo. Alarga el cuello y mira tan alto como puedas y un poco más. Ahí es adonde tendrás que mirar si quieres ver a Tally Olivia Adams. Allá arriba, donde comienza el cielo. Allá arriba, donde la única regla es la ley de la gravedad. Allá arriba, donde el mundo se ve pequeño y no tan importante. Allá arriba, donde las posibilidades son infinitas.

Es una de esas tardes típicas de los últimos días de verano. Mullidas nubes blancas se apresuran por el cielo azul pálido y el aire tiene un punto fresco, nuevo. Un día normal en una calle normal en el jardín trasero de una casa normal que pertenece a una familia totalmente normal. Vuelve a leer esta última frase en voz alta para ti misma. Es curioso cómo, si la pronuncias el suficiente número de veces, la palabra «normal» empieza a parecer de todo menos eso.

Bueno, pues es un día normal. Pero la chica que está sobre el techo de la caseta del jardín no es normal en absoluto. Es una guerrera, feroz y valiente, que estudia el terreno que tiene ante sí. Es una escaladora que ha hecho una pausa para recuperar el aliento después de alcanzar la altísima cumbre del Everest. Es una trapecista, justo antes de dar el primer paso en la cuerda floja y alucinar a la multitud que tiene debajo.

Su pie derecho se eleva en el aire. Tiembla ligeramente mientras contempla la caída. Un mal paso y todo habrá acabado.

—¡Eh! ¡Baja de ahí!

El grito hace que Tally se tambalee y, por una décima de segundo, parece que vaya a caerse. Pero entonces su pie entra en contacto con el techo y baja hasta el dintel. Se sienta con las piernas colgando.

—Casi has hecho que me caiga. —Tally mira acusadoramente a Nell—. ¿Es que quieres que me mate?

Nell se lleva las manos a las caderas.

—Parece que de eso ya te encargas tú sola. ¿Qué estás haciendo? Ya sabes que, desde la última vez, mamá y papá te han prohibido subir ahí.

Tally se encoge de hombros.

—Es el lugar perfecto para mí. Estoy ensayando lo que me enseñaron la semana pasada en la escuela de circo. Y es el único sitio en el que puedo pensar.

—Estás de vacaciones. —Nell da golpecitos en el suelo con un pie, impaciente—. No hay nada que pensar, así que baja.

Tally se pregunta si su hermana siempre ha tenido tan poca imaginación o es algo que sucede de repente al comenzar el instituto. De ser así, siente aún menos ganas de que acabe esta semana y empiece septiembre.

—¿Es cierto que te meten la cabeza en la taza del retrete cuando llegas a séptimo? —le pregunta a Nell—. Porque, si lo es, seré incapaz de beber nada en todo el día por si eso me hace tener que ir al lavabo, lo que significa que estaré muy deshidratada y el cerebro no me funcionará bien y suspenderé todos los exámenes. Y ni siquiera será culpa mía; solo quería estar bien lejos de los lavabos.

Nell suelta un gruñido.

—Se lo hacen a la gente que habla de más y nunca sabe cuándo callarse.

Una cálida brisa barre el jardín y levanta las hojas caídas. La semana pasada no estaban, y su color rojo bermejo contra la alta hierba verde es un recordatorio de que el verano no va a durar para siempre. Sus días en casa están contados.

—¿Qué pasa si me pierdo? —La voz de Tally suena tranquila.

Nell se aparta el pelo de los ojos, que entorna para mirar al techo.

—Entonces el monstruo de dos cabezas que vive en el armario del conserje te encontrará —dice en tono tan amenazador como puede—. Y te va a llevar a rastras adentro y te va a tener secuestrada entre las escobas y los mochos y los cubos. Y tendrás que quedarte en la escuela el resto de tu vida.

Tally ni siquiera parpadea. Los monstruos inventados no le dan miedo. Está segura de que hay cosas mucho más terroríficas en los pasillos del instituto que una bestia de dos cabezas.

—Venga ya, Tally. —Nell se está impacientando—. Baja de ahí. No tengo ningunas ganas de que mamá y papá me suelten otro sermón sobre por qué tengo que vigilarte siempre, como si fueras un bebé o algo así.

—No soy un bebé. Y no te pedí que vinieras. —Tally mira a Nell desde arriba—. Vete y haz como que no me has visto.

—Tienes suerte de que haya sido yo y no ellos. —Nell

frunce el ceño y se imagina la discusión si sus padres hubieran visto a su hija menor subida al techo de la caseta.

Tally niega con la cabeza. No le parece que pueda considerarse suerte que la aburrida, pesada y quejica Nell le esté estropeando su tiempo de pensar.

—Te van a castigar una semana si te ven ahí arriba —la avisa Nell de nuevo—. Si creen que no pueden fiarse de ti, ni siquiera te dejarán salir al jardín.

Tally aparta la vista de su hermana mayor y mira más allá de la verja del jardín, a la calle. Sabe que si se pone en pie podrá ver por entre las casas hasta el parque. Más lejos de lo que puede llegar Nell. Allí arriba no pesa, es libre. Lo opuesto de estar castigada.

—¿Dónde están mamá y papá? —le pregunta a Nell.

Esta mira atrás, hacia la casa, que está casi oculta por el manzano que se encoge por el peso de tanta fruta sin recoger. Este verano el jardín entero se ha convertido en una selva.

—Están en la puerta delantera, hablando con la señora Jessop y su asqueroso perro —le responde a Tally—. No sé cómo puede sacarlo a pasear con esa pinta que tiene. Da vergüenza.

—No es culpa de Rupert tener solo tres patas. —A Tally no le impresiona precisamente la actitud de Nell—.

No seas asquerosa tú. Piensa en cómo te sentirías si te faltara una pierna. No te gustaría que la gente pensara que eres «asquerosa», ¿verdad?

Su hermana mira al infinito.

—Como quieras. Pero tampoco saldría. No obligaría a los demás a ver mis rarezas. Y ahora, baja antes de que vengan y te vean.

Nell espera recibir respuesta, pero Tally no la escucha. Se pone en pie y hace equilibrios en el techo. Se protege los ojos haciendo visera con una mano y mira a lo lejos.

—Parece que en el parque han montado una feria. Hay un montón de gente y de caravanas, y veo un camión que parece llevar detrás una pista de autos de choque.

—¿Qué? —Nell vuelve a mirar a Tally con los ojos entornados—. No puede ser. Faltan meses para la feria. Y, por favor, baja antes de que te caigas y me echen la culpa.

—No voy a caerme. Y estoy viendo la feria.

—¿Estás segura? —Nell se pone de puntillas, tan alto como puede, y mira en dirección al parque, pero no ve nada.

La feria es una de las pocas cosas en las que las dos están de acuerdo que es buena. No importa que Nell tenga catorce años y Tally solo once; cuando llega la feria las dos se emocionan por igual.

Tally se planta aún más firmemente y se inclina hacia delante. Intenta identificar los diferentes tráileres sobre los que se encuentran las atracciones ambulantes.

—Creo que veo la noria. Y hay algo que podría ser parte del tiovivo. Parece uno de los caballitos.

Oye un ruido abajo y, de repente, la cabeza de Nell asoma por encima de la escalera.

—¿Dónde? ¿Estás segura de que van a montarla en nuestro parque? —Su voz es ansiosa y a la vez aprensiva. No sería la primera vez que Tally se equivoca.

—Si no me crees, mira tú misma. —Tally extiende un brazo hacia la distancia.

Se produce un momento de duda, pero entonces Nell trepa los últimos peldaños y sube al techo, donde se encuentra Tally.

—Sigo sin ver nada.

—¡Yo veo la casa encantada! —Mira hacia abajo a Nell, con una amplia sonrisa en su rostro—. ¡En serio!

Para la hermana mayor, aquello es demasiado. Se pone en pie y se coloca junto a Tally en el dintel, alarga una mano y agarra la de su hermana tan fuerte que esta siente cómo la sangre de sus dedos palpita y susurra.

—¡Tienes razón, es la feria!

—Ya te lo he dicho. —A Tally no le importa la poca

confianza que le demuestra Nell: desde el principio estaba segura de tener razón.

La contemplan juntas mientras, en el parque, los operarios abren los camiones y sacan y montan la maquinaria. Casi parece magia cómo esos pedazos de metal tan ordinarios y burdos encajan y crean algo tan brillante.

—Perdona que haya sido tan borde al hablarte de los primeros días de séptimo —murmura Nell—. No tienes de qué preocuparte, Tally. Te ayudaré si lo necesitas, y la verdad es que no da tanto miedo. Te prometo que nadie te va a meter la cabeza en la taza del váter. Todo irá bien. La escuela da menos miedo que la casa encantada, que a ti no te asusta.

Tally no responde. Lo que ha dicho Nell es un comentario muy ignorante, y a veces lo mejor es ignorar los comentarios ignorantes. No se puede comparar la casa encantada con la Academia Kingswood. No tienen nada que ver.

La casa encantada es la preferida de Tally y Nell, y siempre van juntas. A Tally le apasiona la mezcla de música de miedo y extraños efectos de sonido y que, no importa cuántas veces hayan estado, el siniestro y ruidoso esqueleto siempre la haga saltar en su asiento cuando hacia el final se precipita sobre ellas. Pero lo que más le gusta de todo son las reglas escritas en una pancarta a la entrada:

No salir de la vagoneta.
Mantener las manos dentro de la vagoneta.
No comer ni beber en la vagoneta.

A Tally no suelen gustarle las reglas, sobre todo si son otros quienes las ponen. Pero estas son diferentes. Parecen útiles y seguras. Y, a fin de cuentas, la casa encantada es de mentira.

En cambio, la Academia Kingswood es real. Y sabe que, aunque tienen montones de reglas, las que cuentan de verdad no están escritas en ninguna parte.

—Tenemos que convencer a mamá y a papá de que nos dejen ir a la feria —dice Nell mientras aprieta la mano de Tally—. O sea, que no podemos dejar que nos encuentren aquí.

Tally quiere ir tanto como Nell, así que permite que su hermana la empuje suavemente hasta la escalera y de vuelta a tierra firme.

Fecha: Viernes, 29 de agosto

Situación: Vacaciones de verano

Cómo me siento: Relajada pero un poco nerviosa. El verano no puede durar para siempre, ¿verdad?

Nivel de ansiedad: Un tranquilo 3 con asomo de 4 cuando pienso en que voy a empezar séptimo la semana que viene.

Querido diario:

Me llamo Tally. Bueno, en realidad me llamo Natalia, pero mis amigos me llaman Tally y mi familia también. Voy a hablarte de mi familia. Vivo con mi madre, Jennifer; con mi padre, Kevin, y con la pesada de mi hermana mayor, Nell. Siempre cree que tiene la razón, y hasta cuando la tiene yo hago como que no.

Mamá me ha dado este diario para que escriba cómo me siento. Dice que puede ayudarme a entender qué hago (o no hago) en diferentes situaciones, sobre todo cuando estoy ansiosa o tengo miedo (por cierto, eso me pasa mucho).

Una cosa que mejor que sepas de entrada es que soy autista. Tengo autismo.

A veces el autismo me hace ir un poco por detrás de los demás, pero mis padres dicen que es un superpoder. Quiero creérmelo. Pero el resto del mundo aún no sabe qué hacer con nosotros. Al parecer, algunos creen que ser autista es como pertenecer a otra especie. Hay gente que me trata como si yo fuera extraterrestre. Solo quiero que se comporten conmigo como con cualquier otra persona de once años. Aunque reconozco que lo que a veces hace que la gente me trate diferente es que casi siempre llevo una máscara de tigre. Me hace sentir segura y a salvo. Cuando llevo la máscara no tengo que mirar a los ojos (¿por qué la gente está tan obsesionada con eso?) o forzarme a sonreír. Con ella no puedo pillar microbios, y la gente normalmente me deja en paz cuando la llevo. ¡Todo perfecto! Pero a Nell no le gusta mucho. Le da mucha vergüenza cuando la llevo en público. Una vez intentó escondérmela. La máscara es la archienemiga de Nell. Me encanta. *risa malvada*

Hay unas cuantas cosas sobre mi autismo que quiero que sepa la gente. Llamémoslos pros y contras del autismo. Voy a escribirlos en el diario tal como se me ocurren. (Un día voy a enseñárselo al mundo para que vean el autismo desde otra perspectiva).

Datos sobre el autismo de Tally: cuestiones sensoriales

Pros: Tengo mejor memoria, olfato, vista, tacto, oído y a veces gusto que otros (¡como he dicho, el autismo es un superpoder!). Puedo oír una canción y tocarla al instante en mi teclado o mi ukelele, puedo imitar voces (a veces eso me trae problemas), y recuerdo dónde y cuándo compramos cada uno de mis peluches (tengo más de cien). Casi siempre me acuerdo de celebrar los cumpleaños de todos, menos una vez que me olvidé el de Billy (y después me sentí fatal).

Contras: Siento hasta los más pequeños detalles y me molestan muchísimo. Las costuras en los calcetines, una miga en el zapato, las etiquetas de la ropa. Si vamos de vacaciones y la colcha no es exactamente como la de casa, no puedo dormir por los bultos. Mamá dice que soy como la princesa en el cuento de la princesa y el guisante. Tener tan buen oído no siempre es bueno. Me hace imposible no escuchar lo que dicen los demás, hasta cuando estoy arriba en mi habitación. Y cuando se trata de mamá y papá discutiendo sobre mí es aún peor (aunque también más interesante). Pero cuando les cuento lo que he oído me acusan de espiarlos y me duele porque no puedo evitarlo.

CAPÍTULO 2

—Pincha. —Las palabras se deslizan por entre los dientes apretados de Tally—. Quiero quitármelo.

—Si me ayudas, acabaremos enseguida. —Mamá mira arriba desde su posición en el suelo—. Y después podemos comer un trozo de pastel de chocolate como recompensa. ¿Qué te parece?

Tally mantiene los brazos totalmente cruzados delante del pecho. No es tonta, y sabe tan bien como mamá que esto no tiene nada de rápido. El resto de su nuevo uniforme escolar está doblado en la punta de la cama; aún tienen que probar la falda y la sudadera y los zapatos que mamá acabó comprando sin ella porque, como Tally la oyó decirle a papá, no le quedaba energía para, además de todo, lidiar con un desastre en la zapatería.

Tampoco habría supuesto ninguna diferencia que Tally la acompañara y se probase los zapatos. Seguirían haciéndole daño, fuese como fuese. Los únicos zapatos que no hacen que sienta los pies atrapados y le duelan son sus cómodas y viejas zapatillas de deporte, pero, según dice Nell, en el código de vestimenta de la Academia Kingswood no se contempla calzado deportivo sucio y asqueroso. Fue por completo culpa de Nell que una de esas supuestamente asquerosas zapatillas acabara rebotando en su cabeza, y Tally sigue pensando que el hecho de que le hayan quitado el iPad toda la noche fue un castigo injusto y desproporcionado.

—¿Puedes apartar un poco los brazos?

—No puedo. Se han quedado pegados.

Mamá suelta una breve risa.

—Bueno, pues, por suerte para ti, resulta que aquí mismo tengo una poción despegadora mágica. —Le pasa un dedo por el brazo—. Listo. Ya puedes moverlo.

—No puedo. —Tally niega con la cabeza—. No existen las pociones despegadoras mágicas. Sigo teniendo los brazos pegados. No puedo hacer nada.

—Lo estás haciendo muy bien —dice mamá en tono tranquilizador, aunque Tally nota que está haciendo un esfuerzo—. Un par de minutos más y ya está. Solo tengo que abrochar los botones y ver que la talla sea correcta.

Tally siente la rugosa tela contra su piel y se contiene de soltarle un grito a mamá. Le pica y le da demasiado calor. No puede imaginarse ni por un segundo cómo esperan que alguien lleve algo tan inflexible, y tampoco entiende qué necesidad hay de hacerlo. Va a empezar séptimo, no se va a la guerra...

... a menos que haya algo que no le han contado, algo que no sería ninguna sorpresa porque Tally sospecha que hay muchas cosas de las que hablan papá y mamá cuando ella no está para oírlas. Como, por ejemplo, qué van a hacer con ella. Se siente como Tally, el Problema Perpetuo.

Más allá de la ventana de la habitación, el cielo se oscurece. Al contrario que el primer día del verano, el último día de vacaciones no está preñado de posibilidades. No sabe a helado o huele a hierba cortada y sol. Si el primer día de verano es la esperanza, el último es la desazón, y lo sabe. La lluvia golpea contra el cristal y, al mirar por los agujeros de su máscara, Tally ve como su reflejo le devuelve la mirada y las gotas de lluvia por fuera de la ventana imitan las lágrimas que descienden en silencio por sus mejillas.

Se las traga y levanta las manos para bajarse un poco la máscara. No quiere llorar. No ha elegido las lágrimas.

Pero mover los brazos ha sido un error. Mamá entra en acción, le alisa la camisa y mete los botones en sus ojales. La tela ahoga el cuello de Tally durante un horrible momento, y piensa que se ha olvidado de cómo hacer que le entre aire en los pulmones. La silla se viene atrás ruidosamente cuando se suelta de las manos de su madre.

—¡Tally! —Mamá se levanta, con la cara toda roja—. ¡La camisa! —Ella abre los puños y ve que tiene un montón de botones en las palmas de las manos. El resto de la camisa está arrugada y hecha una bola en el suelo, al lado de su propietaria, igualmente arrugada y hecha una bola.

—Te avisé de que iba a pincharme. —Tally tiene la cabeza entre las rodillas. Su voz suena como a través de un filtro—. Te avisé.

Mamá respira hondo y se sienta a su lado. Cerca pero sin tocarla.

—Sé que me lo dijiste. Debería haberte escuchado —dice, sin alzar la voz—. Por hoy ya no tendrás que volver a probarte el uniforme. Hemos acabado. Listos.

—No quiero llevarlo mañana. Es horrible y pincha y si me lo pongo no voy a poder caminar ni prestar atención en clase ni comer nada ni siquiera respirar. —Tally se aprieta aún más contra las rodillas y siente la fresca goma de la máscara contra el rostro.

—Te entiendo. —A veces mamá no tiene soluciones. Tally lo comprende. A veces lo único que mamá puede hacer es entender—. Puedo arreglar los botones —dice ahora, sin levantar la voz.

—Que se mueran los botones.

—Por la mañana todo será más fácil.

No es cierto. Pero a veces, cuando Tally está especialmente cansada, es más fácil simular.

—Siento ser un problema tan grande —susurra, tan bajito que las palabras apenas salen por la boca de la máscara. Pero mamá la oye igualmente.

—Ay, Tally —dice ella—. Siento mucho haber hecho que te sientas así. Eres mi chica gloriosa, fiera, fabulosa, y te quiero hasta el fin del mundo.

Tally mira a mamá. Sus ojos brillan tras la máscara.

—¿No me cambiarías por otra si pudieras?

Mamá sonríe y niega ligeramente con la cabeza.

—Ni se me ocurriría cambiar nada de ti. Eres absolutamente perfecta tal como eres.

La niña se queda inmóvil y examina la cara de su madre. Se asegura de que no muestra ni una sombra de duda; a veces cree que, de ser al revés, ella sí querría cambiarla por otra hija.

—¿Me lo prometes?

—Te lo prometo. —Mamá sonríe—. ¿Quieres que te abrace?

Tally asiente. Mamá se acerca más y le pasa el brazo por los hombros. Se quedan un rato en silencio hasta que el ruido de la puerta de entrada interrumpe la paz.

—Será Nell —dice mamá, que se levanta del suelo y deja los botones sobre la cama—. ¿Vamos a la cocina a comer algo? ¿Chocolate, ya que es el último día de las vacaciones?

A partir de mañana se va a acabar ir al parque con mamá o ver películas con Nell en los días de colegio. Igual el chocolate consigue que se sienta un poquito mejor.

Pero niega con la cabeza, de un lado a otro, y suelta un pequeño rugido.

—Los tigres no comen chocolate. Son carnívoros y casi siempre comen carne. Y cazan lo que comen. Pero no se puede cazar una barrita de chocolate, ¿no? —Hace una pausa. Es evidente que, tras la máscara, está pensando muy seriamente—. A menos que ataras un cordel a la chocolatina y la arrastraras por el jardín y yo podría seguirla sin que me viera y saltar sobre ella cuando menos lo esperase.

Mamá hace un ruidito que suena sospechosamente a «vaya tontería» pero que acaba en un carraspeo.

—Parece que los tigres no son muy fans del chocolate. ¿Y un trozo de antílope? Estoy bastante segura de que a los tigres les gusta.

Tally se levanta y se retira la máscara.

—Me parece que en realidad, en realidad —dice, pisando la camisa del cole—, sí que me apetece mucho un poco de chocolate.

CAPÍTULO 3

Hay gente por todas partes. Aúllan como una manada de hienas. Parece como si cada uno quisiera ser el que grita más. Y se ríen como si todo fuera un chiste.

A lo mejor sí que es un chiste. Pero, si lo es, Tally no lo entiende. No hay nada de divertido en el ruido que le llega como una tromba de agua desde el patio de cemento, en andanadas, y le golpea los oídos hasta que solo quiere salir corriendo. No le importa adónde ir; en cualquier otro lugar estaría mejor. El corazón le late a toda velocidad y le tiemblan las piernas, como siempre que está aterrorizada y quiere huir.

La escuela no tendría que dar miedo, pero Tally sabe que no existe otro lugar más terrorífico.

—Tienes que ir a recepción. —La voz de Nell emerge

por entre el trueno—. Lo primero que tienen los nuevos alumnos de séptimo es una reunión. ¿Sabes cómo llegar hasta allí?

La niña vuelve a fijar la atención en su hermana. Nell apoya su peso ahora en un pie, ahora en el otro, y mira hacia la puerta, por donde entran montones de niños en el patio. Tally se pregunta si los nuevos zapatos para la escuela de Nell le harán tanto daño como a ella le hacen los suyos.

—Sé dónde está recepción y sé dónde está mi grupo porque vine en esos días extra de visita, en vacaciones, con mamá —dice, y Nell le dedica una sonrisa de aprobación—. Pero no había tanta gente.

La sonrisa se convierte en un ceño fruncido.

—¿Conoces a alguien aquí? Si no me doy prisa, no voy a poder quedar con Rosa.

—Mamá te dijo que te aseguraras de que llego bien al colegio. —Tally mira fijamente, con pánico en los ojos, a su hermana mayor—. Te dijo que hoy tenías que cuidarme y tú le dijiste que sí.

Nell suspira.

—Y eso he hecho. Te he dejado que me acompañes.

—Pero todavía no he llegado del todo al colegio, ¿no? —señala Tally. Se ajusta la tira de la mochila e intenta respirar hondo, como se supone que tiene que hacer cuando nota que algo le empieza a dar demasiado miedo—. Aún estoy fuera. Me podría pasar cualquier cosa.

Nell no la escucha. La coge de la mano y señala al otro lado del patio, donde acaba de entrar un grupo de niñas.

—Mira, ahí están Layla y Ayesha y esa otra con la que jugabas, ¿cómo se llamaba?

Tally mira.

—Es Lucy.

Nell sonríe.

—¡Perfecto! Ya tienes tres amigas con las que ir a recepción. Estarás totalmente protegida con ellas. —Y le da un empujoncito—. Nos vemos después, ¿de acuerdo?

No es una pregunta de verdad, porque antes de que Tally pueda contestar que no, que no está ni de lejos de acuerdo, su hermana ha salido corriendo por el patio y se ha esfumado.

Empieza a aletear con las manos, pero las pega al cuerpo antes de que nadie se dé cuenta. Le pasa mucho cuando está muy estresada o emocionada, pero aquí, delante de todos los demás alumnos, no puede hacerlo.

Vuelve a mirar a las tres niñas. Nell tiene razón. Layla es su mejor amiga y tenía muchas ganas de verla. Ha de ser valiente y cruzar el patio. Avanza lentamente, sufriendo por dentro, mientras el ruido aumenta y es cada vez más alto y agudo.

—Hola. —Habla tan bajo que nadie la oye. Carraspea y vuelve a intentarlo—. Hola a todas.

—¡Tally! —Layla se da la vuelta y se le dibuja una gran sonrisa—. ¡Me alegro mucho de verte! ¡Este lugar es inmenso!

—¿Has pasado unas buenas vacaciones? —le pregunta Ayesha—. ¿Has hecho algún viaje?

Tally asiente y nota que el corazón ya no le late tan rápido. Todo va a ir bien. Puede superarlo. Lo tiene todo bajo control. Sabe estar con otra gente. Lleva desde que era muy pequeña observándola y aprendiendo.

—Claro. —Se quita la mochila y la deja en el suelo, a su lado—. Fuimos una semana a la playa y me hice amiga de todos los gatos que venían al jardín donde estábamos. Les di de comer cada día y estaban muy tranquilos. Y cuando volvimos mamá me apuntó a la escuela de circo. —Abre los brazos y sonríe a sus amigas—. ¡Tengo un título de artista de circo! ¿A que mola?

Lucy ríe y niega con la cabeza.

—Tú sí que molas —le dice—. Y no has cambiado nada desde el curso pasado.

Tally se la queda mirando, confusa.

—Pero eso solo fue hace seis semanas. Nadie cambia en seis semanas.

Lucy ladea la cabeza y le dedica una pequeña sonrisa.

—Hay gente que sí, si les pasa alguna cosa muy muy importante.

—¿De qué habláis? —Ayesha suena confusa. Tally se alegra de que lo pregunte, para no tener que hacerlo ella misma—. ¿Qué cosa muy muy importante?

Lucy da un paso adelante y les hace un gesto para que se acerquen.

—Si os lo digo, debéis prometerme que no lo contaréis.

—¡Te lo prometemos! —exclaman a la vez Layla y Ayesha. Tally no dice nada porque aún no sabe cuál es el secreto y no estaría bien hacer una promesa que no sabe si va a poder cumplir.

Lucy mira ligeramente hacia atrás para asegurarse de que no haya nadie escuchando.

—Vale, os lo cuento porque veo que estáis muy desesperadas. Pero no podéis decirle ni una palabra de esto a nadie, ¿vale? —Hace una pausa. Los ojos le brillan de la emoción antes de pronunciar su gran revelación—. ¡Luke me ha estado mandando mensajes todo el verano!

Ayesha y Layla empiezan a soltar risitas y grititos, y Lucy les dedica una gran sonrisa.

—¿Luke? ¿En serio? —exclama Layla, y entonces mira a su alrededor con expresión culpable—. ¡Perdón! ¡Pero es alucinante!

—¡OMG! —chilla Ayesha, tapándose la boca abierta con una mano—. ¡Está colado por ti! ¡Seguro que te pide salir, Lucy!

Tally da un paso atrás y hunde los hombros. No era para tanto. Ni siquiera están hablando de nadie importante. Están hablando de Luke. El mismo Luke que una vez le chutó un balón a la cabeza. El mismo Luke que la llamaba cosas feas cuando entraba en el aula.

«¡Alerta friki!», decía, siempre lo bastante alto como para que lo oyeran todos menos el profesor. Tally quiere creer que Luke habrá crecido un poco, ahora que van a séptimo.

Layla coge a Lucy de la mano y se pone a dar saltitos.

—¿Qué vas a contestarle? ¿Esperará a que estés sola para pedírtelo, o te lo dirá delante de nosotras? ¡Me muero si te lo pide al mediodía en el comedor!

—¡Y yo! —chilla Ayesha. Las dos vuelven la cabeza para mirar a Tally, que se da cuenta de que esperan que diga algo.

—Y yo —repite ella.

Es terrible. Tally esperaba hablar de montones de cosas hoy, pero ese horrible Luke no era una de ellas. No le va a resultar fácil hacer como que le emociona el que le envíe mensajes a Lucy.

—¿No te parece, Tally? —pregunta Layla, sonriente. La conversación ha avanzado y ya no tiene ni idea de qué hablan ahora. El ruido del patio ha aumentado y huele los tubos de escape de la calle. Se siente un poco asqueada. Pero sonríe a sus amigas y asiente con entusiasmo.

—¡Total! —dice.

Debe de ser la respuesta correcta, porque todas ríen y Layla le da un codazo cómplice en el brazo.

—¡Este va a ser el mejor curso de todos, seguro! —afirma Lucy, convencida.

Pero lo único de lo que Tally está segura es de lo mucho que le duelen los pies con los zapatos nuevos, que le aplastan el dedo gordo. Cada vez le molestan más, que es lo contrario de lo que le había dicho mamá, que se irían volviendo más cómodos a medida que los llevara y para cuando llegara al colegio ni los notaría.

Mamá le ha mentido.

Se sienta en el suelo y se quita uno. Suspira aliviada cuando sus dedos quedan en relativa libertad, aunque aún queda la cuestión del horrible calcetín, así que también empieza a sacárselo, enrollándolo hacia abajo.

—¿Qué haces? —murmura Layla.

Tally mira arriba. Las niñas la rodean y apenas puede ver el cielo más allá de las caras que se precipitan sobre ella, las bocas abiertas y los ojos de par en par.

—Vuelve a ponerte el calcetín.

Tally parpadea fuerte e intenta ignorar el nudo que se le forma en el estómago cada vez que le dicen que tiene que hacer algo. Está en el colegio. No tiene que montar uno de sus numeritos.

—No puedo. Ya sabéis que los zapatos nuevos hacen que me duelan los pies. Por eso la señorita Thompson me dejaba ir descalza en clase cuando empezamos sexto.

—Pero ya no estamos en sexto. —Ayesha mira atrás, nerviosa—. Y se van a reír de ti si haces esas cosas.

—¿Qué quiere decir «esas cosas»? —Tally mira fijo a Ayesha—. Me duele un pie. Por eso me lo estoy frotando.

—Me refiero a las cosas que siempre te dejaban hacer en primaria. —La voz de Ayesha suena preocupada—. En la Academia Kingswood no puedes hacerlas. Se van a meter mucho contigo, Tally. La gente de aquí no va a ser amable como nosotras.

Tally abre la boca como si fuera a decir algo, pero entonces la cierra de golpe. Lucy niega con la cabeza.

—Solo te pedimos que no nos hagas quedar mal.

Layla se pone en cuclillas a su lado y le da el zapato.

—Inténtalo, ¿vale? —le susurra—. Todo irá bien.

Tally se sube el calcetín, se pone el zapato y se levanta. Layla es su mejor amiga desde que eran muy pequeñas. Al principio le cayó bien porque el nombre Layla rima con Kayla, que es el nombre más alucinante de todo el universo, pero ahora le cae bien por muchas otras razones. Layla se ríe con las bromas de Tally y la ayuda cuando está confusa y nunca la ha hecho sentirse mal por ser diferente. Es la única que sabe por qué es diferente y nunca se lo ha echado en cara, ni una sola vez.

Layla la entiende.

—¿En qué grupo estaremos? —Lucy ya ha agotado el tema del fallo de Tally con el zapato, lo que resulta un alivio.

—Espero que vayamos las cuatro juntas —dice Layla.

Tally la mira y se pregunta por qué ha dicho eso. Por supuesto que van a estar juntas. Siempre han estado juntas.

—Sería genial. —Lucy dirige una mirada rápida a Tally—. Así podríamos cuidarnos entre nosotras.

—Qué ilusión tener clases de arte de verdad. —Layla coge del brazo a Tally—. Haremos cerámica, jarrones de verdad.

Tally abre la boca, pero Ayesha se le adelanta.

—A mí la cerámica se me va a dar fatal. ¿Os acordáis de eso que hicimos con plastilina en cuarto? ¡Se suponía que era un volcán, pero el profe creyó que era una taza de váter!

Todas ríen. Tally se les une, aunque sabe reconocer un buen chiste y ese no lo ha sido.

—Qué miedo me daba hoy —dice Layla dramáticamente, apretando el brazo de Tally—. No puedo creerme que vayamos a empezar séptimo.

—¿Crees que nos irá bien? —pregunta Lucy mientras contempla el patio—. Algunos de esos tíos son enormes.

Se produce un momento de silencio mientras las chicas se miran entre sí, los ceños fruncidos. A Tally le da un golpe de inspiración. No pensaba mostrar hoy sus nuevos talentos, pero sabe que una distracción puede ser muy efectiva y no le gusta ver preocupadas a sus amigas.

—¿Queréis que os muestre lo que aprendí en el circo? —Se inclina, abre la mochila y mete la mano hasta el fondo—. No puedo enseñaros mi habilidad con el trapecio, pero puedo hacer esto. —Se levanta y les muestra tres frutas—. ¡Preparaos para alucinar con mis fantásticos e increíbles malabarismos!

Y entonces, antes de que nadie pueda decir ni una palabra, lanza al aire una manzana, una ciruela y, por último, un plátano.

—¡Tally! ¡Haces malabarismos de verdad! —grita Layla, y suelta una carcajada.

—¡Es genial! —exclama Lucy, y Tally siente la admiración en su voz.

—¿De verdad has ido a la escuela de circo este verano? —pregunta Ayesha mientras aplaude—. ¡Enséñanos!

—Un verdadero mago nunca revela sus secretos —proclama Tally, y lanza las frutas al cielo. Empieza a cantar un tema circense tan alto como puede y marca el ritmo con el pie mientras sigue con los malabarismos—. *Du du duru du du du duru...*

—Tally, para. —La voz de Lucy de repente suena muy seria, y ya no está contemplando las increíbles habilidades de Tally.

—*Du du duru du du du du du*—sigue cantando Tally como respuesta. No ve que todas han dado un paso atrás.

—Por favor —susurra Ayesha—, deja las frutas.

—¡Aún no habéis visto mi gran final! —Tally sonríe y se esfuerza por ignorar el hecho de que su amiga le esté dando órdenes—. ¡Puedo hacer malabarismos y bailar a la vez! ¡Mirad!

Lanza las frutas tan alto como puede y da un salto

atrás. Va a parar contra un grupo de chicos, que se detienen y se la quedan mirando como si nunca hubieran visto a alguien como ella. Cosa que, la verdad, debe de ser así, ya que sus habilidades con los malabares son de lo más impresionantes.

Las frutas caen al suelo y los chicos se echan a reír. Pero Lucy, Layla y Ayesha ya no lo hacen, aunque hace un momento les encantaba. Ahora están como paralizadas, con los rostros congelados y el ceño fruncido. Tally no sabe si están enfadadas con ella o con los chicos. Justo cuando empieza a erizársele el vello, suena el timbre.

De inmediato, Layla agarra a Tally del brazo mientras Lucy y Ayesha recogen la fruta.

—Vamos —susurra Lucy—. Y mejor que dejes de hacer el payaso, ¿vale? —Le da el plátano y pone una cara exageradamente triste—. Lo siento, ya no está tan apetitoso.

Tally se encoge de hombros. Tampoco pensaba comérselo. No es que haya sido del todo culpa de mamá que se lo haya puesto en la fiambrera; ella olvidó decirle que ya no puede comer plátanos, desde que vio un vídeo en YouTube el fin de semana en el que al abrir uno salía una araña de dentro. Está bastante segura de que nunca en su vida va a volver a comerse un plátano.

Vuelve a sonar el timbre y todo el mundo se dirige hacia la puerta principal. Tally coge su mochila y ajusta las tiras antes de echársela al hombro.

—Me voy a perder sin remedio —dice Layla en cuanto empiezan a caminar—. Aquí hay muchísima gente.

—No tengas miedo —le contesta Tally, y tira la fruta a una papelera. Imposible comérsela ahora que ha estado por el suelo. Por mucho que la lavara no iba a quitarle los asquerosos microbios colegiales, y, desde luego, no va a arriesgarse a ponerse mala, eso podría significar tener que ir al hospital. Y el hospital, tan ruidoso, con aquel exceso de luz y los horribles olores, está a la altura del colegio en cuanto a lugares más terroríficos del mundo—. Todos vamos en el mismo barco.

Eso le ha dicho papá por la mañana. No la hizo sentirse mejor. Más bien la molestó un poco: él sabe muy bien que no hay ningún barco que vaya a empezar séptimo en la Academia Kingswood y que las metáforas y los modismos la irritan. Pero la forma en que lo dijo, la sonrisa en su voz, la hizo pensar que quería animarla. También recuerda lo otro que le ofreció papá y que sí la hizo sentir bien, así que tira de Layla hacia sí y la abraza tan fuerte como puede, porque a Tally eso siempre la hace sentirse segura, pase lo que pase.

—Abrazo de oso —dice con un rugido. Intenta sonar ronco y divertido como su padre.

—¡Tally! —Layla se separa con una pequeña risita.

—Todo va a ir bien —le dice Ayesha, cogiéndola del brazo—. Es normal estar nerviosa.

—No, yo solo quería ayudarla... —empieza a replicar Tally, pero Lucy la interrumpe.

—Vamos a estar a tu lado. Y si alguien se pasa contigo va a tener que vérselas con nosotras, ¿sí?

—¡Sí! —repiten las demás.

—Y si alguien te hace *bullying*, dínoslo y nosotras nos encargaremos —continúa Lucy—. Mi hermano me ha contado las cosas que hace aquí la gente y no voy a permitir que nadie te trate mal, ¿vale?

A Tally se le cierra el estómago. Nell le prometió que estaría bien en la Academia Kingswood. Desde luego, no dijo nada de *bullying* o de que la fueran a tratar mal o de «las cosas que hace aquí la gente». No sabe a qué se refiere esto último, pero no suena bien.

Llegan a los escalones y las chicas la rodean. Por un segundo, se imagina que es una famosa con sus guardaespaldas. Así debe de sentirse Taylor Swift cada vez que sale de casa.

—No te preocupes, ¿vale? —La voz de Ayesha suena

débil y un poco temblorosa mientras suben el primer escalón—. Te sentirás perdida y al principio te va a dar un poco de miedo, pero seguro que todos los profesores serán muy amables.

Lucy tiene una expresión molesta.

—No hay nada que temer. —Empieza a subir un poco más lento.

—Estamos contigo. Nadie puede hacerte daño cuando estamos juntas. —Layla le aprieta más fuerte el brazo al llegar arriba.

De repente Tally se encuentra al frente del grupo, abriendo el camino. Se pregunta cómo pueden ser todas tan valientes; lo único que ella quiere hacer, ahora que le han dicho que pueden pasarle cosas que dan miedo y que es posible que se pierda, es correr en la dirección opuesta.

Hay profesores esperando dentro; les indican a todos que vayan al auditorio. Tally se arrima más a sus amigas cuando todo el mundo se mete en el pasillo a empujones. El ruido es insoportable y aprieta fuerte los puños mientras fija la mirada al frente, esperando que si no ve a la multitud aquello le resulte un poco más fácil.

Pero dentro del auditorio no es más fácil. Está a rebosar de alumnos, todos vestidos con el mismo uniforme negro desconocido que ella misma también lleva, y gritando a pleno pulmón. Tally sigue a Layla y las otras mientras se abren paso a empujones por entre cuerpos y mochilas. Apenas han conseguido encontrar un trocito de suelo libre cuando suena un chirrido que llega desde el fondo de la sala. Es demasiado. Tally se cubre las orejas con las manos, intentando bloquear el horrible sonido, y vuelve la cabeza en dirección a la tarima.

—Sentaos, por favor. —El micrófono vuelve a chirriar y todos gruñen—. ¿Podemos arreglar esto? —El hombre mira a un lado, donde otro profesor se pelea con los controles de sonido—. Muy bien. Me llamo Kennedy. Algunos me reconoceréis, soy el tutor de séptimo. Bienvenidos a vuestro primer día en la Academia Kingswood. Esto es un nuevo principio para todos y, si desde el principio dais lo mejor de vosotros mismos, obtendréis lo mejor de nosotros. Así que trabajad duro, involucraos en la vida de la academia y, sobre todo, responsabilizaos de vuestros actos. —Mira hacia los alumnos de séptimo, ahora mudos—. Tenéis una semana para aprenderos la distribución de la escuela. Espero que todos sepáis adónde vais y entreguéis vuestros trabajos con prontitud. Nada de excusas sobre haberos perdido en el cuarto de material de deporte y tardar una hora en salir, como hizo un imaginativo alumno de séptimo el año pasado.

Alza una ceja y se oyen risas en la sala.

—Ejem. —Kennedy carraspea y la sala vuelve al silencio—. Dentro de un momento, cada tutor va a decir los nombres de sus alumnos. Cuando oigáis el vuestro os dirigiréis hacia él en silencio.

Los profesores, que esperaban en un extremo de la sala, se adelantan. Una maestra empieza a leer nombres.

Lucy es la primera del grupo. Mira con preocupación a las demás y las saluda con un brazo mientras cruza el auditorio, pero no llega ni a la mitad cuando oyen el nombre de Ayesha. Se da la vuelta con una gran sonrisa. Esta ni siquiera mira a Tally y Layla; va a toda prisa hacia Lucy, se dan un abrazo rápido y siguen juntas hasta donde está la tutora esperando con el resto de sus alumnos para irse todos.

—Quizá a nosotras también nos pongan juntas —susurra Layla—. Puede que quieran que todo el mundo vaya con un amigo, ¿no?

Tally se hurga las pieles de las uñas y no contesta. No puede. Tiene la cabeza demasiado ocupada con las palabras del señor Kennedy.

«Tenéis una semana para aprenderos la distribución de la escuela.»

No es muy buena con los lugares nuevos y las direcciones. Imposible memorizar todo el edificio en solo cinco días.

A su lado, Layla de repente coge su mochila.

—Esa soy yo —le dice a Tally—. Cruzo los dedos para que ahora te llamen a ti.

Pero Tally sabe que no lo harán. Ya ha conocido a su nuevo tutor y este sigue contra la pared, muy concentrado hablando con otro profesor. Parecía una persona amable cuando se lo presentaron durante una de sus visitas en vacaciones, aunque eso fue antes de que Tally supiera que ninguna de sus amigas estaría en el mismo grupo que ella.

Ni en sueños hubiera entrado hoy en la academia de saber que iba a quedarse sola.

Observa como Layla camina nerviosa hacia su grupo, la profesora baja el portapapeles con la lista de nombres y se da la vuelta para salir del auditorio. Su amiga la mira con expresión confusa.

Pero en realidad no está ni la mitad de confusa que Tally, sola en aquel lugar, sin nadie que la ayude o que tan siquiera la conozca.

Fecha: Lunes, 1 de septiembre

Situación: Primer día en la Academia Kingswood

Cómo me siento: Asustada y nerviosa y como si se me fuese a tragar la tierra.

Nivel de ansiedad: 9. Diría 10, pero sé por experiencia que aún puede empeorar.

Querido diario:

Hoy ha sido una pesadilla total. Para empezar, era mi primer día en secundaria, que para cualquier niño es su mayor pesadilla pero a mí me resulta aún más horrible: ese enorme auditorio con su eco, demasiados profesores nuevos y aún más chicos nuevos, y los millones de nuevas reglas que aprender, el terror de perderme.

Me quedé como paralizada.

Mi cerebro estaba a reventar de preguntas:

¿Cómo serán los lavabos?

¿Tendrán buenos pasadores?

¿Y qué hay de esos horribles y ruidosos secadores de manos?

¿Y si me equivoco? ¿Por ejemplo, si me pongo a hablar sin darme cuenta y me meten bronca delante de todos?

¿Y si no entiendo bien las instrucciones?

¿Y si un profesor le grita a alguien y yo hago el ridículo tapándome los oídos?

¿Y si no puedo aguantar que me digan lo que hacer y me da miedo y después me da rabia? Eso sería lo peor que podría pasarme en el colegio.

Datos sobre el autismo de Tally: síndrome de evitación extrema de demandas

Resulta que tengo una cosa que se llama *evitación extrema de demandas*. Es un rasgo de mi autismo. A veces lo llaman PDA.

Cuando me lo dijeron la primera vez me imaginé que las letras significaban algo divertido, como Perfectamente Divertida y Alucinante, o Peligrosa, Desesperada y Agobiada, pero en realidad vienen de *Pathological Demand Avoidance*, el nombre en inglés del síndrome. Suena de lo más serio.

Es una gran parte de lo que me pasa en mi autismo. «Evitación extrema de demandas» suena como si las ignorase a propósito, pero en realidad yo no hago nada, así que prefiero llamarlo «ansiedad de demandas». Es lo que hace que no me duche cuando sé que lo necesito. Es lo que me hace gritarle a papá cuando me pregunta cómo me ha ido el día. Cuando alguien me pregunta algo es como si me exigieran una respuesta. El corazón se me dispara y siento como si hubiese perdido todo el control y no puedo responder. La gente cree que no quiero, pero la verdad es que NO PUEDO y me desespera no poder.

Pros: Ninguno. Lo siento, pero la evitación de demandas no es nada positivo del autismo. Es lo que me hace sentir más culpable porque es la parte que estresa a mamá y a papá.

Contras: A veces mi ansiedad de demandas evita que haga cosas que me gusta hacer. Por ejemplo, si mamá me dice que si me visto ya podemos ir a un Starbucks, me lo pierdo. Mamá y papá pueden ayudarme cuidando mucho su tono de voz e intentando no pedirme cosas directamente, pero les resulta muy difícil recordarlo siempre, sobre todo cuando están ocupados o estresados.

Imagínate cómo es el colegio para mí. En un solo día de clases se me piden más cosas que en cualquier otro aspecto de mi vida: estate en silencio, contesta esta pregunta, deja de moverte, haz cola aquí. No puedo hacer lo mismo que en casa. El miedo a que me vean así me hace comportarme como una niña «obediente», pero siempre siento miedo a que me descubran. Imagínate lo que es llevar cada día un nudo de ansiedad y miedo. Y ahora intenta aprender álgebra mientras lidias con todo eso.

CAPÍTULO 4

Es muy posible que el tiempo se haya vuelto más lento. El segundero del reloj parece un holgazán que se lo toma con mucha calma, como si no tuviera ni idea de cuál es su trabajo. Pero Tally sabe que, si espera lo suficiente, al final la aguja llegará a su destino. Tiene que hacerlo. Son las reglas.

Tic.

Tic.

Tic.

Y, justo cuando empieza a pensar que nunca va a llegar el momento, este llega.

—¡Nell, ya es hora! —Tally sale corriendo de la cocina y se queda parada al pie de las escaleras, mirando arriba, hacia el punto en el que se ve la puerta de la habitación de su hermana—. ¡Vamos!

No obtiene respuesta.

—¡Nell! —Sube los escalones de dos en dos. No queda tiempo y el retraso la inquieta—. ¡Vamos!

Su hermana tiene la puerta cerrada, pero a Tally le da igual. El reloj de la cocina sigue sonando; casi puede oírlo desde aquí arriba. No hay tiempo para buenos modales o las reglas de casa o todas esas cosas. Tiene que ir a buscar a Nell y salir las dos.

—¡Eh, no puedes entrar así en mi habitación! ¡Lárgate!

—Es hora de irnos. Date prisa. —Tally mira a su hermana y frunce el ceño—. Ni siquiera te has puesto los zapatos.

Nell niega con la cabeza y vuelve a mirar el libro que tiene en las manos.

—Aún no estoy lista —dice—. Tengo que acabar este capítulo.

—Pero ya han pasado un par de minutos. —Tally intenta mantener la calma con todas sus fuerzas—. Dijiste que nos iríamos dentro de un par de minutos y un par significa dos. Y ya han pasado dos minutos, lo sé porque he estado mirando el reloj.

—Cómo no. —Nell lo dice en voz baja y como si nadie fuera a oírla. Entonces baja el libro y mira a la cara a Tally—. Estaré lista en un rato, ¿vale? Te lo prometo.

—¡Eres una mentirosa y una falsa y tus promesas no significan nada para mí! —grita Tally. Sus mejillas se llenan de un color rojo oscuro—. ¡Dijiste un par de minutos y han pasado un par de minutos y quiero que salgamos ahora!

Aprieta los puños, intentando que no se escape el terror. Ha aguantado el colegio durante una semana entera y lo único que quiere es que Nell cumpla su promesa. Es fin de semana. Ahora es su tiempo. Eso es lo justo.

—¡Solo es una expresión! —Nell se levanta y le devuelve el grito—. No dije que estaría literalmente en la puerta dentro de ciento veinte segundos. Eso es ridículo.

—¡Pero es lo que dijiste! ¡No deberías decir cosas que no vas a cumplir!

Se oyen pisadas y mamá aparece en la puerta, con una gran caja de cartón en los brazos.

—¿Qué pasa? —pregunta, y mira a sus dos hijas. Ve los puños cerrados de Tally y la cara de enfado de Nell y deja la caja en el suelo—. ¿Qué me he perdido, chicas?

—Solo a Tally haciéndose la difícil, como siem... —empieza a contestar Nell, pero la ira de su hermana ahoga las palabras.

—¡Me ha mentido! Dijo que estaría lista para ir a comprar helado en un par de minutos pero no está lista y han pasado dos minutos y han sido dos minutos muy largos pero esperé a que pasara hasta el último segundo. No es justo y es culpa suya. —La frente de mamá se llena de arrugas. Tally no está segura de si eso significa que está de acuerdo o no, así que continúa—: ¡Ya no quiero que sea mi hermana! ¡Es mala y horrible y totalmente encomiable!

Nell suelta un bufido.

—¿Ah, sí? ¿Soy encomiable? Por favor, explícame qué quieres decir exactamente con eso. Seguro que ni lo sabes.

—Nell... —La voz de mamá tiene tono de advertencia, pero nadie le hace caso.

—¡Sí que lo sé! Sí que sé lo que significa encomiable. Quiere decir estúpida y mentirosa, y eso es lo que eres. Una encomiable niña de catorce años.

La señala con ira. Le tiembla el dedo. Nell va a pensar que está enfadada, pero no es así. Tiene miedo y los sentimientos la desbordan. Sabe que no va a tardar en verse superada y está intentando evitarlo con todas sus fuerzas. Si su hermana se enfada con ella, será demasiado.

Pero en vez de verle su cara de frustración, la que le ha estado poniendo cada vez más y más este verano, con los ojos muy pequeños y los labios apretados, hace algo sorprendente.

Se echa a reír.

—¿Se lo dices tú o se lo digo yo? —le pregunta a mamá—. Porque alguien tiene que explicarle que encomiable quiere decir que algo es tan bueno que es para felicitarlo. —Se vuelve hacia su hermana y le hace una reverencia—. Me has llamado una cosa muy bonita, gracias.

Y justo entonces sucede: todos los sentimientos de Tally se desbordan por fin. No puede hacer absolutamente nada al respecto.

—¡Me da igual! —Abre un brazo y hace caer la lámpara de la mesa de Nell—. ¡Me mentiste y ya ha pasado mucho mucho más de dos minutos y te odio, te odio, te odio!

Su hermana empieza a gritar sobre la lámpara y mamá se coloca entre las dos. Le dice algo a Nell, pero Tally no puede oírla. Cierra los ojos, abre la boca y canta su canción. Se la ha inventado ella y nadie más sabe cómo va. Es la única persona autorizada a cantarla y a veces, cuando todo va mal, la canción de Tally puede hacer que las cosas se tranquilicen.

No está segura de cuánto tiempo lleva canturreando, pero, cuando por fin vuelve a abrir los ojos, el mundo ha vuelto a la normalidad. El tictac del reloj ya no suena tan agobiante y la lámpara de Nell vuelve a estar sobre la mesa. Tiene a mamá enfrente, no tan cerca como cuando la toca pero sí lo bastante como para que pueda oler su perfume habitual. Nell está junto a ella.

—Nell me ha dicho que tenías razón —dice mamá con calma—. Te dijo que estaría lista en un par de minutos, y no debería haberlo hecho si no iba a cumplirlo.

—¿Y entonces por qué me ha mentido? —Tally agita sus dedos agarrotados; de repente se siente tan cansada que podría dormir una semana seguida—. La podría haber esperado tres minutos si me lo hubiera pedido.

Mamá suelta un bufido breve pero del que Tally no pierde detalle. Siempre capta los bufidos de mamá y papá, que normalmente la molestan mucho. Pero ahora no tiene energías como para hacer nada. Siempre pasa lo mismo cuando las circunstancias la desbordan, una horrible combinación de cansancio y miedo y culpabilidad, todo mezclado como en una maloliente sopa que le forma un nudo en el estómago y hace que le tiemble la piel.

—Nell no te ha mentido —explica mamá—. Es una forma de hablar. Significa que la persona va a estar lista muy pronto.

Tally frunce el ceño y mira a su hermana.

—¿Y por qué no me lo dijiste desde el principio, cuando se te ocurrió lo de ir a comprar helado?

Nell, a su vez, mira a mamá, que asiente.

—No pensé que iba a molestarte —le dice a Tally—. A veces me olvido de qué cosas podemos decirte y cuáles no.

—¡Puedes decirme cualquier cosa, tonta! —Le dedica una mirada muy fija—. Mientras sea verdad.

Se produce un momento de silencio. Mamá aprieta el brazo de Nell.

—¿Entonces, ya puedes ir a comprar helado?

Ella asiente.

—Puedo acabar los deberes más tarde. —Cruza la habitación y se vuelve al llegar a la puerta—. Vamos, Tally.

Pero esta no se mueve para seguir a su hermana. Solo da una vuelta en círculo sobre la alfombra, su rostro en blanco mientras intenta controlar la sensación de pánico que le ha provocado el que le haya dado una orden.

—Aún no. —Pasea la vista por la habitación—. Puede que yo también tenga deberes.

Nell no es su jefa. No va a decidir ella cuándo va a ir a comprar helado.

Mamá posa una mano en el brazo de Tally.

—Acabas de empezar las clases. No te van a poner deberes hasta la semana que viene.

—Entonces creo que antes voy a ver uno de mis programas. Podemos ir a comprar helado después.

La habitación se queda un momento en silencio. Tally se da la vuelta para irse, pero entonces se detiene. Está cansada y se siente fatal y sabe que mamá y Nell también están tristes. El helado hace que las cosas mejoren y tiene muchas ganas de que hoy todo vaya bien.

—Podemos ir dentro de un minuto —le dice a su hermana, y sale por la puerta—. Y digo un minuto de verdad porque yo no soy una mentirosa.

Su propia habitación está tranquila y silenciosa. La máscara cuelga de una de las patas de la cama y se la pone. Nota la goma fresca contra su piel. Recuerda el día en que mamá se la regaló y lo que sintió al ponérsela y su aspecto cuando miró en el espejo y vio a la Niña Tigre.

Ya está lista para ir a comprar helado.

—No voy a llevarla a la tienda con esa pinta —sisea Nell cuando Tally sale al pasillo—. No puedes obligarme, mamá. No con esa máscara ridícula.

Tally la ignora y baja las escaleras. Sus zapatillas deportivas están en el suelo, al lado de la puerta de entrada. Mete los pies con fuerza para que se le queden ajustadas. Es capaz de atarse los cordones, a pesar de lo que oyó que le decía mamá a papá, pero que pueda no quiere decir que tenga que hacerlo.

—¡Nell! ¡Hora del helado! —grita mientras abre la

puerta. Su hermana baja las escaleras arrastrando los pies, como si estos hubiesen olvidado que la van a llevar a hacerse con algo delicioso. Mamá va detrás; le susurra algo que Tally no oye—. ¡Vamos!

La hermana menor sale y se queda parada en el camino del jardín mientras mamá le da dinero a Nell y esta se pone sus zapatos. Cuando lleva la máscara, Tally es más valiente de lo habitual, y por un momento casi piensa que podría caminar sola hasta la tienda.

Pero entonces recuerda la calle y los ruidosos coches. ¿Y si pasa una moto a todo volumen justo cuando va a bajar el bordillo? ¿O si alguien decide que quiere secuestrarla? Desde el año pasado, cuando vio una cosa en las noticias sobre una niña desaparecida, ha intentado ir con más cuidado aún cuando está fuera de casa: que la alejaran de todo lo seguro sería todavía más horrible de lo que puede imaginarse. Se baja un poco más la máscara de tigre y espera en silencio a Nell.

—¿Qué sabor vas a elegir? —le pregunta en cuanto han salido por la puerta de la verja—. Yo igual cojo chocolate con chips de chocolate porque me gusta el chocolate y está hecho con una semilla y eso es raro, ¿no? ¡Imagínate abrir una lata de judías y que sean todas de chocolate! ¿Crees que Heinz hace latas de judías de chocolate con tomate?

—No. Y lo que creo es que suena asqueroso. —Nell le da un codazo amable—. Ni hablar de que alguien tan quisquillosa como tú fuera a comérselo.

—Igual sí. Pero igual no cojo chocolate con chips de chocolate porque no es el sabor bueno para hoy. Igual lo cojo de fresa. —Llegan al cruce y Nell pulsa el botón del semáforo. Tally observa a través de la máscara y espera hasta que se pueda cruzar—. Aunque la fresa igual tiene trocitos. —Se muerde el labio, de repente insegura. No quiere equivocarse en su elección. El helado es una ocasión especial y todo tiene que ser perfecto.

Un coche pasa a toda velocidad y da un paso atrás en la acera.

—Creo que ya no quiero helado —dice con un hilo de voz.

—Oh, Tally. —De repente Nell la coge de la mano, los dedos entrecruzados pero sin apretar—. Puedes elegir vainilla, como siempre, ¿vale? La vainilla te encanta.

Su hermana tiene razón. Siempre elige vainilla. La vainilla no da sorpresas.

—Y tú, ¿qué sabor vas a coger? —pregunta.

Todo depende de la respuesta que le dé. Tally lo sabe, aunque Nell no. Ahora que ha pensado en ello, no podría soportar que su hermana no escogiera el sabor adecuado, y el problema es que Nell siempre elige chocolate con chips de chocolate. Siempre.

Se produce una pausa y entonces su hermana le aprieta suavemente la mano.

—Quiero vainilla —le dice—. Igual que tú.

Ahora la calle está vacía y se puede cruzar sin problema. No hay peligro en ninguna parte y Nell avanza y aún van cogidas de la mano. Tras su máscara, Tally empieza a preguntarse si tal vez su hermana la entiende.

CAPÍTULO 5

La puerta del taller de teatro se cierra de golpe cuando la señora Jarman entra. Todos dejan de hablar al instante y se levantan de sus sillas, un poco más erguidos de lo habitual. La reputación de la profesora la precede, y nadie quiere empezar el día recibiendo un castigo.

—Muy bien, séptimo curso. —Jarman da una palmada. A Tally la sobresalta oír cómo el ruido rebota por las paredes—. Dejad las mochilas en el suelo y vamos.

Tally se queda quieta un momento y mira lo que hacen los demás. Hay muchas cosas en el suelo, y Jarman no ha dejado claro dónde se supone que hay que poner las mochilas. El resto de la clase las deja contra una pared, así que ella cruza la sala y encuentra un lugar. Espera que el resto de la clase sea un poco más fácil.

La puerta vuelve a abrirse de golpe y ve a dos niñas conocidas. Casi chocan entre ellas al entrar.

—Sentimos llegar tarde —murmura Ayesha, apurada—. Nos hemos perdido.

Tally las saluda con la mano, pero ni Ayesha ni Lucy la ven. Tienen la mirada fija en la señora Jarman, que parece estar meditando su respuesta. Tally contiene el aliento y cruza los dedos; si las castigan va a sentirse fatal.

—Esta es la primera clase de teatro —dice por fin la profesora—, así que os voy a perdonar. Pero a partir de hoy esa excusa ya no va a servir. Si volvéis a llegar tarde, os castigaré y os voy a quitar hasta el último minuto de tiempo libre. ¿Entendido?

Las dos niñas asienten frenéticamente. Tally se alegra de que lo hayan entendido, porque ella no. ¿Cómo va a poder Jarman quedarse con el tiempo de otros? Eso no tiene ningún sentido, a menos que sea una especie de profesora vampiro-demonio chupa-almas. En silencio, se jura a sí misma que nunca jamás va a llegar tarde a la clase de teatro. Hasta ahora, durante toda la semana ha conseguido pegarse a algún grupito de alumnos y seguirlo de un aula a la siguiente, y eso es bueno porque continúa sin saber cómo llegar a los sitios, y la idea de perderse es demasiado horrible como para contemplarla. Apenas comparte unas pocas clases con Layla y las otras. Su esperanza de que estuvieran juntas todo el día se ha esfumado.

—Daos prisa —ruge la profesora—. No tenemos todo el día. A ver si sois capaces de juntaros todos en algo parecido a una forma esférica.

Tally cierra fuerte los ojos, intentando desesperadamente borrar al resto de la clase para poder respirar poco a poco. La señora Jarman lo está haciendo todo muy mal. Es mandona y gritona y dice cosas que ni siquiera tienen sentido. Se supone que esta es una clase de teatro, no de educación física, y aunque fuera de educación física Tally sabe que no puede colocarse de ninguna forma que resulte esférica en lo más mínimo. Nadie puede hacerlo, excepto esos bailarines que mamá la llevó a ver en el Covent Garden. Y también los erizos y los armadillos y los gusanos de la madera. Tally no es nada de eso y no quiere molestar a la señora Jarman, pero le es imposible hacer lo que le piden.

A su alrededor los niños se dan empujones y se pelean y discuten mientras se sientan en el suelo. Ayesha y Lucy están al otro lado de la sala, demasiado lejos como para sentarse con ella. Tally mira y espera a ver si algo le da una idea de qué hacer. Ojalá Layla hiciera esta clase con ella.

—¡Tú! —La profesora de teatro apunta con una larga garra roja hacia Tally. Si fuera un animal, podría ser un temible velocirraptor—. Ve a sentarte en el círculo con todos los demás.

Si mamá o papá o Nell le hablaran en ese tono, se pondría a gritar y se le formaría en el estómago un nudo fuertísimo y les diría que la están haciendo sentir preocupada y ansiosa. Pero ahora no está en casa. Está en el colegio, y cuando está aquí ha de simular que es normal a toda costa, porque en el colegio no está permitido ser de ninguna otra manera.

Tally traga saliva e intenta ignorar el sentimiento que crece y crece detrás de sus ojos. Todo parece desdibujado delante de ella. Tropieza ligeramente mientras avanza y busca un lugar donde pueda esconderse. Se muere por cantar su canción, pero no puede correr el riesgo de que todos la oigan, así que se muerde el labio e intenta mantener la calma.

—Siéntate ahí —le suelta Jarman, señalando un hueco en el círculo.

Tally levanta la vista. Una niña a la que no conoce le sonríe y le hace sitio en el suelo. Tally se agacha y la cabeza se le llena de bruma y le tiemblan las manos. En ese momento, un codo se le hunde en las costillas.

—Alerta friki —susurra una voz al otro lado.

No necesita mirar para saber de quién se trata.

—Muy bien. Ahora que todos habéis conseguido por fin cumplir con vuestra primera tarea de sentaros, vamos a hacer un juego para romper el hielo. —Jarman mira a todo el círculo con sus pequeños ojillos. Tiene la nariz grande y, cuanto más la mira Tally, más parece una amenazadora ave de presa—. El juego se llama El Mejor Sándwich del Mundo —continúa la profesora.

El suelo es duro e incómodo. Tally mira todos los rincones del aula pero no ve ni una sola silla. Eso no es bueno. En primaria siempre la dejaban sentarse en una silla porque a sus piernas no les gusta estar dobladas y es difícil escuchar cuando tus piernas se están quejando.

—Me llamo Jenna, y el mejor sándwich del mundo tiene crema de cacao.

El juego ha comenzado.

—Me llamo Ameet, y el mejor sándwich del mundo tiene crema de cacao y pepinillos.

Las risitas de todos hacen que Tally deje de pensar en sillas y empiece a escuchar.

—Me llamo Ayesha, y el mejor sándwich del mundo tiene crema de cacao, pepinillos y palomitas.

No. Eso no está bien. Esas cosas no combinan. Ayesha debería saberlo.

La siguiente persona empieza a hablar.

—Me llamo Simon, y el mejor sándwich del mundo tiene crema de cacao, pepinillos, palomitas y mayonesa.

A Tally se le empieza a revolver el estómago.

—Me llamo Aleksandra. —La chica sonriente sentada a su lado habla con voz muy fuerte—. Y el mejor sándwich del mundo tiene crema de cacao, pepinillos, palomitas, mayonesa y trocitos de uñas de los pies.

Toda la clase ríe, como si nadie se diera cuenta de que eso está equivocado. Horrible y equivocado, y, aún peor, mentira podrida.

Pero ahora le llega el turno a ella. Espera a que todos se callen y mira a la señora Jarman, que está de pie fuera del círculo, apoyada contra la pared.

—Me llamo Tally Olivia Adams —dice con firmeza—, y el mejor sándwich del mundo no tiene ninguna de esas cosas. El mejor sándwich del mundo es de queso. —Mira al aula ahora en silencio—. Solo queso. No queso y algo más, y desde luego no queso y palomitas o queso y uñas de los pies. —Escupe las últimas palabras como si su sola mención la pusiera enferma—. Lo vi en la televisión y se lo preguntaron a montones y montones de gente y todos dijeron que el mejor sándwich es el de queso.

Se produce una pausa, y entonces la señora Jarman le dedica a Tally una gran sonrisa y se aparta de la pared.

—¡Excelente! —Se dirige al círculo y mira lentamente a cada uno de los alumnos—. Nunca tengáis miedo de decir lo que pensáis en clase de teatro. Las mejores actuaciones se dan cuando estamos preparados para decir exactamente lo que pensamos. —Agita los brazos—. ¡No seáis como todos los demás, séptimo curso! ¡Sed valientes!

—Sí, y tú eres supervaliente —susurra Luke cuando Jarman se da la vuelta—. Vi cómo te temblaba el labio cuando te dijo que te sentaras. Friki.

Pero a Tally no le importa. La señora Jarman ha dicho que ha estado excelente y esa no es una palabra que ella oiga muy a menudo. Mira a su profesora y se pregunta si en vez de un viejo buitre normal y corriente podría ser una magnífica águila real.

—Vale, quiero que todos hagáis grupos y sigáis las instrucciones que hay en los sobres que voy a repartiros —dice Jarman.

—Vaya rollo —se queja Luke.

—¿Qué has dicho? —salta la profesora, sorprendiéndolo. Él abre la boca pero no le sale ningún sonido. Tally se pregunta si se habrá olvidado de cómo hablar. Cruza los dedos para desearle suerte.

—Muy bien. —La voz de Jarman suena dulce y amable, aunque eso no coincide con la mirada de acero que le dirige a Luke, lo que resulta un poco confuso—. Si cualquiera de vosotros tiene alguna sugerencia sobre cómo puedo mejorar mis clases, por favor, sentíos libres de compartir vuestras ideas conmigo. Podéis escribirlas en una nota adhesiva y dejarla en mi buzón de sugerencias.

Señala al otro lado de la sala y la clase estalla en una risita nerviosa. Tally mira, pero solo ve la papelera.

—Bueno, ¿listos para avanzar? —La profesora vuelve a dar una palmada, aún más fuerte que la anterior—. Bien. Ahora haced grupos de cuatro y empezad a comportaros como alumnos de séptimo, no como niñitos de primaria.

—¡Aleksandra! ¡Haz grupo conmigo!

—Ya tenemos a Ameet, así que solo necesitamos una persona más. Ayesha, tráete a Tally.

La sala está llena de ruido. Alguien la coge del brazo y la arrastra hasta una esquina, donde Lucy ya ha abierto el sobre y lee las reglas de la tarea.

Pero en realidad Tally no está allí, sino que está haciendo una lista en su cabeza de todas las sugerencias que puede hacerle a la señora Jarman para mejorar las clases de teatro. Y es que les ha pedido ideas y ella está cien por cien contenta de ayudar.

La primera idea es tan sencilla que podría decírsela a la señora Jarman ahora mismo, pero no va a hacerlo porque les ha dejado las reglas muy claras: escribirla en una nota adhesiva y dejarla en el buzón de sugerencias. Y eso es exactamente lo que piensa hacer, en cuanto haya averiguado dónde está.

Fecha: Lunes, 8 de septiembre

Situación: Clase de teatro

Nivel de ansiedad: Empezó con un 8 cuando la señora Jarman se puso a gritar y a dar órdenes, pero acabó en 5, que no está mal. Sobre todo porque 8 normalmente significa que va a acabar dándome un ataque.

Querido diario:

Hola, soy Tally de nuevo. Hoy estaba muy aburrida en el colegio hasta que recordé que tenía que hacerle un buzón de «cómo ser mejor profesora» a la señora Jarman, así que le pedí a mamá que me diera una caja y la pinté con lápices y pintura y purpurina. Cuando acabé, yo misma estaba tan manchada de colores que parecía un pavo real. Pero valió la pena. Le va a encantar, es mucho más bonita que la papelera que nos señaló. Y ahora que lo pienso, ¿por qué señaló hacia la papelera? La gente es muy rara. Creí que la clase de teatro me iba a dar mucho miedo, pero ahora creo que todo va a ir bien. Y, ya que he sobrevivido hoy, tengo que asegurarme de hacer todo lo necesario para evitar que me dé un ataque en el cole.

Datos sobre el autismo de Tally: los ataques

¿Qué son?

Los ataques son totalmente diferentes a estar de mal humor y totalmente diferentes a la evitación de demandas. Los ataques me vienen cuando he ido tan lejos que ya no puedo volver y se me apaga el cerebro. Son horribles y tengo que evitarlos siempre que pueda.

¿No son solo una pataleta?

Hay gente que cree que los ataques se pueden controlar, que soy como un niño que tiene una pataleta, pero a mí no me gusta la palabra pataleta porque parece que lo haga a propósito. Creo que se debería llamar crisis de estrés. ¿Quién querría tener una? No elijo comportarme así, sucede cuando estoy al límite y no me ha ayudado nadie y no puedo aguantarme más.

Hay gente que dice que se sienten como si no fuesen ellos mismos cuando les da un ataque. Yo normalmente sí que me doy cuenta de lo que pasa y de que no debería hacerlo, pero me es imposible controlarlo, y eso da miedo. No poder controlar lo que haces y a la vez saber que es malo da mucho miedo.

¿Cómo me siento después?

Después de un ataque me siento sola, culpable y como si todo el mundo estuviera en mi contra. Y aunque por fuera parezca que estoy tranquila, sigue siendo como si hubiera una guerra en mi cabeza. Después me prometo que la próxima vez no voy a decir cosas que no pienso y que me voy a tragar la rabia. Pero en el momento es como si tuviera un angelito en un hombro y un demonio en el otro y el demonio siempre gana.

¿Qué me ayuda en esos casos?

Lo que necesito en esos casos es que alguien, normalmente mi mamá, venga y calme la situación, pero ella no siempre está cuando pasa, y eso es duro. Casi siempre voy a mi habitación e intento concentrarme en alguna de mis actividades favoritas, como tocar el ukelele o intentar refrescar mi mente.

No sé exactamente para quién son estos datos. Puede que le dé esto a Nell porque le resulta difícil comprenderme. O, quién sabe, igual algún día publican mis diarios y me hago famosa por ayudar a la gente a entender mejor el autismo de lo que parecen entenderlo ahora. Así que si estás leyendo esto y no eres yo, por favor pásalo para que todos puedan aprender. Y para que Taylor Swift se entere de que existo.

CAPÍTULO 6

Por fin ha parado la lluvia y todo parece limpio y fresco y nuevo, como si le hubieran dado una mano de pintura al mundo. Desde el techo de la caseta del jardín, el tigre contempla su territorio. La feria sigue allí, pero no será por mucho tiempo. Hoy es la última noche y mamá les ha prometido que las dejará ir, pero solo si no pasa absolutamente nada malo en todo el día.

El tigre alza el hocico y respira hondo. No va a pasar nada malo. Es imposible en un día tan perfecto como este.

—¡Tally! Voy a salir dentro de dos minutos, y si no estás en la puerta me iré sin ti.

La voz de Nell flota en la brisa, como una hoja de otoño que cae de un árbol. Pero no, eso no es correcto. Tally está aprendiendo sobre los símiles en clase de lengua y este no funciona para nada. Tiene que volver a intentarlo. La voz de Nell es un rugido furioso como una tormenta.

Tally sonríe bajo la máscara. Mucho mejor. Al menos los símiles no intentan ser lo que no son, que es lo que hacen las metáforas.

—¡Te lo digo en serio! —Nell da una patada en el suelo para remarcar sus palabras—. Y mamá dice que, si quieres ir a la feria esta noche, mejor que no me hagas llegar tarde a la academia.

—¡Me parece perfecto! —En el techo, el tigre se yergue en toda su intimidante estatura—. ¡Porque no quiero ir a la academia y no quiero ir a la feria con alguien tan horrible como tú, Nell-malvada-Adams!

Abajo, su hermana se encoge de hombros.

—Tú te lo pierdes. Yo voy a ir, y todo el mundo dice que es preciosa. Se ve que la casa encantada está mejor que nunca.

El viento lleva a Tally el olor de la feria, la invita a visitarla. El dulce olor del algodón de azúcar y el humo de la furgoneta de perritos calientes. Son aromas misteriosos y fuertes y peligrosos. Desea ir allí más que a ningún otro lugar del mundo.

—¡Estoy lista para el colegio! —exclama mientras baja de la caseta y sigue a su hermana por el jardín—. Pero no voy a ir porque tú lo hayas dicho, ¿vale? Voy porque yo quiero y eso es muy diferente.

—Sí, mucho —Nell le sigue la corriente, irónica, y abre la puerta trasera de la verja—. Y podrías pensar en quitarte esa cabeza de tigre antes de irnos... si tú quieres, claro.

Tally se detiene y repasa las palabras en su mente, comprobando que Nell no esté tomando decisiones por ella.

—Me la quitaré dentro de un minuto —dice, no del todo convencida, mientras se saca las botas de goma—. Después de lavarme los dientes.

—¿¡Ni siquiera te has lavado los dientes aún!? —aúlla mamá, que entra en la cocina y mira frenéticamente por la sala como si hubiera perdido algo importante—. Tienes exactamente dos minutos para limpiarte y lavarte, jovencita, o esta noche ni hablar de ir a la feria.

Tras la máscara, los ojos de Tally se hacen muy muy pequeños mientras intenta mantener la calma. Ya había decidido lavarse los dientes; mamá no tenía por qué haberle gritado así.

—Te odio —susurra en voz tan baja como puede, porque no quiere que mamá la oiga. Esas palabras ponen triste a su madre y Tally no quiere hacerle eso. Pero, una vez que una idea se le cruza por la cabeza, tiene que expresarla en voz alta, sino se enquistaría y crecería en su interior hasta convertirse en algo mucho peor que palabras.

—Haz lo que quieras, Tally. —Nell está a su lado—. Tú eliges. Pero yo me voy dentro de un minuto.

—Quiero ir a la feria.

A través de los agujeros de la cabeza de tigre, Tally ve como su hermana levanta las cejas.

—Entonces elige eso. Pero date prisa, ¿vale?

Tally corre a la puerta de la cocina mientras se quita la máscara. Ha elegido lavarse los dientes y ha decidido llegar a tiempo al colegio y no provocar que Nell llegue tarde porque de verdad de verdad que no quiere perderse la salida de esta noche.

—Gracias, Nell —dice mamá cuando Tally sale—. Has sabido tratarla mejor que yo.

Tally se lleva la mano a la boca e intenta contener el llanto. No lo entienden. Creen que ella es difícil. Intentan comprenderla, ya se da cuenta, pero ¿cómo van a saber lo que es no poder evitar decir que no cuando en realidad quiere decir que sí? No tienen ni idea de lo triste que la pone eso.

Le lleva unos cuarenta y tres segundos pasarse el cepillo por los dientes y echarse un poco de agua en el rostro. Eso le deja diecisiete segundos para correr a su habitación, coger la mochila y volver a bajar corriendo hasta la puerta de entrada, donde la espera Nell.

—He llegado a tiempo —dice entre jadeos, mientras coge sus zapatos del cole—. Detén el reloj.

Nell le mira el pelo con expresión crítica.

—¿De verdad que quieres ir a la academia con esa pinta?

Tally se pone un zapato y se mira a sí misma. Tiene el uniforme bien puesto y la corbata anudada. No se ha olvidado de ponerse la camisa, como sucedió la semana pasada, aunque el cuello sigue apretándole.

—Sí. ¿Qué otra pinta voy a tener?

Mamá entra en la sala antes de que Nell pueda responder. Lleva dos fiambreras.

—Aquí tenéis, chicas. ¡Que tengáis un gran día las dos!

Tally se yergue y coge rápidamente su fiambrera, abre la tapa y mira dentro, recelosa. Ayer se equivocaron y tuvo que quedarse con la asquerosa ensalada de atún de Nell en vez de su familiar sándwich de queso. Cuando volvió a casa estaba muerta de hambre y muy muy molesta.

—Hasta luego —dice su hermana mientras abre la puerta—. Y no te olvides de la feria esta noche.

Mamá sonríe y le da a Tally un abrazo rápido.

—No lo olvidaré. Y vosotras no olvidéis que hoy tiene que ser un buen día, ¿vale?

Tally asiente. Se ha asegurado de llevar un sándwich de queso en la fiambrera y no hay rastro de alimentos prohibidos como el yogur (demasiado asqueroso a menos que se coma recién sacado de la nevera, cuando está frío del todo) o uvas pasas (que saben asquerosas y se pegan entre los dientes). Sí, está claro que hoy va a ser un buen día.

Fuera, la acera está resbaladiza por la lluvia. Caminan juntas hasta que cruzan la calle, y entonces Nell saca su móvil y empieza a teclear frenéticamente. Tally se queda atrás, saltando los charcos y preguntándose si la gente de la feria secará los asientos de las atracciones; a nadie le gusta sentarse en una silla mojada.

Su hermana se mete por fin el teléfono en el bolsillo y se vuelve a mirarla.

—¡Venga! —le mete prisa—. Tengo que decirle una cosa a Rosa antes de empezar. Date prisa.

—¡Mira esto! —Tally señala el asfalto y se queda inmóvil—. ¡Nell, mira!

Su hermana bufa y resopla. Normalmente Tally le diría que suena como el Lobo Feroz cuando derriba la casa de los cerditos. Pero ahora está demasiado concentrada en lo que tiene delante.

—¡Puaj, es asqueroso! —Nell ha vuelto atrás con ella y se tapa la nariz mientras mira al suelo—. Vámonos.

—No es asqueroso, es un ser vivo. —Tally dice con tono tranquilo mientras se agacha y mira el gusano. Es el más grande que ha visto nunca y está ahí en mitad de la acera, donde cualquiera puede pisarlo—. Tienes que moverte, bicho.

El animal no la escucha. O quizá es que no le gusta hacer lo que le mandan. Tally lo entiende y no quiere que el gusano se sienta mal, pero es que a veces no hay alternativa, al menos si se quiere estar a salvo. Mamá y papá tienen una lista de cosas que no les puede discutir, y no importa si ella grita y llora: sigue teniendo que hacerlas, como ponerse el cinturón de seguridad en el coche porque si no podría morirse, o no pegar a nadie aunque esté muy enfadada porque pegar a otro es ilegal, o no salir de casa en mitad de la noche, ni siquiera al jardín trasero para tumbarse sobre el techo de la caseta y mirar las estrellas.

—Quedarte en la acera no es discutible, gusanito —le susurra Tally, acercándose para que pueda oírla—. Tienes que moverte.

—Tally, vamos a llegar tarde a la academia —dice Nell, muy seria—. Levántate y empieza a caminar o llamo a mamá.

—Por favor, arrástrate hasta el otro lado —le ruega Tally—. Si te quedas aquí van a aplastarte, y los gusanos aplastados no son gusanos felices.

—Las hermanas aplastadas no son hermanas felices —murmura Nell—. Y así acabarás tú si no empiezas a caminar ya.

No hay absolutamente nada peor que el que alguien te toque cuando tú no quieres, Tally lo sabe. Pero ahora mismo solo tiene una opción, y eso significa que no puede elegir. Alarga el dedo y coge el gusano con tanta suavidad y delicadeza como puede. Se levanta, va hacia la hierba a un lado de la acera y lo deja en el lugar más seguro que encuentra.

—Ya está —le dice—. Aquí no habrá ningún pie o coche que te aplaste.

—Por fin... —empieza a decir Nell, pero su hermana se coloca delante de ella.

—¡Venga! —le dice Tally, volviendo la cabeza—. ¡Si no te das prisa vamos a llegar tarde!

CAPÍTULO 7

Ven multitudes incluso antes de llegar al parque. Hordas de gente que se dan empujones para pasar por la entrada de la feria. Tally se queda atrás y se agarra fuerte a la mano de papá.

—He cambiado de idea —dice, con los dedos agarrotados—. Quiero volver a casa.

Papá deja de caminar y se inclina hacia ella.

—Vale —le dice—. Pero es una lástima, porque tenía muchas ganas de subirme a las tazas giratorias, y ya sabes que mamá y Nell no quieren acompañarme. Odian las atracciones rápidas. Tú eres la única a quien puedo pedírselo. —Ella duda. Es cierto: mamá y Nell odian subirse a cualquier atracción más rápida que el carrusel—. No pasa nada, cariño. —Agita un brazo al aire para llamar la atención de mamá—. Si no te apetece, tú y yo nos volvemos a casa. Ya volveremos la próxima vez que venga la feria.

La próxima vez. Eso significa esperar, y Tally sabe lo difícil que resulta.

—Igual podemos entrar un ratito —dice lentamente—. Para que puedas mirar un poco.

Papá le dedica una sonrisa.

—¡Eso sería fantástico!

—¿Va todo bien? —Mamá y Nell han dado la vuelta y van hacia ellos—. ¿Tenemos que volver a casa?

Papá niega con la cabeza.

—Todo va bien. Vamos a entrar unos minutos en la feria y después volveremos a casa.

—¿Qué? —Nell aparta la vista de la multitud y mira fijamente a papá—. ¿Quieres decir que ni siquiera podremos subirnos a ninguna atracción? ¡Es superinjusto!

Papá se acerca a Nell y le susurra algo. Normalmente, esta muestra de mala educación enfadaría mucho a Tally, pero ahora están pasando demasiadas cosas como para preocuparse de qué es lo que dice papá, y da igual porque ya vuelven a avanzar y la entrada está justo delante y antes de que le dé tiempo a pensárselo mejor ya están dentro del parque y de la feria.

Tally se detiene un momento y un niño choca con ella por la espalda.

—¡Muévete! —grita alguien más, y ella recibe un empujón y sin querer se suelta de la mano de papá.

Hay ruido por todas partes. Tally da una vuelta sobre sí misma y busca con la mirada a papá o a mamá o a Nell, pero no ve más que luces parpadeantes que iluminan los rostros de los desconocidos que la rodean. Abre la boca para pedir socorro, pero una mano en su hombro hace que las palabras se le queden atascadas en la garganta. Ya sabía que venir era un error. Hay demasiada gente y ahora van a secuestrarla y papá lamentará mucho mucho haberla forzado a ir a la feria y odiará la feria durante el resto de su vida porque siempre le recordará el día en que perdió a su hija y fue el peor papá del mundo entero.

—¿Subimos la colina? —La mano sobre su hombro la aprieta un poco más—. Ahí se está más tranquilo y creo que podremos ver toda la feria.

Tally se da la vuelta y se queda mirando a papá.

—¡Te has soltado! Creí que me habían secuestrado o algo y todos me miraban y se reían de mí y ha sido horrible. ¿Es que no te importo nada?

Papá le dedica una pequeña sonrisa y la coge de la mano.

—Te soltaste hace unos cinco segundos y no te he perdido de vista en ningún momento.

Tally niega con la cabeza y frunce el ceño, pero papá ya está siguiendo a mamá y a Nell mientras suben la colina. Si no quiere verse abandonada de nuevo, no le queda más remedio que dejarse llevar.

Pero no tiene por qué pasárselo bien. No tiene por qué estar contenta. Nadie puede obligarla a divertirse, y si quiere volver a casa tendrán que llevarla, porque esa es una de las reglas importantes y todos saben lo que pasaría si la obligaran a quedarse.

—¡Mirad eso! —Nell suena emocionada, pero Tally no levanta la vista del suelo. No. No va a mirar, sea lo que sea. No cuando nadie de su autoproclamada familia la quiere ni lo más mínimo como para preocuparse por su desaparición y casi secuestro.

—¡Ay, da miedo! —exclama mamá. Desde luego. Hay un montón de cosas que dan muchísimo miedo en esta feria y Tally no se explica cómo puede habérseles ocurrido llevarla allí—. ¿Tú te subirías ahí, Nell?

La chica ríe y Tally pega una patada en el suelo. Se pregunta de qué estarán hablando.

—¿Estás de broma? ¡Yo no me subo ahí ni en sueños! ¡Mira las vueltas que da!

—Y cómo sube y baja. —Papá se muestra de acuerdo—. Tienen que gustarte mucho las alturas y la velocidad para subirte ahí.

Aprieta un poco la mano de Tally, pero tan brevemente que ella cree que se lo ha imaginado.

—Yo, desde luego, no me voy a subir —dice mamá con firmeza—. Se me revuelve el estómago con solo mirarla.

Tally sabe exactamente lo que están haciendo, pero ya no puede contenerse. Levanta la cabeza para ver de qué hablan todos, y justo delante de ella se topa con una atracción que no había visto nunca. Está iluminada contra el cielo nocturno y es lo más bonito que ha visto en su vida.

—¿Nos acercamos un poco más y echamos un vistazo? —propone papá. Tally asiente.

—Pero esta vez no me sueltes la mano, ¿eh?

Bajan la pequeña colina y vuelven a meterse por entre la multitud. Tally se arrima mucho a papá y los dos siguen a mamá y Nell, abriéndose camino hasta la increíble atracción.

—¿Puedo ir a los autos de choque? —pregunta Nell, y se detiene.

—No. —Tally tira de la mano de papá—. Vamos allí.

—Eso no lo decides tú —le suelta su hermana, y se vuelve hacia mamá—. Por favor. Veo a Rosa y a las otras. Puedo quedarme con ellas mientras lleváis a Tally.

Mamá frunce el ceño y levanta las cejas en dirección a papá, como si le hiciera una pregunta.

—Supongo —dice por fin, no muy segura—. Si prometes no salir del parque y quedamos dentro de... no sé, ¿cuánto tiempo le damos?

Papá mira a Nell.

—¿Cuánto tiempo necesitas?

Nell le dedica una sonrisa.

—¿Unas dos horas?

Papá ríe y niega con la cabeza.

—Eso es demasiado. ¡Me quedaré sin dinero si te dejo suelta durante dos horas enteras!

—¿Y si quedamos junto al carrusel dentro de una hora y ni un minuto más? —propone mamá—. ¿Tienes tu móvil y tu semanada?

Nell asiente.

—¡Gracias! ¡Sois los mejores!

Sale corriendo. La ven como abraza a su mejor amiga. El aire nocturno les lleva sus chillidos adolescentes.

—Pues se ve que somos los mejores —le dice papá a mamá—. Alucina. Le voy a recordar esas palabras cuando vuelva a quejarse de que nunca la dejamos hacer nada.

Mamá ríe.

—Se merece un descanso con sus amigas.

Un descanso. Tally sabe lo que eso significa: un rato sin ella. Saberlo le hace sentir ganas de llorar.

Papá suelta la mano de Tally y pasa un brazo por la cintura de mamá.

—Bueno, ¿vamos a ver esa atracción? —dice—. Tenemos que matar una hora.

Mamá y papá se ponen a andar y Tally le dedica una última mirada a Nell, que habla y ríe y ni siquiera se le ocurre que la ha abandonado a ella.

—Parece que este año no iremos juntos a la casa encantada —murmura, la vista fija en su hermana—. Supongo que «mataré el rato» mientras te diviertes con tus amigas.

—¡Venga, Tally! —la llama papá—. Quiero ver lo adrenalínica que es esta atracción. Igual hasta soy lo bastante valiente como para probarla.

Tally los sigue e intenta ignorar todo lo que la rodea. El ruido. La multitud. La frialdad que se le mete en los huesos y casi la hace llorar.

Y entonces pasan dos cosas que hacen que todo lo demás pierda importancia de inmediato. La atracción aparece de repente, enorme, delante de ella, y oye a alguien que la llama.

—¡Tally! ¡Has venido! ¡Genial! ¿Vamos juntas?

La cara feliz y brillante de Layla surge de entre la oscuridad, y tras ella se encuentran Ayesha y Lucy, que tragan algodón de azúcar tan rápido como pueden. Saludan a Tally y sonríen.

—Se llama Sky Dancer —grita Lucy, señalando la atracción—. Mi hermano ya se ha subido y dice que da mucho miedo pero es genial.

El nombre es perfecto.

—Si queremos subirnos tendremos que hacer cola —dice Ayesha.

Tally mira. Hay bastante gente en la cola, cada vez más. El Sky Dancer es claramente la atracción más popular de la feria.

—¿Quieres subirte con tus amigas? —le pregunta papá. Por un momento Tally ha olvidado que él y mamá están allí—. Si quieres, por mí de acuerdo.

Tally sonríe, pero entonces se acuerda de una cosa y se pone muy seria. Que Nell se haya olvidado de ella no significa que ella vaya a olvidarse de papá. Le tira del brazo y lo hace ir a un rincón donde nadie pueda oírlos.

—Querías subirte a la atracción más rápida —le dice—. Está claro que es el Sky Dancer.

Papá niega con la cabeza.

—Eso creía —contesta—, pero resulta que lo que de verdad me gustaría es mirar a mi valiente e indómita hija divertirse con sus amigas.

—Nell está en los autos de choque —le recuerda Tally—. Puedes ir a mirarla si quieres. Tú eliges.

A papá le tiembla la boca, como si estuviera conteniendo la risa. Se inclina y coge con las dos manos la cara de Tally, que es lo que hace cuando quiere decirle que la quiere mucho.

—Me refería a ti. Mi Niña Tigre.

—Ah. —Tally piensa un momento—. Pero me dan miedo muchas cosas, no deberías llamarme valiente.

Papá la suelta y saca un poco de dinero del bolsillo.

—Vale, pues te llamaré osada. Porque eso es lo que eres, Tally. Sientes miedo pero sigues adelante, y eso me hace estar muy orgulloso de ser tu padre. —Le entrega el dinero y da un paso atrás—. Mamá y yo te miraremos. Estaremos aquí.

Tally asiente y se va hacia donde está Layla, haciendo cola con las demás. Entonces se detiene y se vuelve hacia papá.

—La verdad es que esta atracción no me da miedo —dice—. He pensado que debía decírtelo por si creías que estoy siendo valiente. Me gustan las atracciones que dan miedo, así que no creas que soy osada ni nada porque en realidad no lo soy.

Papá sonríe y le dedica un saludo de estilo militar que la hace reír. A veces se pone a decir tonterías y ella no entiende de qué habla, pero no parece importarle que se suba a la atracción con Layla en vez de con él, cosa que la pone increíblemente contenta: lo último que querría es hacer que se sienta triste.

La cola es larga, pero nadie se inmuta. Quizá porque están hablando de ese Luke, que ha enviado un mensaje a Lucy para decirle que estará en la feria.

—¡Es tan romántico...! —exclama Ayesha cuando Lucy les cuenta que Luke le ha prometido que va a ganar un osito de peluche para ella en la caseta de tiro.

—¿A que sí? —contesta Layla, casi sin aliento—. No puedo creerme que aún no te haya pedido que salgas con él. Quizá lo haga esta noche.

—¡Es TAN romántico...! —se muestra de acuerdo Tally, sonriendo ampliamente y haciendo como que la persona que tiene detrás en la cola no acaba de darle un codazo—. Quizá te compre bombones y flores. Eso es romántico.

Ayesha se echa a reír.

—¡Parece que sabes mucho de eso, Tally! ¿Quién te ha estado regalando bombones y flores?

Tally frunce el ceño.

—Nadie.

—Venga ya —insiste Lucy con una risita—. Que somos nosotras. Puedes decirnos quién te gusta.

—No me gusta nadie. —El ruido de la feria parece haber aumentado de repente—. Cállate, Lucy. No tendrías que ir contando mentiras, ¿vale?

—Vale, cálmate. —Lucy levanta los brazos al aire—. Caray, solo era una broma. ¡Las hay que no tienen sentido del humor!

—Bueno, el caso es que igual hoy aparece Luke con un ramo de rosas rojas —dice Ayesha, y Tally se alegra de que dejen de decir mentiras sobre ella—. A lo mejor las ha comprado en la tienda que hay más abajo. ¡Sería tan bonito...!

Layla empieza a soltar risitas.

—¡Luke, pidiéndote una cita delante de todas! ¿Te lo imaginas?

Las mejillas de Lucy enrojecen ligeramente. Mira a su alrededor y niega con la cabeza.

—¡Chissst, chicas, que alguien podría oíros!

Tally no cree que nadie esté escuchando ni una palabra de lo que dicen, con todos los gritos que llegan del Sky Dancer.

—Creo que pondrá una rodilla en el suelo y te pedirá que te cases con él —dice—. ¡Aquí mismo, en mitad de la feria!

Obviamente no piensa eso de verdad, pero se está quedando sin nada que aportar a la conversación y, desde luego, no quiere que las chicas empiecen a decir cosas horribles sobre quiénes le gustan a ella; eso no está bien. Tiene que hacer que sigan concentradas en Lucy y en ese horrible Luke, y la única forma de conseguirlo es sumarse.

Hinca una rodilla en el suelo y mira a Lucy. Las demás se la quedan mirando con la boca abierta.

—Lucy, ¿me aceptas a mí, Luke, en la dicha y en la desgracia, en la enfermedad y en la salud, para siempre jamás? Amén.

En realidad eso es asqueroso. No le gustaría tener que aceptar que nadie esté enfermo, ni siquiera Luke.

Lucy le tira frenéticamente del brazo.

—¡Levántate! —le susurra, nerviosa—. No puedo creerme que estés haciendo esto.

—¡Ay! Me has hecho daño. —Tally se levanta y se frota el brazo—. No tenías por qué agarrarme así.

—Estabas un poco pesadita —replica Layla—. ¿Y si Luke te hubiera visto?

Ella se encoge de hombros.

—No me ha visto.

Las chicas vuelven a la charla y Tally se queda callada mientras se limpia la tierra de la rodilla. Solo era una broma. Los hay que no tienen sentido del humor.

Por fin llegan al principio de la cola y Tally observa con mucha atención cómo la atracción da vueltas. Quiere asegurarse de saber exactamente lo que le espera. Las cabinas, que tienen espacio para dos personas, dan vueltas tanto de un lado al otro como de arriba abajo. Por los ruidos que llegan, la atracción es total y maravillosamente aterradora.

—Vosotras dos, montaos en esta canasta. —El encargado de la atracción señala a Tally, que se adelanta junto a Layla. Se sientan y el hombre les muestra cómo ponerse los cinturones de seguridad y les dice que nunca, bajo ninguna circunstancia, tienen que quitárselos mientras la canasta esté en marcha. Tally mira hacia donde están mamá y papá, y los dos le hacen un gesto levantando un pulgar. Llevar el cinturón de seguridad no es negociable. En ese momento se alegra mucho de no tener que decidir si se lo pone o no.

La protección de metal de la cabina baja y avanzan unos segundos hasta volver a detenerse. Detrás de ellas,

Lucy y Ayesha se suben a la siguiente canasta, y de nuevo se ponen en marcha.

—Espero que no esté dando tirones todo el rato —dice Layla, y se agarra fuerte a la barra de metal que tienen delante—. No me gusta.

Tally no contesta. Está demasiado ocupada mirando la feria. Si entornara los ojos, está segura de que vería la calle, y cuanto más suben siente más tranquilidad y ligereza y vacío y silencio.

Llegan a lo más alto y empiezan a descender lentamente. El encargado pulsa un botón y lo último de Taylor Swift suena en la noche. Entonces la cabina cobra velocidad y es como si saliera disparada, describiendo círculos cada vez más cerrados en el aire. Tally se agita con fuerza, haciendo que se balanceen aún más.

—¡Aaayyyyyy! —grita Layla, y se agarra fuerte al brazo de Tally—. ¡Va demasiado rápido! ¡No la hagas moverse tanto!

—¡Para de gritar! —exclama Tally—. ¡Haces demasiado ruido!

Layla asiente y se calla del todo. Cierra los ojos y aprieta el brazo de su amiga tan fuerte como puede.

Tally sonríe. Por eso son tan amigas: a las dos les encantan esta clase de atracciones y las dos se quieren mucho.

Sigue agitándose y haciendo que la cabina se mueva tanto como puede, hasta que casi dan una vuelta entera. A su lado, Layla suelta leves grititos. Tally abre la boca y grita a todo pulmón.

—¡¡¡Sí!!! —Su voz parece hacer eco por todo el parque—. ¡Wooooooooo!

Es perfecto. Absolutamente perfecto.

El estómago le da volteretas mientras van cada vez más rápido y las cabinas giran al máximo. Tally abre los ojos como platos y observa cada detalle mientras pierde de vista el suelo y el cielo danza a sus pies. Siente como si estuviera caminando de puntillas entre las estrellas.

Todo acaba demasiado pronto. La velocidad empieza a disminuir, pero Tally no para de gritar y agitarse hasta el último momento.

—¡Ha sido genial! —exclama cuando la cabina se detiene del todo—. ¡Repitámoslo!

Layla mira fijamente a Tally y parpadea.

—No puedo —murmura—. Da demasiado miedo.

Tally niega con la cabeza y sonríe de oreja a oreja.

—No da miedo —asegura a su amiga—. Es la mejor atracción del mundo y tenemos que repetir, ¿vale?

Layla respira hondo y mira al encargado, que está esperando a que se decidan.

—¿Me prometes que esta vez no la harás temblar tanto? —le pregunta a Tally—. Porque si vuelve a ser igual, no quiero repetir.

Su amiga ríe.

—¡No puedo prometerte eso! Y además, quiero que vaya muy rápido porque si va menos rápido no va a hacer que la barriga me dé vueltas de la misma manera.

Layla asiente en dirección al hombre y se agarra fuerte a la barra de seguridad en cuanto empiezan a ascender de nuevo.

—Está claro que soy la mejor amiga del universo —le dice a Tally—. Y tú eres muy rara, si tanto te gusta esto.

Esta sonríe y alza la cabeza para mirar las estrellas. La rara es Layla si le da pánico, aunque quizá no se lo diga hasta haberla convencido de dar una tercera vuelta.

Querido diario:

Mamá y papá intentan ayudarme todo lo que pueden, pero no siempre es fácil. Así que esta noche, en vez de mi diario voy a escribir una lista de qué hacer y qué no para padres de un niño o una niña autista. Después la pondré en la puerta de la nevera para señalarles los puntos cuando las cosas se pongan complicadas.

Intentad adaptaros a sus necesidades de vez en cuando. Escoged vuestras batallas.

Si hay una discusión, **no os suméis.** Probad a calmar el ambiente y ofreced una salida a vuestro hijo.

No le digáis que es diferente; decidle que es único.

Decidle lo mucho que lo queréis. Nunca será demasiado. Aunque igual tenéis que mostrárselo de forma diferente.

Aceptad sus dificultades y encontrad la forma de convertirlas en cosas positivas.

No le pidáis que mire a los ojos. A muchos niños en el espectro del autismo les resulta muy difícil. Haced que se sienta más tranquilo y habrá más posibilidades de que lo haga por sí mismo.

No le exijáis directamente que haga cosas; puede que se niegue instintivamente.

Decidle las cosas de forma precisa. Nunca uséis metáforas o seáis sarcásticos.

Y, en último lugar, cortad las etiquetas de TODA su ropa.

CAPÍTULO 8

Otra vez llueve. Es de esa lluvia que no se contenta con empaparte la ropa sino que no para hasta que te cala los huesos y hace que parezca que se han congelado y crujen. Los pasillos están abarrotados de gente que busca un espacio donde sentarse y hablar hasta la próxima clase.

—¡Tally! ¡Aquí!

Layla agita los brazos para llamar su atención, pero su amiga está ocupada en algo mucho más importante que cotillear sobre el último e «increíble» mensaje que Luke le ha enviado a Lucy, a pesar de que no llegó a presentarse en la feria. Se concentra en elegir cuidadosamente cómo abrirse camino por entre las piernas estiradas y las mochilas, hasta que llega a las escaleras y sube al piso siguiente, donde solo están la biblioteca y el taller de teatro y no hay nadie.

Tally se pone de puntillas y contempla la sala por la ventana. Está vacía; la señora Jarman debe de estar en la de los profesores, con los demás. Abre la puerta y entra a toda prisa. No falta mucho para que suene el timbre.

La mesa de Jarman es todo un caos. Hay libros y papeles y las cosas más raras por todas partes. Ve un bigote de broma y un sombrero hongo y se pregunta si su profesora se los pone los fines de semana. No hay ni un centímetro libre y tanto caos la hace sentirse incómoda, así que, sin ni siquiera pensar en si hace bien, empieza a ordenarlo todo. Pone los libros a un lado y las otras cosas en un montoncito al otro, hasta que por fin deja un espacio libre. Después mete la mano en su mochila, saca con cuidado la caja que hizo la otra noche y que le dio un montón de trabajo, y la coloca de forma que quede exactamente en el centro de la superficie.

Sigue arreglando la mesa. Tira las bolas de papel a la papelera y coloca las carpetas de forma ordenada. Cuando cree que ha acabado, ve los lápices. Se encuentran en un jarrito, pero algunos están boca abajo y al sacarlos ve de inmediato que la mayoría no tienen punta, lo que es ridículo porque justo al lado del jarrito hay un sacapuntas eléctrico que parece caro, de esos que a Tally le encantaría tener.

—Solo voy a sacar punta a uno —se dice a sí misma, y mira hacia la puerta—. Para ver cómo funciona.

Inserta el lápiz en la boca del sacapuntas y este empieza a dar vueltas inmediatamente. La máquina tira de él mientras hace virutas. Tally vuelve a sacarlo y ve la punta perfecta. Sonríe y vuelve a dejarlo en el jarrito. El único problema es que ahora los otros lápices parecen fuera de lugar en comparación con el primero. Esas puntas desafiladas no resultan nada agradables de ver.

Así que coge otro, y después otro más. El ruidillo del sacapuntas es muy adictivo, y Tally está tan concentrada que no oye como se abre la puerta ni los pasos que entran. No tiene la menor idea de que hay alguien más hasta que la señora Jarman carraspea sonoramente y casi la hace soltar un grito del susto.

—¿Qué te crees que haces aquí?

Tally se da la vuelta con un lápiz en la mano. La señora Jarman la mira con una extraña expresión; imposible saber qué piensa. No esperaba estar allí cuando la profesora volviera, así que no ha preparado nada que decirle. Va a tener que improvisar, y no es que eso le guste mucho, sobre todo cuando tiene que hablar con adultos... aunque, tratándose de la profesora de teatro, quizá esta vez sí que esté bien: Tally es bastante buena actuando.

—Ejem, estoy sacando punta a los lápices —contesta, mostrándole el que tiene—. No tenían punta y ahora sí.

—Eso ya lo veo. —La señora Jarman pone los brazos en jarras—. Pero no es lo que te he preguntado. ¿Cómo se te ocurre venir aquí durante el recreo?

Tally frunce el ceño, pero entonces recuerda que hacer eso delante de un adulto no acostumbra a ser muy bien recibido. Convierte su expresión en una sonrisa y mira a la profesora.

—Estoy sacando punta a los lápices —repite, un poco más alto—. Y ordenando un poco.

Abre un brazo en dirección a la mesa y se aparta a un lado para que Jarman vea la obra en toda su gloria. Esta parpadea y entorna los ojos.

—¿Dónde están mis evaluaciones? —pregunta mientras se adelanta a coger los libros—. ¿Qué has hecho con mis papeles?

Tally sonríe aún más.

—Todo va bien. He tirado la basura a la papelera, incluso esos corazones de manzana que había por ahí, aunque no me apetecía tocarlos, pero está bien porque me he cubierto la mano con la manga para cogerlos, así.

Tira de su sudadera y se lo muestra a la profesora, que está cada vez más seria.

—¿Has tirado mis evaluaciones?

Se vuelve y va a la esquina de la sala. La papelera está rebosante. Murmura algo en voz baja y Tally no consigue entenderlo, pero debe de ser sobre lo muy agradecida que le está.

Jarman saca los papeles arrugados de la papelera y vuelve con Tally, aún con cara de enfado. Abre la boca para decir algo, pero entonces ve la caja en la mesa y se detiene. Luego vuelve a mirar a la niña.

—Qué. Es. Eso.

Tally se pregunta si la señora Jarman necesitará gafas para leer, porque ha escrito el nombre de su profesora con letras muy grandes en un lado. Piensa en sugerirle que pida hora en el oculista, aunque entonces recuerda lo mucho que le desagrada ir a ella. La doctora siempre le hace ponerse unas horribles y pesadas gafas de metal y la apunta a los ojos con una linterna que le hace daño, aunque nunca se queja porque sabe que la doctora está haciendo su trabajo y seguramente se disgustaría si supiera lo mucho que odia Tally ir a verla, así que se queda sentada inmóvil e intenta contener las lágrimas.

Quizá la señora Jarman sienta lo mismo y por eso no haya ido al oculista. Lo educado será no mencionar la poca vista que tiene.

—Es un buzón de sugerencias —le explica Tally, que se apiada de su profesora—. Dijo que podíamos escribirle consejos sobre cómo mejorar sus clases y dejarlos en su buzón, pero creo que alguien debe de haberlo robado porque lo he buscado por todas partes y no lo he encontrado.

Mira a Jarman e intenta ver cómo está de contenta.

Tiene la boca un poco abierta y los ojos de par en par.

—¿Es una broma?

Nunca ha oído a su profesora hablar tan bajo. Eso debería de ser bueno, pero hay algo que no encaja. En su tono hay un trasfondo peligroso, algo más fuerte que el viento que ha empezado a rugir.

Está claro que Jarman no comprende la importancia del regalo, y aunque le han empezado a temblar las piernas y da golpecitos en el suelo con los pies y siente la necesidad de salir corriendo, sabe que tiene que explicarse.

—¡Le he hecho un buzón nuevo! —Agita los brazos como cuando hace calentamiento en jazz; a las profesoras de teatro deben de gustarles esas cosas. Y a la vez aletea con las manos, que es lo que siempre le pasa cuando se pone nerviosa—. ¡Tachán! Y además le he puesto dentro una primera sugerencia, pero no tiene por qué leerla ahora mismo, si no quiere. A mí no me gusta nada cuando me dicen que tengo que leer algo en ese mismo momento porque entonces no distingo las letras y no entiendo nada.

Se hace el silencio. El único sonido en la sala es el del viento y la lluvia contra la ventana. El cielo está cubierto de nubes y parece que el día haya oscurecido de repente. Tally se abraza a sí misma y se pregunta si debería decir algo más o si la señora Jarman preferirá que le haga una demostración de malabarismo. El malabarismo es muy teatral.

—¿Estás intentando hacerte la graciosa? ¿Es eso?

Tally mira a la profesora y traga saliva.

—No. Pero puedo intentar contarle un chiste si quiere.

Los ojos de Jarman danzan como si estuvieran en llamas.

—¿Alguien te ha desafiado a hacer esto? —Coge la caja y la agita—. Si aquí dentro hay algo ofensivo o desagradable, vas a meterte en un buen lío. Si te han convencido de hacer esto, mejor que me lo digas ahora.

Tally niega con la cabeza.

—Nadie me ha desafiado. Usted nos dijo que podíamos hacerle sugerencias.

Jarman se queda quieta y la mira fijamente a los ojos, como si quisiera ver dentro de su cabeza. Tally le devuelve la mirada y usa el truco que le enseñó mamá: si fija la vista en el espacio entre los dos ojos, justo encima de la nariz, no hará sentirse tan incómoda a su profesora y no pensará que está siendo desagradable.

Entonces suena el timbre y la señora Jarman chasca la lengua.

—Puedes irte —le dice—. Pero aquí no acaba la cosa, jovencita.

Tally asiente y coge su mochila. Ya sabe que ahí no va a acabar la cosa: solo le ha escrito un consejo y le quedan montones.

CAPÍTULO 9

Las palabras suben las escaleras flotando y pasan por el resquicio entre el suelo y la puerta de la habitación de Tally. Intenta ignorarlas porque el libro que está leyendo es muy bueno y apenas le faltan unas pocas páginas para llegar al final. Pero las palabras tienen otros planes. Zumban y destellan encima de su cabeza, donde no puede alcanzarlas. Tras unos momentos deja el libro con un suspiro y se incorpora en la cama. No va a poder concentrarse en la historia mientras la molesten, y es inútil hacer como si no estuvieran allí. Y menos cuando le recomiendan que escuche lo que dicen, por si acaso.

En silencio, Tally camina por la moqueta y gira el pomo de la puerta. Ya en el pasillo, las palabras se juntan y se ordenan formando grupos.

—No lo dirás en serio. —Salen de la boca de mamá. Suenan como ramitas que pudieran quebrarse en cualquier momento—. ¿En qué estabas pensando?

—Pensaba que si la señora Jessop no aceptaba subirse a la ambulancia nos íbamos a enfrentar a algo peor que una cadera rota. —Papá hace una pausa y Tally se inclina hacia delante—. Se negaba en redondo a ir con los enfermeros a menos que se arreglara el asunto. No vi otra solución.

Mamá suelta un bufido.

—Sí, tienes razón. Pero es un poco precipitado.

—Ya sé que no es ideal, pero será solo por un tiempo.

Tally vuelve a su habitación y cierra la puerta con el pie. Ha sido una falsa alarma. Mamá y papá no están hablando de nada importante o interesante o que la afecte. Es solo otra de esas conversaciones aburridas e inútiles que parecen mantener todo el rato. Pero ha estado bien comprobarlo: a veces hablan de ella y de cómo «gestionar» su comportamiento, y eso sí tiene que escucharlo.

A la hora de cenar, papá sirve tres grandes tazones de el Famoso Chili con Carne de la Abuela Lola, mientras mamá le da a Tally un plato de arroz con jamón de York cortado a trocitos a un lado. El chili con carne huele bien, pero lo probó una vez y la textura de las judías estaba toda mal. Intentó decírselo a mamá, pero esta no la escuchó, y por eso el Famoso Chili con Carne de la Abuela Lola acabó por los suelos. Aunque de eso hace siglos, cuando mamá y papá aún intentaban que ella hiciera cosas que no podía.

Ahora todo va un poco mejor, aunque al mirarla todos vean una palabra en vez de una persona.

—Antes he visto una ambulancia fuera —dice Nell mientras se sirve arroz—. ¿Sabéis qué pasaba?

Papá asiente.

—Era para la pobre señora Jessop. Se cayó y se hizo daño en una cadera. Se la han llevado al hospital.

—¿Puedo tomar zumo de naranja? —pregunta Tally—. Tengo la boca seca.

No quiere pensar en el terrorífico hospital.

—«¿Puedo tomar zumo de naranja, por favor?»—contesta mamá automáticamente—. Y sí, podrás tomarlo dentro de un momento. Antes tenemos que deciros algo.

—¿La señora Jessop va a ponerse bien? —Nell parece preocupada.

—¡Pero yo tengo sed ahora! —Tally deja el tenedor en la mesa y mira fijamente a mamá.

—Está en buenas manos —le dice papá a Nell—. Y en el lugar adecuado.

—Por favor, ¿puedo tomar zumo de naranja? Por favor.

Papá le dirige una breve mirada a mamá. Tally no consigue interpretarla, pero él no se levanta a traerle el zumo.

—La señora Jessop es muy mayor. —Nell frunce el ceño y Tally se pregunta por qué sigue hablando de eso—. Que la gente mayor se caiga no es nada bueno; sus cuerpos tardan mucho en curarse.

—Sigo teniendo sed —repite Tally.

—Estoy seguro de que va a ponerse bien —dice papá—. Pero mientras no está vamos a tener que ser buenos vecinos y ayudarla. Hacer lo que nos toca, lo correcto.

Nell parece tan confundida como Tally se siente. Mamá carraspea.

—Lo que intenta decir vuestro padre es que vamos a tener una invitada en casa. Solo por un tiempo.

Eso no suena bien. Aunque la señora Jessop siempre la saluda cuando la ve y a veces les trae un trozo de los pasteles que prepara, Tally no la conoce muy bien. No lo suficiente como para compartir casa con ella, eso seguro.

—Quiero zumo de naranja ahora mismo porque tengo sed y os lo he repetido pero no me escucháis y necesito tomar algo pero no me lo dais aunque lo he pedido bien y he dicho *por favor* dos veces.

—Puedes esperarte a que acabemos de hablar, Tally.

—La voz de papá es tensa como una goma elástica estirada al máximo—. Estamos hablando de una señora mayor que necesita ayuda, no de ti y tu necesidad inmediata de zumo.

Las mejillas se le ponen un poco rojas, como un semáforo.

Esa cara significa STOP.

Haz lo que te digo.

No hagas lo que estás haciendo.

Tally cierra los ojos. Ojalá, ojalá no hubiese dicho eso.

Mamá está hablando, pero Tally habla más alto.

—No es justo que tenga que compartir mi casa con una vieja que ni siquiera conozco y no es justo que no me deis una bebida aunque la haya pedido bien, que es lo que me habéis dicho que haga. Y tampoco tendríais que decirme que espere para tomar la bebida porque ahora no puedo y es todo culpa vuestra. —Hace una pausa para respirar y mira a papá, que está sentado inmóvil en su silla—. Y por eso eres malo y egoísta y te odio porque no es culpa mía que la señora Jessop se haya caído, así que no sé por qué tenemos que seguir hablando de eso y hacer como que nos importa si ni siquiera es de nuestra familia.

Hace otra pausa para respirar. Se ha levantado, camina en círculos por la cocina y las palabras salen de su boca como si nunca fueran a parar, y aunque lo ve todo un poco borroso aún distingue la cara de tristeza de papá, pero eso lo empeora todo porque es ella la que tendría que estar afectada, no él. Son sus piernas las que no pueden quedarse quietas y sus brazos los que aletean, y no puede hacer nada al respecto porque si deja de moverse su enfado no tendrá absolutamente ningún lugar adonde ir.

Así que sigue caminando y gritando hasta que por fin sus piernas se quedan sin energía y a su boca se le acaban las palabras y vuelve a sentarse y apoya la cabeza en la mesa intentando que el cerebro se le desacelere.

Por fin, un ruido la hace mirar. Al otro lado de la mesa, el tazón de Nell está vacío y ella se limpia la boca. No queda ni un resto del Famoso Chili con Carne de la Abuela Lola.

—Para tu información, la señora Jessop no tiene familia —le dice su hermana con tono despreciativo—. Y algunos de nosotros no necesitamos simular que nos importa la gente.

A Tally no le gusta el color de las palabras de Nell. Hay muchas cosas que le importan. De hecho, mamá siempre le dice que a veces se preocupa demasiado y deja que la afecten cosas que no deberían. Y sabe que quizá ha dicho cosas no muy amables, pero las palabras que le salen por la boca en esas ocasiones no siempre son las que siente de verdad, al menos no después. Nell ya debería saber eso. Además, solo porque Tally no demuestra su preocupación igual que los demás, la gente cree que es egoísta y solo se preocupa por sí misma y eso no es verdad.

Mamá mira a papá.

—No había por qué tomárselo tan a pecho —le dice—. Podrías habérselo explicado con más calma.

Papá abre la boca, pero de esta no sale ningún sonido y vuelve a cerrarla. Niega con la cabeza, aleja el plato de sí mismo y cierra los ojos, como si intentara simular que está en otra parte. Lo hace mucho cuando Tally se estresa, y ella desearía que no lo hiciera. Y es mucho peor cuando él parece pensar que ella no quiere parar; no entiende que a veces lo que pasa es que no puede.

Mamá se levanta y va hacia el fregadero.

—La señora Jessop no va a venir con nosotros —dice, dando la espalda a los demás—. Pero sí tenemos que cuidar de Rupert, su perro. Nadie más puede hacerlo mientras ella esté en el hospital, así que papá ha aceptado traerlo. Solo por un tiempo, mientras ella se recupera. —Se vuelve y le da un vaso a Tally—. Aquí tienes tu bebida.

Tally le dedica su mejor sonrisa.

—¿Dónde va a dormir Rupert? —pregunta tras tomar un trago—. ¿Cuánto tiempo va a quedarse?

—Solo hasta que la señora Jessop se encuentre mejor.

—Mamá coge el tazón de papá y tira a la basura la comida que ha dejado. Él ha abierto los ojos pero no intenta detenerla, así que Tally se pregunta si en realidad odia en secreto el Famoso Chili con Carne de la Abuela Lola tanto como ella—. Vamos a traerlo más tarde, esta noche. Puede dormir en el cuartito de los trastos de limpiar.

—Yo no pienso sacarlo a pasear. —Nell echa hacia atrás su silla—. No puedo dejar que me vean paseando un perro con tres patas.

Mamá suspira.

—Nadie te ha pedido que hagas nada con el perro, Nell. Ni siquiera quiero que os acerquéis demasiado a él. Por lo visto no es muy predecible con los desconocidos, y por eso me sorprendió un poco que papá se ofreciera a que lo cuidáramos.

—Está claro que hoy no puedo hacer nada bien —murmura papá—. Hasta cuando intento ayudar a una ancianita me meto en líos.

—Eso no es lo que he dicho —salta mamá—. Solo que es una complicación más, y eso no es precisamente lo que nos conviene ahora.

Tally se incorpora más en su silla y sonríe tanto como puede.

—Yo lo sacaré a pasear cada día. No me importa que sea una complicación. O que le falte una pata.

Nell hace un ruidito de desprecio, y mamá duda un momento antes de asentir en dirección a Tally.

—Ya veremos lo que pasa, ¿vale?

Pero Tally ya se imagina exactamente lo que va a pasar. Va a sacar a pasear al perro y va a hacer todas las cosas que tienen que hacer los buenos vecinos mientras la señora Jessop esté en el hospital. Va a hacer lo que le toca. No está muy segura de qué es lo que le toca, pero ya lo averiguará. Va a hacer lo correcto y todo el mundo estará supercontento con ella.

Fecha: Viernes, 19 de septiembre

Situación: ¡¡¡Vamos a tener un perro!!! (No nos lo vamos a quedar, solo nos lo prestan, ¡pero es un perro!).

Nivel de ansiedad: 2 de 10. Porque los perros hacen que todo vaya mejor, incluso aunque papá se haya enfadado conmigo y me haya hecho sentir triste y horrible.

Querido diario:

Me hace mucha ilusión que Rupert vaya a estar con nosotros.

ADORO A LOS ANIMALES. Son como amigos extra que no te juzgan. Ayer vi unos perros en el parque y se juntaron y se hicieron amigos de inmediato. Sin conversaciones tontas ni fingimientos. Me da envidia lo fácil que les resulta. He visto que algunos perros dan señales de que se les pueden acercar moviendo la cola para indicar que son amistosos. Ojalá yo pudiera hacer lo mismo, pero no tengo cola. La forma humana de indicarlo es sonreír, así que intento hacerlo cuando me acuerdo. ¿Y qué otra forma tienen los perros para hacer amigos? Ah, sí, se olisquean el trasero. Igual podría probar mañana a hacer eso. Voy a ir por el patio oliéndoles el culo a los otros chicos. Así seguro que consigo más amigos. ¡Ja, ja! Era broma.

Los animales son unos incomprendidos, igual que yo. Esta mañana he visto *O se larga el gato o yo*, con esos gatos que se portan fatal. Resulta que solo están ansiosos o no los comprenden, y cuando sus dueños dejan de castigarlos por portarse mal y empiezan a tratarlos de forma diferente, más comprensiva y más amable, se portan mucho mejor. Los profesores deberían ver programas como ese. Solo es una sugerencia.

Datos sobre el autismo de Tally: la autoestimulación

Pros: La autoestimulación es un mecanismo para soportar las cosas malas. Es cuando hago movimientos o sonidos. Durante

115

mucho tiempo ni siquiera supe que se llamaba *autoestimulación* o que hay mucha gente autista que lo hace para sentirse mejor. Hay estimulaciones buenas que no hacen ningún daño, como el beatboxing, que necesito porque me ayuda a concentrarme. Cuando estoy estresada hago una especie de aleteo con las manos, aunque a veces también cuando estoy emocionada.

Contras: La pega de la autoestimulación es que muchas veces a la gente no le gusta que lo haga. Los pone nerviosos o los avergüenza, y parece que piensen que lo hago para molestarlos. Hay profesores que me gritan mucho cuando tarareo o empiezo a tocarlo todo o lo que sea, y me estresan y me dan aún más ganas de hacer eso de la autoestimulación, sobre todo cuando sé que no debería. Entonces uso el plan B, que es la mala autoestimulación. Es más sutil, así que resulta más difícil que los demás se den cuenta: morderme las uñas, arrancarme los padrastros, darme pellizcos, esas cosas. A la gente parece que no le importan tanto, cosa rara porque me hacen mucho más daño. A veces me duelen mucho los dedos y tengo golpes y otras marcas en la piel. Una vez perdí la uña del dedo corazón de la mano izquierda de tanto arrancarme las pieles. Se me infectó y la uña se me puso negra. El doctor dijo que podría haber entrado en sepsis, que puede ser mortal. Así que supongo que eso significa básicamente que a veces la gente puede hacer sin querer que te mueras de una infección horrible por no tener que oírte canturrear o dar golpecitos. En otras palabras, LA AUTOESTIMULACIÓN SALVA VIDAS.

La verdad es que, cuanto más pienso, más me doy cuenta de que muchos de los contras del autismo en realidad no son causados por el autismo sino por cómo reaccionan los demás. Estoy convencida.

CAPÍTULO 10

—¡Hora de levantarse, Tally! —Mamá entra en la habitación y abre las cortinas, que muestran otro día gris y lluvioso—. Vamos, cariño, levántate, ¡no querrás llegar tarde a clase! Papá ya se ha ido al trabajo.

Tally se entierra bajo el edredón.

—¡Cierra las cortinas! —Su grito queda ahogado, pero mamá lo oye—. ¡No estoy lista para levantarme y hay demasiada luz y estás haciendo que sea un mal día!

Oye el ruido de un suspiro y de las cortinas sobre los rieles.

—Ya están cerradas —le informa mamá—. Puedes abrir los ojos.

Tally aprieta aún más los párpados.

—Hoy no puedo salir de la cama —murmura—. Vas a

tener que llamar al colegio y decirles que hoy no puedo ir.

Mamá se sienta en la cama y la niña nota como se hunde el somier. También nota la mano en su espalda, pesada, cálida. Imposible levantarse hoy, cuando está tan cómoda y calentita.

—Tienes que ir a la escuela —dice mamá con calma—. Es la ley. Me voy a meter en un lío si no vas.

Tally se encoge de hombros. Ya ha oído eso antes y cree que ni siquiera es cierto porque no sería justo. Mamá no puede obligarla a ir, así que no tienen por qué castigarla si no lo hace.

—No me encuentro bien —dice. El edredón sigue ahogando sus palabras—. Si no te sientes bien, no estás obligada a ir a la academia. Esa es una regla de verdad.

—Tally, no te pasa nada. —Mamá suspira—. Pero, por si acaso, necesito que saques la cabeza para que pueda tomarte la temperatura.

Eso suena bastante razonable. Se desliza hacia arriba, asoma la cabeza por el borde y mira a mamá.

—Puede ser dengue —le dice, abriendo mucho los ojos—. Ayer leí sobre eso. Si lo tengo, está claro que no puedo ir al colegio.

Mamá ladea un poco la cabeza.

—¿Te pica? —le pregunta.

Tally se mira la barriga por debajo del edredón.

—No —contesta, y se incorpora en la cama.

—¿Y los brazos y piernas? ¿Te duelen?

Tally niega con la cabeza. Mamá la mira, pensativa.

—Mmm. Bueno, seguro que ayer no estabas enferma; me lo hubieras dicho. —Coloca la palma de la mano contra la frente de la niña—. Y no parece que tengas fiebre. —Se levanta—. ¡Menos mal! No tienes dengue. Bueno, ¿quieres ponerte el uniforme antes de desayunar o después?

Tally piensa un momento.

—Ni antes ni después.

Mamá asiente.

—Vale. Pero, solo para que lo sepas, el perro de la señora Jessop está abajo, en el cuartito de los trastos de limpieza. Si te vistes ahora mismo, quizá tengas tiempo de saludarlo antes de irte a la escuela.

Se da la vuelta y sale de la habitación. Ni siquiera espera a ver qué elige su hija.

Enseguida Tally sale de debajo del edredón, salta de la cama y se pone el uniforme. Después corre al baño y se echa un poquito de agua en la cara, porque mamá le ha insistido que ahora que va a séptimo tiene que esforzarse un poco más. El cepillo está donde siempre, casi intacto desde el día en que lo compraron. Tally odia el cepillo más que nada. La sensación de las púas en la cabeza es como si alguien le clavara mil agujas. En las raras ocasiones en que mamá insiste en que tiene que cepillarse el pelo, a ella se le saltan las lágrimas desde la primera pasada.

No se le ocurre ninguna razón por la que tenga que causarse tanto dolor a sí misma. Oyó que Nell le decía a mamá que Tally estaba de pena y que a ella le daba vergüenza llevarla al instituto cuando parece que tenga un nido sobre la cabeza, pero Tally sabe que solo lo dice por ser mala, y además ¿a quién le molesta cómo vaya de peinada otra persona? A ella misma no, eso seguro.

Se seca las manos en una toalla, sale corriendo del baño y baja las escaleras. Mamá está en la cocina preparando tostadas, y a Tally se le hace la boca agua.

—¿Querrás mantequilla de cacahuete o miel? —le pregunta mamá, y ella se hunde en su silla.

Piensa un momento. La mantequilla de cacahuete está bien, pero la semana pasada mamá compró una marca diferente y tenía trocitos, y eso le dio asco y la cosa acabó con el tarro nuevo volando por la cocina hasta estrellarse contra la pared. Si mira con cuidado, aún puede ver algunas manchitas en la pintura blanca. El tarro que mamá tiene ahora en la mano es de la marca correcta, pero ahora la mantequilla de cacahuete le da un poco de grima. Puede que ya nunca quiera volver a probarla.

—Miel, por favor. —Tally mira a mamá—. ¿Ya puedo ir a ver al perro?

Su madre le dedica una sonrisa.

—En cuanto te hayas comido el desayuno.

Deja el plato en la mesa y Tally va a cogerlo, pero se detiene.

—Quiero ver al perro ahora. —Habla con calma. No quería decirlo, pero no ha podido evitarlo, la verdad es que no ha podido. Mamá le había dicho que podría ver a Rupert si se vestía y se ha vestido. No está bien que mamá cambie las reglas de repente.

—Puedes verlo... en cuanto te hayas acabado la tostada.

Mamá se da la vuelta y Tally entiende que se supone que la conversación ha acabado.

—Quiero. Ir. A. Ver. Al. Perro. Ahora. —Las palabras le salen por entre los labios cerrados, cada una más fuerte que la anterior—. Tienes que escucharme.

—¡Seguro que puedo acabar de llenar las fiambreras antes de que te hayas comido la tostada! —La voz de mamá es alegre, como si se tratara de un juego. Tally piensa que por una vez podría elegir la salida fácil; sigue estando bastante cansada. Pero entonces Nell entra en la cocina y la ilusión se rompe.

—¿Has visto mi chándal de educación física? —le pregunta a mamá—. Lo dejé anoche en la cesta de la ropa.

—Quiero ver al perro —susurra Tally.

—¿Has probado a mirar en la cesta? Si ahí es la última vez que lo viste... —Mamá corta queso y lo coloca sobre una rebanada de pan. Nell hace un ruidito de fastidio.

—¡Mamáaá! ¡Lo necesito para hoy! ¿Me estás diciendo que ayer no lavaste?

—¡Voy a ir a ver al perro ahora y no puedes detenerme! —Tally retira su silla y empieza a levantarse, pero mamá la detiene.

—¡Ya basta, vosotras dos! —No grita, pero su voz es muy seria y Tally vuelve a hundirse en la silla. Su estómago empieza a dar vueltas.

Mamá corta el sándwich por la mitad y mira a las dos chicas.

—Tally, puedes ir a ver al perro en cuanto te acabes la tostada. Así son las reglas. Y Nell, eso es exactamente lo que estoy diciendo. Entre intentar acabar mi último cuadro y comprar comida y hacer la cena para todos y ayudar con los deberes, no he tenido tiempo de mirar el contenido de la cesta. —Hace una pausa para respirar—. Y, como tienes catorce años y eres totalmente capaz de usar la lavadora, diría que podías haberlo hecho tú misma.

Las mejillas de Nell se ponen coloradas.

—Lo siento —murmura—. No quería sonar tan ingrata. Pero de verdad que lo necesito para hoy.

Mamá envuelve el sándwich en papel y lo mete en la fiambrera de Tally.

—Perdonada —le dice a Nell—. Pero hoy, después del cole, voy a enseñarte a lavar tu propia ropa.

Nell asiente, cruza la cocina y le da un abrazo rápido.

—Lo siento de verdad —insiste—. Sé que nos lo haces todo, y que no es fácil precisamente.

Tally levanta los pies del suelo y se mece en su silla. Mira como mamá y Nell se abrazan, y después mamá le hace otro sándwich mientras le dice que saque el chándal de la cesta y lo rocíe con un poco de desodorante para tapar cualquier resto de olor a sudor, y por alguna razón eso hace que las dos se echen a reír.

A Nell le resulta todo muy fácil. Si hace algo mal, pide perdón y todo va bien de nuevo. Tally también podría decir que lo siente, pero a veces eso no suena bien, así que intenta mostrar que lo siente en vez de intentar arreglarlo todo con una palabra.

La tostada se está enfriando en el plato que tiene delante; ya no está muy apetitosa. Pero mamá se la ha preparado y, si no se la come, se sentirá triste y molesta. Poco a poco, dándole los mordiscos más pequeños que puede, Tally se fuerza a comérsela. Cada bocado cae como a plomo en su barriga, que da vueltas y vueltas dentro de ella igual que el chándal de Nell debería haber hecho dentro de la lavadora. Pero Tally sigue.

—Tampoco te habrías muerto por decir tú también que lo sientes —sisea Nell mientras se sienta a la mesa.

Tally observa cómo la miel se solidifica en la tostada e intenta no vomitar. Sí que se está disculpando; si Nell no lo ve, no es culpa suya.

Por fin el desayuno acaba y limpian la mesa.

—Ya puedes ir a decirle hola a Rupert —dice mamá—. Está en el cuartito de la limpieza. He recuperado tus barrotes de cuando eras pequeña, así que no va a poder saltarte encima. Pero no te acerques demasiado, es muy impredecible.

El cuartito está al lado de la cocina y tiene una puerta trasera que da al jardín. Cuando Nell y Tally se acercan oyen un jadeo y garras rascando el suelo. El perro corre a recibirlas.

—Hola, Rupert —dice Tally con calma—. ¿Has dormido bien esta noche?

—No te acerques más —la avisa Nell, que se detiene—. Recuerda lo que ha dicho mamá.

—Debe de haberte parecido raro dormir en nuestra casa, ¿verdad? —sigue Tally, que ignora a su hermana—. Una vez yo fui a dormir a casa de mi amiga Layla, pero entonces cambié de idea porque no iba a estar en mi cama y lo que más me gusta es dormir en mi cama porque el olor es el correcto.

—Por cierto, hablando de oler, este perro apesta —se queja Nell, que hace con la mano el gesto de «que corra el aire»—. Lo que me gustaría saber es por qué nos ha tocado este perro feo de tres patas. La familia de Rosa tiene un spaniel muy bonito y adorable, no como este saco de pulgas.

—No le hagas ningún caso —le dice Tally a Rupert—. Yo no se lo hago. —Se acerca un poco más y posa una mano en los barrotes—. Seguro que no te gusta estar aquí encerrado, ¿eh, chico? ¡Seguro que te gustaría correr libre!

—¡Tally! Ni se te ocurra… —empieza a decir Nell, pero antes de que pueda acabar, Rupert se lanza contra ellas. Nell agarra a Tally y la deja fuera del alcance del perro, que se golpea la cabeza contra los barrotes y gimotea—. ¡Mamá!

Desde la cocina llegan las pisadas de esta.

—Apartaos, chicas —les dice—. ¿Qué diablos ha pasado?

—¡Ese perro asqueroso ha intentado atacarnos! —grita Nell, que sigue agarrando a Tally—. ¡Mira, intenta salir para mordernos!

Mamá murmura una mala palabra en voz baja y aparta aún más a las niñas del animal.

—¿Estáis bien las dos? —pregunta, mirándolas detenidamente—. ¿Os ha hecho daño?

Tally niega con la cabeza y abre la boca para decir algo, pero Nell se le adelanta.

—He sentido su aliento caliente y asqueroso en el brazo. —Le da un escalofrío—. Tiene la rabia o algo así. He visto como le salía espuma por la boca.

Mamá frunce el ceño.

—Estoy segura de que no tiene la rabia, Nell. Pero, igualmente, no voy a tener un perro peligroso en mi casa. Vosotras id a la escuela, que yo voy a llamar a papá. Traer a Rupert fue su idea brillante, así que ya lo arreglará él. Este perro va a tener que buscarse otro lugar donde vivir.

CAPÍTULO 11

Afuera hace frío. Nell camina delante, como siempre, tecleando en su móvil mientras Tally, rezagada, lamenta no haberse puesto los guantes, pero mamá estaba agobiada con lo del perro y no le ha dejado tiempo para prepararse: las hizo salir por la puerta mientras murmuraba que bastante trabajo tenía ya como para tener que lidiar con hombres difíciles y perros difíciles y niñas difíciles. Tally no está segura de qué habrá hecho Nell esta mañana, pero claramente debe de haber sido algo malo, cosa que no resulta ninguna sorpresa porque últimamente tiene cada vez peor carácter.

Será porque es una adolescente.

Para cuando Tally llega al cruce de peatones, Nell ya la está esperando.

—¿No podrías caminar un poco más lento? —le dice—. Creo que he visto que un caracol te adelantaba.

El hombre verde empieza a parpadear y Nell cruza. Tally la sigue, pero en cuanto llegan a la seguridad de la otra acera vuelve a detenerse.

—Creo que sí que podría caminar más lento —dice, levantando un pie como si fuera a la pata coja— si voy así. —Da un paso exagerado y mantiene el pie en el aire tanto como puede—. Podría participar en una carrera de a ver quién va más lento, ¿no crees? ¿Sabías que existen de verdad? Gana el último en llegar a la meta, pero no puedes quedarte quieta, tienes que moverte todo el rato. —Baja el pie y levanta el otro, muy lenta y deliberadamente—. Seguro que yo ganaría al caracol en una carrera lenta, ¿verdad? Busquemos uno y te lo enseño.

Nell hace un ruidito de exasperación.

—Te lo digo en serio, Tally. Vamos a llegar tarde y van a pasar lista y nos vamos a meter en un lío. No querrás que te castiguen, ¿verdad?

Eso la hace prestar atención. Que la castiguen es su peor temor. Niega con la cabeza y baja el pie de golpe.

—Vamos. ¿Cuánto tiempo tenemos?

Nell mira su móvil.

—Ocho minutos. Tenemos que correr.

Tally se ajusta las tiras de la mochila.

—Vale, pero no vayas demasiado rápido, que sabes que yo no corro mucho.

Nell asiente y sale disparada con sus largas piernas. Tally respira hondo, agita los brazos y, justo cuando va a echar a correr, mira al suelo.

—¡Para! —exclama. Su hermana lo hace de inmediato y se vuelve a mirarla.

—¿Qué pasa? —pregunta mientras corre hacia ella, que tiene una pierna levantada y temblorosa—. ¿Por qué no te mueves?

Tally señala y Nell mira con expresión de incredulidad.

—Te estás riendo de mí, ¿no?

—No. —Tally frunce el ceño—. Esto no es para reírse. Mira. Es el gusano. Ha vuelto, y casi lo he pisado.

—Ojalá lo hubieras pisado —suelta Nell, con cara de malas pulgas—. Así dejaría de causar tantos problemas.

Tally se la queda mirando, incrédula.

—¿Cómo puedes ser tan horrible? Eres muy desagradable, Nell Adams. Primero has sido mala con el pobre Rupert y mamá va a hacer que se lo lleven aunque no haya hecho nada, y ahora te da igual que a este pequeño gusano indefenso lo aplasten y lo maten.

—¡Es un gusano! —grita Nell—. ¿¡Por qué iba a preocuparme por un gusano asqueroso!?

—¡Tú sí que eres un gusano asqueroso! —Tally le devuelve el grito—. ¡Y te odio!

Nell se pone aún más seria.

—Vale, ya estamos: Tally no consigue lo que quiere y le da una pataleta. Pues ¿sabes qué? Estoy harta.

Acaba de decir una palabra prohibida. Tally no tiene pataletas. Las pataletas las tienen los niños mimados para conseguir lo que quieren. Eligen hacerlo. Ella nunca elegiría ni en un millón de años estar tan asustada y ansiosa que no puede controlar lo que dice o hace. No es como si todo eso la hiciera sentirse mejor, es justo lo contrario, y Nell debería saberlo.

Su hermana da un paso adelante y acerca mucho la cara a la de Tally.

—Estoy harta de que te portes como una malcriada cada vez que te da la gana. Todos tenemos que andar de puntillas a tu alrededor, asustados de molestarte por si te da un ataque, porque por lo visto tú eres diferente y todo te resulta difícil y todo el mundo tiene que comprenderte cuando dices cosas que nos hacen daño o cada vez que estropeas otra salida en familia u otra comida.

Tally da un paso atrás. No le gusta sentir el aliento de

Nell en su piel. Huele a cereales del desayuno y piensa que no debe de haberse cepillado los dientes después de comerlos, y esa clase de cosas es lo que hace que mamá murmure sobre «niñas difíciles». Lo lamentará la próxima vez que vayan al dentista y tengan que arrancarle todos los dientes, que es uno de los mayores miedos de Tally y la única razón de que acceda a llevarse a la boca ese asqueroso cepillo de dientes que pincha.

Empieza a canturrear para sus adentros, intentando bloquear las palabras rabiosas de Nell; si las deja entrar, después tendrán que volver a salir y no van a hacerlo en silencio. No puede arriesgarse a perder el control aquí, donde cualquiera puede verla.

—Te crees que porque eres diferente puedes hacer lo que te venga en gana. —Nell aún no ha acabado—. Pues tengo noticias para ti, hermanita: se acabó. Mamá y papá pueden castigarme tanto como quieran, pero se acabó el hacerte de niñera. No eres la única importante por aquí, ¿entiendes? Así que empieza a superarlo y deja de hacer tan difícil la vida a los demás.

Pasa un coche. Las ruedas chirrían contra el asfalto. Más adelante, una madre lleva un cochecito al parque y Tally oye llorar al bebé. Quizá no le guste estar atado al asiento. Quizá ni siquiera desee ir al parque, pero nadie ha pensado en preguntárselo, porque solo es un bebé y a nadie le importa lo que piensan los bebés.

—Yo voy a entrar —la avisa Nell—. Tú puedes venir conmigo o quedarte aquí y que te castiguen.

Tally sabe lo que es escoger, pero esto no es justo. Si va con su hermana el gusano morirá, pero si lo salva llegará tarde a clase. Cuando mamá le da a elegir siempre hay una opción que suena bien, pero las que le ha dado Nell son malas las dos y así no es como va la cosa.

—No quiero meterme en líos —susurra. Nell asiente con aprobación.

—Si corremos aún podemos llegar a tiempo. Vamos.

—Pero que te aplasten hasta que te mueras tiene que ser muy horrible de verdad. —Tally mira al suelo y se muerde el labio.

—Voy a contar hasta tres y después me iré, contigo o sin ti. —Nell mira fijamente a su hermana—. Uno. —Tally pasa su peso de un pie al otro—. Dos.

En el asfalto hay una grieta que no había visto antes. Si el gusano se cae por ella se quedará perdido para siempre y nunca volverá con su familia de gusanos y puede que eso lo ponga triste. Claro que, si tiene una desagradable, malvada, despreocupada y agusanada hermana mayor, igual no le importa tanto.

—Dos y medio. —La voz de Nell es dura como una piedra con pepitas de preocupación por encima—. Te lo digo muy en serio, Tally. Voy a dejarte sola, y ya sabes el miedo que te da cuando no hay nadie para cuidarte.

Eso es cierto. Odia salir a la calle sola. Hay demasiados peligros. Coches muy rápidos y desconocidos que dan miedo y qué pasa si alguien tira una bomba justo por donde ella está andando o el viento derriba un árbol y le da en la cabeza. Oyó una noticia así la semana pasada, cuando hubo una tormenta. Alguien sacó a su perro a pasear y les cayó encima una rama y tuvieron que llevarlos en helicóptero al hospital. Por suerte, al menos el perro estaba bien.

—Dos y tres cuartos —insiste Nell—. Última oportunidad. O yo o el estúpido gusano.

Tally se agacha y mira al animal. Parece amable. No tiene pinta de haber hecho nada para fastidiar a nadie en toda su vida, y sí, está claro que no es muy muy listo porque sigue viniendo aquí a la acera donde le puede pasar cualquier cosa, aunque también es verdad que a veces resulta difícil recordar todo lo que se supone que tienes que decir y todo lo que se supone que tienes que hacer y solo puedes hacer lo que se te ocurra.

Además, Nell le ha pedido que elija entre ella y el gusano, y eso es fácil: el gusano no acaba de decirle un montón de cosas desagradables.

—¡Tres! Me voy. —Nell se da la vuelta y empieza a caminar—. Y ni te atrevas a contarles esto a mamá y a papá, porque me echarán toda la culpa a mí.

—Es que es culpa tuya —murmura Tally mientras Nell va a paso rápido en dirección al instituto—. Eres una persona odiosa y si me aplastan o exploto en pedazos, será culpa tuya.

Y entonces, mientras el corazón le late a toda velocidad en el pecho, recoge el gusano y lo conduce hasta la seguridad de la hierba.

—Por favor, quédate aquí —le pide mientras lo baja al suelo—. Sé que te resulta difícil, pero tienes que seguir las reglas, ¿de acuerdo? Deja de arrastrarte por la acera. No quiero volver a verte ahí, ¿entendido?

Después, por mucho que odia correr y normalmente piensa miles de excusas para evitar cualquier clase de ejercicio, sale corriendo tan rápido como puede, decidida a llegar al colegio antes de que suene el timbre.

CAPÍTULO 12

Tally mira como las nubes cruzan el cielo a toda velocidad. Es lo único bueno de su clase de matemáticas: se sienta al lado de la ventana y puede pasarse el rato imaginándose que está afuera, sintiendo el viento en la cara en vez de allí, donde el aire está caliente y cargado y huele mal.

Suena el timbre y se le paraliza todo el cuerpo. Ya lleva unas semanas en la Academia Kingswood, pero no cree que vaya a acostumbrarse nunca a ese sonido agudo y estridente. Por mucho que se recuerde a sí misma que está a punto de sonar, siempre la sobresalta.

—¡A Friki Adams le da miedo el timbre! ¡Casi se ha meado encima! —La voz de Luke le llega desde el pupitre de atrás. También oye las risitas de los que lo rodean.

No se da la vuelta, pero las mejillas se le han puesto brillantes, al rojo vivo. Luke siempre se burla de ella al final de cada clase, más y más alto.

—No olvidéis dejarme los deberes al salir —les dice la señora Sheridan—. Los que no los hayan hecho se quedarán castigados al mediodía. Ya sabéis las reglas.

Tally rebusca en su mochila y saca el cuadernillo de matemáticas que les dieron la semana pasada. Lo acabó anoche, aunque no quería hacerlo y al final mamá tuvo que sentarse un buen rato con ella, intentando convencerla de que cogiera el bolígrafo. Fue culpa de mamá que tardase tanto: si no le hubiera dicho que hiciera los deberes antes de cenar no hubiese habido ningún problema. Mamá debía de estar cansada, porque normalmente no comete fallos tan tontos.

Fuera, el pasillo está lleno de gente. Tally mira el horario y ve que la siguiente clase es educación física. Sabe cómo llegar al gimnasio por sí sola, lo que es todo un alivio: después del comentario humillante de Luke no quiere tener que seguir a alguien de la clase.

Todos parecen ir en la dirección opuesta a la suya. Se apoya en la pared y mira cómo pasan por su lado. Le recuerdan a un banco de peces, todos siguiendo a su líder sin pensar adónde van o qué se supone que han de hacer cuando lleguen. Un grupo de chicas pasa riendo y gritándose entre ellas. Hacen que todo parezca tan fácil... Quizá la vida sea sencilla si eres igual que todos los demás. Quizá no tienen que planearlo todo por anticipado y pensar en qué contestar a cien posibles preguntas diferentes o en qué expresión poner cuando se emocionen o estén contentas o sorprendidas o asustadas.

Igual es que nunca sienten miedo.

El gentío empieza a dispersarse y ve a Layla, que avanza por el pasillo hacia ella. Levanta el brazo para saludarla, como siempre, pero enseguida vuelve a bajarlo y se apoya de nuevo contra la pared, intentando pasar desapercibida. Layla está muy concentrada en la conversación con otra chica. Tally la había visto antes, en la clase de educación física, pero no la conoce, y creía que Layla tampoco.

Las chicas pasan de largo. Tally se aparta de la pared y las sigue. No puede oír de qué hablan, pero las risas de Layla le llegan flotando por el pasillo. Aprieta los dientes e intenta concentrarse en los pósteres pegados en las paredes, pero no consigue detener los pensamientos que inundan su cabeza.

Layla tiene una nueva amiga. Quizá le caiga mejor que ella, y quién podría culparla; seguro que a esa niña nadie la llama Friki Adams. Tally sabe muy bien lo que va a pasar a continuación. Lo ve clarísimo, como si fuera una película en su mente. Layla y la chica nueva van a empezar a pasar cada vez más tiempo juntas; al principio intentará incluir a Tally y decir que pueden salir las tres, además de Lucy y Ayesha, en grupo. Pero será mentira porque lo que pasará de verdad será que Layla y la otra harán cosas por su cuenta y se volverán muy amigas y a Tally la dejarán fuera porque el cinco es un número impar y eso nunca funciona, todo el mundo lo sabe.

Si Layla no quiere ser la mejor amiga de Tally, ella tampoco quiere saber nada de ella. No va a rogarle que sean amigas, no cuando Layla es obviamente una traidora y Tally no le importa nada; no si prefiere salir con una fresca que solo quiere apartarla a ella para quedarse a solas con Layla.

—¡Tally! ¡Ahí estás! Te estaba buscando. —Layla se ha detenido a la entrada de los vestuarios y mira hacia el pasillo, sonriente—. ¡Vamos a jugar a hockey! ¡Me muero de ganas!

La otra niña se ha ido por la puerta sin decir ni una palabra. Tally mira con desconfianza a su amiga.

—¿Querrás ir conmigo si tenemos que hacer parejas?

Layla ríe.

—¡Pues claro! Siempre vamos juntas, ¿no?

—¿Con quién hablabas? —Tally se da cuenta de que ha sonado un poco acusadora. No pretende ser maleducada con Layla, pero tiene que saberlo.

Ella la mira confusa un momento, pero antes de que pueda contestar se oyen pasos en el pasillo. La señorita Perkins aparece por la esquina.

—¡Chicas! No es momento de charla. Entrad y cambiaos. ¡En marcha!

De todos los profesores de la Academia Kingswood, esta es la que le da más miedo a Tally. Es joven y va a la moda y le encanta la gente deportiva. Si sabes dar patadas a un balón o eres muy rápido, ya puedes ser el tío más malo del mundo, que le vas a gustar a Perkins. Y eso quiere decir que Tally le cae mal. No cree que nadie a quien no le guste el deporte pueda valer la pena. Podrías meterla en una habitación con Albert Einstein o Miguel Ángel o Wolfgang Amadeus Mozart o hasta Taylor Swift, y si no pudieran hacer una canasta se reiría de ellos y seguramente les diría que no sirven para nada. Los haría sentarse en las gradas con los demás inútiles para que desenredasen las combas mientras los niños populares juegan.

Para Tally, el vestuario de las chicas es posiblemente uno de los peores lugares en el mundo, pero si no quiere que la castiguen será mejor que haga lo que le han dicho.

Respira hondo e intenta tomar tanto aire limpio como puede, evita la mirada de enfado de Perkins y entra con Layla.

Dentro todo está como siempre. Las chicas están apiladas en un extremo, en diferentes grados de desnudez, como si no les importara que puedan verlas en ropa interior. Las bolsas de deporte están tiradas por el suelo, y cuando Tally por fin ha de soltar el aire de sus pulmones y volver a respirar, el aire huele a moho y a humedad y a algo dulce, todo a la vez.

Hay demasiada luz y demasiado ruido y está demasiado sucio.

Es demasiado.

Layla se abre camino hasta el rincón, donde tienen el espacio justo para sentarse si se aprietan entre otras dos chicas. Tally pone cara de disgusto cuando ve que una de ellas es aquella con la que hablaba Layla camino del gimnasio. Ya se ha quitado el uniforme y, mientras Tally se sienta, ella le roza el brazo con una pierna. Tally parpadea y pone cara de asco y espera que la otra niña no lo note. Ya está bastante estresada como para que encima la toquen cuando no lo espera.

—¡Eh, que no estoy enferma ni nada!

Está claro que no ha conseguido ser muy discreta.

—¿Qué dices? —exclama una niña más allá, mirándolas—. ¿Estás enferma?

—¡He dicho que no tengo ninguna enfermedad! —La chica de al lado de Tally levanta la voz—. Le he rozado un brazo con la pierna y ella ha empezado a frotárselo, como si yo tuviera microbios o algo.

—Eso es un poco borde —dice la segunda niña, y cuando Tally levanta la vista parece que la estén taladrando centenares de ojos.

—Ah, es ella —interviene otra—. No le hagas ningún caso, Jasmine. Va a mi clase de mates y siempre está diciendo cosas raras.

—Yo no he dicho... —empieza a contestar Tally con voz temblorosa, pero todas se han dedicado miraditas entre ellas, alzando las cejas, y han vuelto a lo suyo.

—Déjalo estar —le susurra Layla—. Para cuando acabe la clase ya lo habrán olvidado.

La puerta se abre y entra la señorita Perkins.

—¡Daos prisa, chicas! —Observa la sala y entorna los ojos cuando ve a Tally en la banqueta, totalmente vestida—. Desde hoy vamos a instaurar una nueva regla. Si no estáis todos listos en tres minutos, os voy a castigar a todos a la hora del almuerzo.

La reacción es inmediata.

—¡No es justo! —exclama una—. ¡Algunas estamos listas hace horas!

—No nos tendrían que castigar solo porque algunas sean muy lentas —añade otra—. Tendrían que castigarlas a ellas, no a nosotras.

La señorita Perkins niega con la cabeza.

—Se llama *trabajo en equipo*, chicas. Solo sois tan eficientes como la más lenta del grupo. Espero veros fuera a todas dentro de tres minutos, empezando desde ahora mismo.

Perkins se va, y el vestuario estalla en actividad.

—¡Aleksandra, pásame las zapatillas!

—¿Alguien ha visto mi camiseta? ¡Hace un segundo la tenía aquí!

—¿Cuánto tiempo nos queda? ¡Daos prisa, todas!

Tally se queda sentada e inmóvil mientras a su alrededor las otras niñas tiran los uniformes al suelo y se pasan los chándales. Meten los zapatos bajo las banquetas empujándolos con los pies. El contenido de las bolsas abiertas se desparrama por el suelo. Es como ver una película a cámara rápida. Apoya la cabeza contra la pared y cierra los ojos, absorbiendo el sonido que le llega en oleadas e intentando no sentir como si se estuviera hundiendo.

¿A qué se refería esa chica con lo de las cosas raras? Siempre se asegura de decir lo mismo que todas las demás, y a ellas nadie las llama raras.

—¡Venga, Tally! —le susurra Layla, que se pone en pie para ponerse los shorts—. Ya has oído a Perkins: tenemos que salir todas a tiempo.

Tally parpadea y la sala vuelve a enfocarse. Lo último que desea es seguir las instrucciones de la profesora, pero sabe que tiene que hacerlo. Abre su mochila, saca los shorts, se levanta y se los pasa por debajo de la falda.

Una vez colocados, se quita la falda, la sudadera y la corbata y empieza a desabrocharse la camisa. El botón de arriba siempre está muy justo; sus dedos se esfuerzan en pasarlo por el ojal. Finalmente lo consigue, aunque le ha costado un tiempo precioso. Una vez los ha desabrochado todos, se inclina hacia delante y se pasa la camiseta de deporte por la cabeza. Seguro que en séptimo hay chicas a las que no les importa que las vean cambiarse, pero Tally no es una de ellas.

—¡Daos prisa! —grita Jasmine—. ¡Nos queda menos de un minuto!

Tally saca los brazos por las mangas y levanta la vista. La mayoría de las chicas ya salen por la puerta, y las que quedan parecen mirarla todas a ella.

—Si acabas tarde nos las vamos a cargar todas. —Jasmine se levanta y se pone en jarras—. ¡Por favor, date prisa!

—No va a acabar tarde —dice Layla, al rescate—. Mira, solo le faltan las zapatillas. Salid todas y nosotras vamos enseguida.

Jasmine mira a Tally y después al vestuario. Tally reconoce las expresiones de las chicas que quedan; sabe lo que significa. Creen que no va a conseguirlo. Piensan que será culpa suya si las castigan.

—¡Ya voy! —Tan rápido como puede, Tally se calza una zapatilla y después la otra, y se levanta de un salto—. ¡Mirad, estoy lista! ¡Vamos a jugar a hockey! ¡Me muero de ganas!

Jasmine se vuelve y la premia con una sonrisa, y aunque esta sea muy ligera y breve es una buena cosa. Quizá quiera decir que después de todo no va a intentar quitarle a su mejor amiga.

—¡Vamos!

Layla pasa por delante de Tally y se dirige a la puerta del vestuario, siguiendo a las demás.

—¡Date prisa, Tally! —exclama—. ¡Nos quedan veinte segundos!

Ella da un paso adelante, pero se detiene de repente.

Se le ha metido algo en una zapatilla y no va a poder caminar con eso clavándosele en el pie.

—¡Tally! —le llega un grito desde fuera—. ¡Nos quedan diez segundos!

Da otro paso. Le duele. Le duele mucho mucho.

—¡Venga! —La voz de Layla suena frustrada y quizá hasta un poco molesta y a Tally empieza a acelerársele el pulso.

Otro paso. Y otro más. Siente como si tuviera el cuerpo en llamas. Algo está atravesando su delicada piel en la planta del pie y parece que sea una aguja o un alfiler o una astilla muy muy puntiaguda.

Quiere llorar, pero no tiene tiempo como para que le salgan las lágrimas y volver a contenerlas, así que van a tener que quedarse donde están, tras los párpados, dificultándole la visión.

—No puedo hacer que castiguen a todas las demás —susurra para sí misma mientras avanza por el suelo de baldosas—. No puedo.

Abre la puerta y la luz del sol le da en los ojos, haciéndola parpadear. Delante de ella, las chicas están divididas en grupos. La señorita Perkins les está pasando palos de hockey y no se da cuenta de que Tally ha salido unos segundos tarde.

—Ven aquí —sisea Layla con un gesto—. Ponte detrás de mí.

—Vamos a empezar dando dos vueltas al campo —ordena Perkins—. Cada una va a llevar su palo de hockey, y todas las que no las hayan completado en ocho minutos van a pasarse la hora de comer limpiando el cuarto del material de deporte.

Tally lo ha visto; está hecho un desastre. Aún recuerda lo que les dijo el señor Kennedy el primer día sobre uno de séptimo que se perdió allí durante una hora entera. Se da cuenta de que era una broma —no es estúpida—, pero no lo ha olvidado. Hay noches en que tiene pesadillas con el cuarto del material de deporte.

La señorita Perkins pita con su silbato. Las niñas del principio de la cola echan a correr. Tally se avanza, coge el palo de hockey cuando se lo dan y también corre. Cada uno de sus pasos es agónico; el dolor en su pie es cada vez peor y peor, hasta que no puede pensar en nada más.

Pero no se detiene y no llora. Ni una sola vez. Porque las chicas estaban contentas de que se hubiera cambiado a tiempo y hasta se han olvidado de que creen que es rara. Si sigue corriendo, va a ser exactamente igual que todas, y a la gente le gusta cuando hace lo mismo que ellos.

Aunque le duela más de lo que es capaz de explicar.

CAPÍTULO 13

Cuando Tally y Nell vuelven a casa, mamá le está gritando a papá. Tally ni siquiera sabía si su hermana la esperaría después de la pelea de la mañana, pero está claro que ya había olvidado lo del gusano y su enfado, porque no lo ha mencionado ni una vez. Pero Tally sí que lo recuerda.

—¡Esto no me gusta nada! —exclama mamá mientras entran—. ¡Alguien habrá que pueda tenerlo hasta que ella salga del hospital!

Papá entra en el salón con cara de cansancio.

—No, no hay nadie —dice, mirando atrás—. Hola, chicas. ¿Habéis tenido un buen día?

Nell murmura algo ininteligible, cuelga el abrigo y va a la cocina. Tally se queda quieta y mira a papá. ¿Qué clase de pregunta es esa?

—¿Que si he tenido un buen día? —repite, y deja la mochila en el suelo—. ¿Cómo puedes preguntarme eso, si sabes que he tenido que ir al colegio?

Papá sonríe ligeramente.

—Pasar un buen día en el colegio es posible —le dice—. Sé de buena fuente que de vez en cuando se da el caso.

Tally cierra los ojos y, cuando vuelve a abrirlos, están llenos de rabia.

—¡Tú no sabes nada! —le suelta—. ¡No tienes ni idea de cómo es para mí! ¡Y ni siquiera te importa! ¡Solo quieres decir tonterías y hacer como si todo fuera bien, pero no va bien!

—Eh, eh, ¿qué pasa? —Mamá entra, limpiándose las manos con una toalla—. ¿Cuál es el problema? —Tiene pintura en la nariz. Normalmente eso haría reír a Tally, pero hoy, después de todo lo que ha pasado, no le queda nada de risa dentro. Señala a papá.

—Él es el problema.

Papá carraspea.

—Eh, espera un momento. Solo te he preguntado si has tenido un buen día. No creo que eso me convierta en...

—¡Ni siquiera sabes lo que me ha pasado hoy! —grita Tally mientras se quita las zapatillas y las tira al suelo.

—Ya estamos, otra pataleta —murmura papá. Lo dice

en voz baja pero Tally lo oye, como todo lo demás que dicen de ella; no es sorda y tiene orejas.

—¡No es ninguna pataleta, señor horrible! ¿Por qué no me entiendes? ¡No soy maleducada ni soy como un bebé, y ya deberías saberlo! —exclama—. ¡Y, para tu información, esta mañana tampoco he tenido una pataleta! ¡Solo intentaba salvar a un gusano y a Nell, tu odiosa hija, no le importó y se fue corriendo y me dejó sola!

—¿Nell te dejó sola? —Mamá se pone muy seria—. Ahora me encargo. ¿Es eso lo que te ha alterado tanto o hay algo más?

—¡Es todo! —grita Tally—. ¡Y no estoy alterada! ¡Estoy dolida, que es muy diferente aunque nadie lo entienda! Y si Nell se hace daño todos la comprendéis y lo sentís por ella y la hacéis tumbarse en el sofá con una manta y la cuidáis, pero cuando yo me hago daño solo decís «Vaya, a Tally le ha dado otra PATALETA y está un poco alterada», pero no estoy alterada. —Se detiene y respira hondo—. Estoy. Dolida.

—Y nosotros queremos ayudarte —replica papá, que se apoya contra la pared—. Pero tienes que dejar de gritarnos.

El cerebro de Tally se inunda de preocupación. Acaban de decirle lo que tiene que hacer y ahora no puede hacerlo, lo que significa que igual se pasa toda la noche gritando.

—¡No tengo por qué hacer lo que ordenas! —se lamenta. Recoge una de las zapatillas y la lanza hacia el pasillo—. ¡Puedo decir lo que quiera, aunque todos penséis que soy rara! ¡Tengo una voz y tengo derecho a usarla!

—Nadie ha dicho que seas rara ni que no tengas derecho a usar tu voz. —Papá parece confuso—. Ahora mismo queda clarísimo que tienes una voz. Seguro que la gente al otro lado de la calle tampoco tiene ninguna duda de que tienes una voz y te funciona perfectamente.

—Siento mucho que estés dolida —dice mamá, que niega con la cabeza y mira a papá mientras él se pone en cuclillas al lado de su hija—. Parece que has tenido un día complicado. ¿Quieres tumbarte en el sofá con una manta?

Tally levanta las rodillas y se coge las piernas con los brazos.

—No.

Mamá vuelve a intentarlo.

—¿Y una bebida caliente y una galleta? Igual te ayuda.

La niña niega con la cabeza.

—Déjala estar —murmura papá—. Recuerda lo que nos dijo el médico: a veces solo necesita un poco de espacio.

Mamá duda.

—Voy a ir a limpiar la cocina —dice—. He dejado las pinturas por todas partes y está manga por hombro. Si quieres algo ya sabes dónde estoy, cariño.

Tally baja la cabeza, la apoya en las rodillas y espera a oír que la puerta de la cocina se cierra. Entonces, tan silenciosamente como puede, sube las escaleras de puntillas y entra en su habitación. La máscara de tigre cuelga de la cama. Se la pone y siente su olor familiar.

Cruza la habitación, se mira en el espejo y contempla a la fuerte y poderosa criatura que tiene delante, la valiente, magnífica Niña Tigre que no siente dolor y no siente tristeza y no se preocupa por lo que los demás piensen de ella. Ojalá pudiera ser esa chica todo el tiempo, entonces nadie diría cosas desagradables sobre ella ni se dedicarían esas miraditas cómplices, esas que significan que ha vuelto a hacer algo mal aunque ella misma no sepa lo que es o cómo no hacerlo la próxima vez.

Mira y mira su reflejo hasta que la Niña Tigre se desdibuja. Entonces sale, baja la escalera y avanza hasta llegar a la puerta de los trastos de limpieza. Rupert está tumbado tras los barrotes. Tiene un aspecto diferente, y esta mañana no llevaba bozal.

—No tengas miedo —le susurra Tally—. ¿Puedes verme?

Cuando era más pequeña siempre hacía esa pregunta, cada vez que se ponía la máscara. Y nunca tuvo muy claro qué respuesta prefería oír. No sabía si era mejor quedarse escondida o que la vieran, si era mejor ser la Niña Tigre o Tally.

Rupert la mira desde encima del bozal y se incorpora poco a poco. Mantiene la distancia con el tigre que lo contempla. Se observan el uno al otro durante un rato, ambos ocultos tras sus máscaras.

—Va a tener que quedarse un tiempo más. —Papá ha aparecido detrás de Tally—. Le hemos puesto ese bozal para asegurarnos de que no pasa nada. A mamá no le hace ninguna gracia, como ya habrás notado.

—No es peligroso —dice Tally, y apoya las manos sobre los barrotes.

—No —papá se muestra de acuerdo—, ya no. Pero sigue siendo bastante impredecible, así que no entres ahí con él, por favor. ¿Te apetece ahora una bebida?

Tally asiente. No tiene ganas de tomar nada, pero ha de mantener una conversación importante con Rupert y no quiere que papá la oiga.

—Hoy me ha dolido mucho el pie —dice cuando papá desaparece camino de la cocina—. Y no le ha importado nada a nadie. Pero tú sí que lo entiendes, ¿verdad? Porque solo tienes tres patas y eso debe de haberte dolido mucho.

Le pican los ojos y parpadea fuerte porque los tigres no lloran, ni siquiera cuando piensa en lo horrible que es que Rupert haya perdido una pata y a los demás ni siquiera se les ocurra que debe de estar muy triste.

—No lo entienden —dice en voz baja—. Todos creen que estás enfadado y eres peligroso. Pero yo sé que no. Solo tienes miedo, ¿verdad? —Rupert da un dubitativo paso adelante con un saltito de su única pata trasera—. Vas a tener que llevar el bozal un tiempo. Espero que no sea muy incómodo. Pero les haré ver que no eres un mal perro, te lo prometo.

Rupert suelta un leve gruñido que parece salirle del fondo del pecho. Tras su máscara de tigre, Tally sonríe y contiene las lágrimas. Los dos se van a entender perfectamente.

Fecha: Martes, 30 de septiembre
Situación: Una clase horrible de educación física y un ataque en casa
Nivel de ansiedad: 9.

Querido diario:

Tendría que estar en la cama, pero me sería imposible dormirme ahora, con tantas cosas que me llenan la cabeza.

He tenido otro día horrible. Ya ha sido bastante malo tener lo que parecía un alfiler (y que resultó ser una pepita de manzana) en el pie, que no dejaba de pincharme mientras yo daba vueltas al campo por obligación, pero, además, mi supuesta «mejor amiga» quería abandonarme.

Y encima me vienen pensamientos terroríficos sobre el gusano que he rescatado esta mañana. Por ejemplo, que haya vuelto a la acera y lo haya aplastado alguien poco cuidadoso. La idea me pone enferma de verdad.

A veces, solo a veces, me gustaría ser como los demás, alguien a quien no le importe si se le mete algo en el zapato, que sepa superarlo cuando pierda a su mejor amiga y que pueda dejar de pensar en el gusano (si es que alguna vez piensa en un gusano, cosa que seguramente no pasaría). Lo que quiero decir es que soy como un arándano con moho en una bolsa. No estoy segura de que los demás me quieran; hago que todo el paquete parezca malo. Nunca encajo con nadie ni en ninguna parte. Me siento como una llave que no entra bien en la cerradura.

Te estarás preguntando qué es lo que pasa con Layla. La verdad es que yo también. No quiero ser de esas que no dejan que sus amigas estén con otras y se ponen celosas, pero es que me parece que ya se ha olvidado de mí. ¿Y si es eso? ¿Y si la he aburrido? Mis amistades son lo más importante para mí, y la idea de tener que hacer un montón de eso de socializar para conseguir nuevos amigos me da mucho miedo. Esta noche no voy a poder dormir nada.

Datos sobre el autismo de Tally: el sueño

El dormir supone un problema para mucha gente autista. Odio irme a dormir. Siento como que en cuanto me duermo se despierta todo lo que es importante en la vida y yo me lo pierdo. Hasta los detalles de nada, como saber que mamá y papá están abajo viendo la tele, me hacen pensar que mi parte del mundo tiene que parar, pero los demás siguen adelante. A veces eso me hace sentir muy sola y me preocupo por las cosas.

A veces, para que me venga el sueño ordeno mis peluches siguiendo el orden de sus cumpleaños, y les doy las buenas noches por orden alfabético. Lo llamo mis tareas especiales, cosas que tengo que hacer para que todo vaya bien. Entonces igual me doy cuenta de que me he dejado tres o cuatro. No quiero salir de mi cómoda y cálida cama, pero, por mucho que intente ignorar la incomodidad de haberme dejado tres de mis peluches, no lo consigo. Así que me levanto y voy a buscarlos. Después tengo que arreglar toda la hilera para que quepan en su lugar. Y después tengo que volver a decirles buenas noches a todos, desde el principio.

CAPÍTULO 14

—No sé por qué no puedes ir sola a la academia —refunfuña Nell mientras caminan por la calle—. A mí me obli-
garon cuando empecé séptimo.

Tally no le presta ninguna atención. La oye balar como
una oveja, pero no permite que las palabras le entren por
las orejas. Toda su vida ha podido hacer lo de no escuchar
si no quiere. Le resulta de lo más práctico.

Mira a la acera, saltando por encima de las grietas y
vigilando que no haya gusanos, aunque hoy no espera ver
ninguno: ha dejado de llover y todos deben de estar ca-
lentitos en sus túneles bajo tierra. Aun así, va con cuidado por si acaso. Además, mirar al suelo es más interesante
que mirar a Nell, que es mala.

—Tienes que aprender a ser más independiente. No

voy a estar cuidándote durante el resto de tu vida. —Nell le da al botón de cruce de peatones con su uña azul—. Es ridículo, todos te tratan como si fueras de cristal.

Tally levanta la mirada.

—Sería horrible estar hecha de cristal —dice mientras el hombre verde empieza a parpadear—. Imagínate que alguien chocara contigo y te cayeras; te harías trizas que no se podrían volver a pegar.

—Es como lo de ese horroroso perro de tres patas —murmura Nell—. No me extraña que te guste tanto. Los dos estáis rotos.

Tanto el tiempo como Tally se quedan congelados. Esta vez su hermana ha ido demasiado lejos. Hay muchas cosas que la preocupan, pero este es su peor temor de todos y es un miedo que nunca desaparece por mucho que lo intente, esté en el techo de la caseta del jardín o acostada por la noche, cada vez que alguien la mira de esa forma, cada vez que algo va mal y ella sabe que es culpa suya. La voz en su cabeza que le susurra que está rota no había sonado nunca como la de Nell, pero sabe que a partir de hoy va a ser así para siempre.

—¡No es verdad! —Tally se detiene en mitad de la calle—. ¡Yo no estoy rota, y Rupert tampoco! ¡No lo estoy! ¡Retira eso!

—¡No te quedes ahí parada! —Nell la coge del brazo y la arrastra hasta la acera—. ¡Van a atropellarte!

—¡Suéltame! —grita ella—. ¡Hace días que estás de mal humor, desde que mamá se enteró de que me abandonaste para ir sola al instituto, pero no deberías pagarla conmigo porque no es mi culpa y no estoy rota!

Nell se queda con la boca abierta.

—¡Mamá no «se enteró», Tally! ¡Tú se lo dijiste!

—Es lo mismo. —Mira fijamente a su hermana—. Y te merecías que te quitaran el iPad porque podrían haberme secuestrado y tú serías hija única. ¿Qué es lo que sentirías entonces?

—Alivio. —Nell saca los guantes del bolsillo y se los pone—. Y ahora date prisa, porque hoy sí que no voy a faltar cuando pasen lista.

Tally clava los pies en el suelo, ligeramente separados.

—No voy a ninguna parte hasta que lo retires.

Nell resopla, haciendo nubes de vaho en el aire frío.

—Vale. Como quieras. Lo retiro. ¿Ya estás contenta?

Ella niega con la cabeza.

—No estoy contenta para nada —informa a su hermana—. Porque tengo una hermana mayor vengativa, desagradable y malévola que cree que está bien decirme todo lo que quiera. Has herido mis sentimientos.

Nell se encoge de hombros.

—Siento haber herido tu sentimiento y ser tan, ¿cómo has dicho?, malévola.

—Sentimientos —la corrige Tally—. En plural. Tengo muchos sentimientos y tú los has herido casi todos.

Avanzan por la acera en silencio, Tally arrastrando los pies tanto como se atreve. Tampoco quiere llegar tarde, pero no puede dejar que Nell crea que ha ganado. Más adelante, dos chicas mayores están apoyadas contra la verja de la academia. Se quedan mirándolas mientras las dos hermanas llegan, y dan golpecitos en el suelo, contra los ladrillos, lo que hace que Tally vaya aún más lento. Se yerguen cuando Nell se acerca. Tally ve que una mira a la otra antes de interponerse y empezar a hablar. Está demasiado lejos como para oír lo que dicen, pero el viento le lleva el ruido de sus risotadas agudas, y ve que le tiran la mochila del hombro de un golpe y entonces se dan la vuelta y entran en la academia.

Nell se queda quieta un momento y después recoge la mochila y mira atrás.

—¿Puedes intentar parecer normal, para variar? —dice, entornando los ojos mientras ella se le acerca—. ¿Tan difícil te resultaría?

Tally se mira el cuerpo, confusa. No ve nada de especial en su ropa. Tiene un poco de barro en los zapatos de cuando ha salido al jardín esta mañana y se ha subido a la caseta, pero aparte de eso todo lo demás es como siempre.

Un grupo de chicos se le acerca, y ella se hace a un lado para dejarlos pasar. Uno de ellos tiene un dibujo de un zombi en la mochila, con sangre que le sale de la boca y los brazos extendidos. Tally aparta la vista. Odia a los zombis. Hasta el año pasado tuvo una mochila de Peppa Pig, pero no era tan tonta como para pensar que podía llevarla a la Academia Kingswood. Si hubiese aparecido con esa mochila, sí que le hubieran metido la cabeza en la taza del váter. Eso le dijo Nell.

—¡Deja de poner esa cara! —le susurra con rabia su hermana, dando un paso hacia ella—. Vas a llamar la atención de la gente.

—¿Qué cara? —Tally frunce el ceño. No está haciendo nada—. Es mi cara normal.

—No, no lo es. —Nell se está enfadando mucho—. Estás poniendo caras raras y estás ridícula. Estate normal y basta, por favor.

Una chica pasa en bici por su lado, a toda velocidad, y casi tira a Tally al suelo. Aprieta fuerte su aburrida-pero-normal mochila roja que es exactamente igual a las de Layla y Lucy y se vuelve hacia Nell.

—Esta es mi cara —dice para darle una nueva oportunidad a su hermana. Que nadie diga que no es capaz de perdonar—. Nací con esta cara y no puedo cambiarla.

—¿Por qué no puedes ser normal? —le ruega Nell—. Solo por un día.

—¿Prefieres que ponga esta cara? —replica Tally con voz muy dulce. Se tapa el rostro con las dos manos, y cuando las retira muestra la mayor sonrisa que puede—. ¡Tachán! ¡Es mi cara feliz! ¿Mejor así?

—Tally, para. —Nell mira nerviosa a su alrededor—. Entra en la academia.

Ella vuelve a taparse la cara con las manos, manteniéndolas unos breves segundos antes de apartarlas y mostrar su nueva expresión.

—¿Y qué te parece esta? La llamo «cara triste». Es la cara que tengo que poner si me siento infeliz o dolida. Si no pongo esta cara, nadie puede saber que me siento mal. Si me siento triste por dentro pero no pongo esta cara, entonces es culpa mía si todo el mundo cree que estoy bien.

—No sé a qué juegas, Tally, pero no tiene gracia, ¿vale? —La mira fijamente—. Ahora voy a entrar y tú puedes poner la cara que quieras.

Tally mira como su hermana se aleja y entonces camina ella también hacia la entrada. Por fuera se muestra tranquila y calmada, pero por dentro está temblando. Nell no tenía por qué haber sido tan maleducada. Eso significa que quería mostrarse horrible con ella sin tener ninguna razón.

La primera clase es teatro, y cuando entra en el taller aún se siente fatal. Entonces ve a Ayesha y Lucy conversando muy animadamente con el horrible Luke y su mañana se vuelve oficialmente un desastre.

Ha olvidado hace tiempo las esperanzas que tuvo en verano de que Luke se volviera un poco más amable. Ha cambiado, desde luego, pero no para bien. Se ha cortado el pelo y está claro que ha empezado a usar desodorante porque puede olerlo desde la otra punta de la sala. Es más alto y también se mueve de forma diferente. En realidad ya no camina, es más bien como si fuera dando saltitos por la escuela. Le recuerda a una gallina...

... una gallina que todas las chicas parecen encontrar totalmente fascinante por alguna razón incomprensible.

—¡Venga, séptimo, empecemos!

La señora Jarman entra por la puerta y pasea la vista por la sala. Detiene la mirada en Tally durante un segundo y sonríe brevemente antes de dirigirse a su mesa; la niña ve, un poco desilusionada, que vuelve a estar hecha un desastre total a pesar de su intento de ordenarla hace unas semanas. Pero el buzón de sugerencias sigue allí; lo ve bajo una pila de papeles y libros. Lo que no sabe es si ya ha leído su primer consejo. Espera que sí, porque era muy importante.

Consejo número 1: No grite o haga ruidos fuertes de repente o diga cosas en tono enfadado porque eso me hace difícil entenderla si tengo la cabeza ocupada en decidir si siento miedo o vergüenza.

—Dejad las mochilas contra la pared y buscaos un lugar —exclama la profesora por encima del ruido de la clase, y da una fuerte palmada.

El ruido resuena en la sala, rebota en las paredes y se mete dentro de la cabeza de Tally. Sin que pueda evitarlo, se lleva las manos a las orejas y se vuelve de cara a la pared, intentando no dejar entrar el estruendo que la rodea. Eso responde a la pregunta de si la señora Jarman ha leído su consejo o no.

—¡No asustéis a la friki! —dice Luke, lo suficientemente alto como para que ella lo oiga.

Cierra los ojos apretándolos muy fuerte mientras le llegan carcajadas de todas partes.

—¡Ya está bien! —suelta Jarman, y dice algo que ella no

oye. Las risas siguen un segundo más y se detienen. La sala queda en silencio.

Abre los ojos y baja las manos. Se aparta lentamente de la pared. Delante de ella, la señora Jarman mueve la boca, pero apenas oye el sonido que sale de sus labios. Da un paso adelante, intentando acercarse como para oír lo que dice. Los demás alumnos se miran unos a otros, confusos, y hacen lo mismo que Tally, avanzando de puntillas en silencio, la vista fija en la profesora.

—Así está mejor —susurra Jarman, mientras se acercan a ella—. Siento haber hablado tan alto hace un momento. Este es un lugar de expresión y creatividad. No necesitamos gritar para hacernos oír en el taller de teatro. Las voces más fuertes son las que hablan más bajo, cosa que a veces yo también me tengo que recordar a mí misma.

—Vaya chorrada —dice Luke en lo que está claro que cree que es voz baja. Pero no es lo suficientemente baja para los sentidos de águila de Jarman.

—Tengo la regla de dar dos avisos, jovencito —murmura, mirándolo muy seriamente—. Increíblemente, has conseguido gastar ambos en los dos primeros minutos de clase.

—¿Qué es lo que he hecho? —protesta Luke, irguiéndose tanto como puede—. ¡No he hecho nada!

—Desde luego que sí. —Jarman asiente y da un paso adelante—. Faltando al respeto, tanto al mío como al de tus compañeros, no estás contribuyendo nada en absoluto a la clase. Así que, por favor —señala hacia la puerta—, sal de aquí y dirígete a dirección. Di que te he ordenado dejar la clase de teatro hasta que tengas algo de interés que aportar al grupo. En esta sala no va a haber más muestras de mala educación, más comentarios desagradables y, desde luego, más gritos.

Luke la contempla, aturdido, y Tally siente como estalla una burbuja de felicidad en su interior.

—No quería decir nada... —empieza él, pero la señora Jarman no lo escucha.

—Sí, sí que querías —replica—. Y ahora vas a tener que enfrentarte a las consecuencias.

Vuelve a señalar hacia la puerta, y toda la clase mira como Luke coge su mochila y sale arrastrando los pies. Parece que la vergüenza le ha hecho olvidar los saltitos. Entonces Jarman se vuelve y mira a los demás.

—Si no podemos hacer entender lo que queremos decir a quienes nos rodean sin gritar o ser desagradables, entonces seguramente no nos estamos expresando bien. Alguien me ha dicho esto hace poco. —Vuelve a posar la vista en Tally por un segundo—. Ahora quiero que forméis parejas. Vamos a empezar con un ejercicio de calentamiento que se llama «Suena bien», y que resulta muy apropiado para la lección de hoy, porque trata del modo en que decimos las cosas más que en las palabras que usamos.

Tally se queda quieta mientras a su alrededor todos hacen parejas y se buscan un espacio. Ayesha y Lucy se han juntado, y ella no conoce a nadie más que aún no tenga pareja, pero no le importa. Lo único en que consigue pensar es en que está claro que la señora Jarman ha leído su consejo, y eso la hace sentirse más feliz de lo que creía posible en la escuela.

CAPÍTULO 15

—¿Seguro que no quieres coger uno de tus peluches? —le pregunta mamá por enésima vez.

Tally mira al infinito y dobla su pijama.

—Ya te lo he dicho —contesta mientras lo guarda—. Nadie va a llevar juguetes. Me haría parecer una niña pequeña.

Mamá no parece muy convencida.

—Podrías esconderlo debajo del saco de dormir —sugiere—. Nadie sabría que lo tienes.

Tally duda un segundo. No es una idea horrible. Podría llevarse a Billy; se lo merece, después de que se olvidara de su cumpleaños la semana pasada. Estaría bien saber que la acompaña.

—No. —Niega firmemente con la cabeza—. No voy a

llevarme un muñeco a dormir a casa de Layla. Ya tengo once años. Tienes que dejar de tratarme como si fuera una niña pequeña.

Mamá cierra la cremallera de la bolsa y sonríe.

—Ya lo sé, cariño. Te has hecho tan mayor que ya vas a secundaria. Papá y yo estamos muy orgullosos de ti. ¡Y aquí estás, preparándote para ir a dormir por primera vez a casa de tu amiga! —Le acaricia el pelo y la acerca para darle un abrazo.

—¡Mamá, que me da vergüenza! —Tally se aparta, pero por dentro también sonríe.

—Bueno, pues creo que ya lo tienes todo. —Mamá coge la bolsa y va hacia la puerta—. Si de verdad estás segura de no querer llevarte nada que puedas abrazar...

Tally mira su cama: el edredón apenas se ve bajo el ejército de peluches que lo cubren.

—Estoy segura —contesta, y respira hondo—. Ya no soy una niña pequeña.

Mamá la lleva en coche hasta la casa de Layla. Durante el breve recorrido, Tally apenas consigue estarse quieta. La emoción le hace agitar las piernas y los brazos, y mamá le va dirigiendo miraditas de reojo, preocupada. Ella tiene que llamarle la atención porque el conductor debería tener la vista siempre fija en la carretera.

En cuanto el coche se detiene, Tally sale por la puerta.

—¿Lo llevas todo? —le dice mamá mientras abre el maletero—. Si te has olvidado cualquier cosa, siempre puedo traértela. Está cerca, así que llámame si necesitas algo, ¿vale?

Tally se pregunta si su madre será capaz de sobrevivir mientras ella no esté. Cargan juntas con el saco de dormir y la mochila por el camino, y mamá llama a la puerta.

—¡Tally! ¡Has venido! —Layla la coge del brazo y la lleva adentro. Ayesha y Lucy están al pie de las escaleras. Tally se pregunta si hace mucho que han llegado—. ¡Me alegro mucho de que esta vez hayas podido! Mamá creía que ibas a anularlo en el último momento, pero le dije que prometiste venir.

—Hola, Tally. —La madre de Layla está de pie en la sala. Le dedica una mirada de preocupación a su hija—. Me alegra que hayas venido.

—Hola —saluda ella, que de repente se siente incómoda—. Me alegra que usted también haya venido.

Se produce una pausa. Tally repite el saludo en su cabeza y se da cuenta, demasiado tarde, de que se ha equivocado. ¿En qué estaba pensando al decirle eso a la madre de Layla? ¡Por supuesto que está allí, es su casa! Cierra los puños y se clava las uñas en las palmas. No puede dejar de oírse para sus adentros repitiendo la misma bobada una y otra y otra vez. Quería que este día fuera perfecto y ya lo ha arruinado.

—Gracias por invitarla. Le ha hecho mucha ilusión.

—Mamá también ha entrado—. Y, por supuesto, si pasara cualquier cosa puedes...

—Todo irá bien, Jennifer —la interrumpe la señora Richardson, lo que no es amable por su parte, pero después de haber fastidiado su saludo, Tally no cree que deba comentar el tema de los malos modos de la anfitriona—. Vete y pasad una maravillosa noche con Kevin y relajaos por una vez. —Se vuelve hacia las niñas—. ¡Van a pasárselo genial todas!

—Subamos tus cosas a mi habitación —propone Layla, tirando de Tally hacia las escaleras—. Aún falta hasta la hora de cenar, tenemos un montón de tiempo.

Tally se deja arrastrar. Mira brevemente a mamá.

—Nos vemos mañana —le dice esta. Y entonces, antes de que su hija se dé la vuelta de nuevo, dice silenciosamente «Te quiero» moviendo los labios y le tira un beso. Nadie parece darse cuenta, lo que es un alivio porque lo último que necesita es que mamá se ponga tonta y sentimental porque su hija vaya a quedarse a dormir en casa de una amiga.

En la habitación de Layla parece como si hubiera habido una explosión. Hay ropa tirada por todas partes y cada centímetro libre está lleno de maquillaje y productos para el pelo y bisutería. El aire huele mucho a perfume, y cuando Tally entra siente como si se estuviera hundiendo en un mar de color de rosa.

—Deja tus cosas aquí —le dice Layla, soltándola por fin—. Y ahora vamos a ponerte guapa.

Tally mira hacia donde señala su amiga. Hay un trocito de moqueta que aún no ha sido ocupado por Ayesha y Lucy, así que coloca allí el saco de dormir como puede.

—Siéntate aquí y ya podemos empezar. —Lucy abre los brazos y señala hacia el tocador de Layla. Tally no está muy segura de querer sentarse, pero obedece y se coloca en el taburete. Ha hecho averiguaciones sobre lo de dormir en casa de amigas y ha visto que eso del maquillaje es de lo más normal. Es muy importante que se muestre normal durante las próximas dieciocho horas y media.

—Voy a hacer que estés muy guapa —le promete Layla, que se sienta a su lado. Mira el reflejo de ambas en el espejo y ladea la cabeza con expresión pensativa—. Creo que vas a quedar genial con un poco de sombra de ojos y más definición en las mejillas. ¿Tú qué piensas, Ayesha?

Esta se acerca a Tally por el otro lado y se pone en jarras.

—Quizá —dice lentamente, mirándola fijamente a la cara—. Pero solo si lo compensas con un color pálido en los labios. Y, obviamente, vas a tener que usar delineador blanco para dar énfasis a la sombra de ojos. Y quizá unas extensiones en las pestañas, que son muy cortas. ¿A ti qué te parece, Tally?

Esta piensa que es muy posible que estén hablando en alguna especie de idioma extraterrestre, pero quiere seguirles el juego.

—Todo eso suena genial —dice, sonriendo tanto como puede—. Sobre todo lo del énfasis. Pero, si me ponéis sombra en los ojos, igual acabo pareciendo un panda.

Ayesha y Layla sueltan unas risitas. Tally siente el subidón de alegría que le da cada vez que hace reír a sus amigas. Esta vez todo va a salir bien, seguro que sí.

Al lado de la ventana, Lucy juguetea con su móvil. De repente la habitación se llena con la voz de Taylor Swift. Parece un buen presagio, así que Tally se relaja en la silla mientras Layla elige el maquillaje y Ayesha se sienta en la alfombra y reúne una colección de diferentes pintaúñas, leyendo sus nombres en voz alta.

—Tenemos Luna Azul —dice—. Y me encanta este color. Se llama Puntas de Purpurina.

—Me lo regalaron en Navidad —replica Layla, echán-

dose un poco en la palma de la mano—. Es muy exube-
rante.

—Me parece que le quedaría bien este amarillo —dice
Ayesha, cogiendo un tarrito de algo que a Tally le recuerda a un plátano—. Se llama Polvo de Estrellas. ¡Mola!

—No quiero que me pongáis polvo en las uñas —dice
ella, pero en voz muy baja y nadie la oye con la música de
Taylor Swift.

—Ahora tienes que quedarte muy quieta —le dice
Layla, mirándola, y moja una esponjita en la sustancia
que se ha colocado en el dorso de la mano—. Esto es solo
para darte una base lisa, pero mejor que no te lo acerques
a los ojos porque pica mucho. Créeme, lo sé. —Tally cierra los ojos y los aprieta muy fuerte, presa del pánico, y su
amiga hace un ruidito de desaprobación—. ¡No, no hagas
eso! Se te van a hacer arrugas, y queremos ponerte muy
guapa, no con pinta de vieja.

La esponjilla entra en contacto con su piel y Tally parpadea. Está inesperadamente fría, y mientras Layla se la
pasa por la cara su piel se vuelve apretada y dura e incómoda. Cuenta hasta diez para sus adentros y cuando
acaba vuelve a empezar una y otra vez, como le enseñó
mamá.

Pero eso no hace que nada mejore.

Por fin, Layla se aparta y Tally abre los ojos.

—¿Ya estamos? —pregunta—. ¿Es hora de cenar?

Layla ríe, y Tally oye un bufido desde la ventana.

—¡Pero si ni siquiera hemos empezado realmente! —exclama Layla—. Esa ha sido la parte aburrida, ¡ahora viene la diversión de verdad!

Tally abre la boca para decirle que no puede quedarse ni un minuto más en ese taburete, pero vuelve a cerrarla. ¿Qué va a decir como excusa? Que tiene que ir al lavabo no, eso le daría vergüenza. Y si les dice que no le gusta que la maquillen, desearán no haberla invitado y lo estropeará todo. Lo único que puede hacer es quedarse tan quieta como sea capaz y rogar que no le den los temblores de la autoestimulación; las chicas son sus amigas, pero está bastante segura de que no sabrían lidiar con la verdadera Tally.

El móvil pasa a otra canción. La voz de Taylor Swift es reemplazada por un hombre que grita muy fuerte sobre algo que le ha hecho su novia para molestarlo y asegura que lamentará haberlo traicionado.

—¡Esta me encanta! —grita Ayesha—. ¡Ponla más alta!

Lucy lo hace y Tally ve como se acerca a ella. Lleva algo en la mano que hace que se le retuerza el estómago de miedo.

—Hoy me encargaré yo de tu pelo —le dice Lucy, agitando el cepillo en el aire. Su voz suena falsa, como la de la gente perfecta de la televisión, esos que siempre están dando órdenes a los imperfectos y diciéndoles que tienen que hacerlo todo mejor—. ¡La verdad es que hace mucho que tenía ganas, querida!

Ayesha ríe y se adelanta hasta que está arrodillada al lado de las piernas de Tally.

—Dame la mano —le ordena—. Voy a hacerte una de mis famosas manicuras.

Tally no puede apartar la vista de Lucy y su cepillo, así que, sin apenas darse cuenta, permite que Ayesha le tire del brazo hasta que este queda colgando a un lado de la silla.

—¡Esto es genial! —exclama Layla, y coge algo que parece un lápiz—. ¡Es muy divertido que hayas venido con nosotras! ¡Nos lo vamos a pasar como nunca!

Sonríe, y ella hace lo propio. Es la sonrisa que ha ensayado mirándose al espejo, la que indica que se lo está pasando de maravilla y que no querría estar en ningún otro lugar.

Y entonces la atacan.

No son las agujas que se le clavan en la cabeza lo que la llevan al límite. Ni el pincel duro como un palo que le pasan por las uñas y que hace que se le salten las lágrimas. Ni siquiera es el olor del aliento de Layla, fuerte y ardiente, mientras se inclina sobre ella una y otra vez. Nada de eso puede con su resistencia, aunque se siente como si estuviera sosteniéndose sobre un precipicio con una sola mano mientras sus amigas le retiran los dedos uno a uno.

Pero ella no permite que lo vean. Ni el dolor mientras Lucy le pasa el cepillo por sus pelos enredados que hace semanas que no ven un peine, ni la tortura de que Ayesha le levante la piel de las cutículas, ni la agonía de que Layla le pinte las cejas y de vez en cuando le falle el pulso y le dé en el ojo.

No deja que vean el terrible daño que le están haciendo, porque durante todo el rato no dejan de hablar sobre naderías y cantan siguiendo la música y sueltan risitas sobre lo que ella va a decir cuando vea su nuevo aspecto. Sabe que creen que están siendo amables. Sabe que han elegido hacerle todo eso a ella porque se supone que es una buena acción. Sabe que no hay nada más normal que pasar un domingo con sus amigas, aunque se sienta como si la estuvieran desmontando pieza a pieza.

Solo después de acabar y de que Layla le diga que abra

los ojos es cuando cae definitivamente por el precipicio.

—¿Qué te parece? —pregunta Ayesha con un chillido y dando saltitos—. ¿Te gusta tu nuevo look?

Tally parpadea. Las luces brillantes que rodean el espejo le dificultan el enfocar la vista. Entonces aparece su reflejo y ella se inclina hacia delante, incapaz de creerse lo que ve.

—Ya te dije que te haríamos estar increíble —dice Layla, orgullosa y sonriente—. Pareces otra persona.

Es cierto. Ya no tiene el pelo hacia atrás en una cola de caballo rápida. Ahora lo tiene liso y brillante. Y su rostro está casi irreconocible. Sus ojos parecen enormes; le recuerdan a los de una mosca, grandes, de insecto. Por lo visto, la sombra de ojos no hace que una parezca un panda.

—Señoritas, nos hemos superado —dice Lucy con su tono televisivo—. La transformación se ha completado. Ya no es una oruga sino una preciosa mariposa.

—¿A que te encanta? —insiste Ayesha, mirando a Tally—. Podemos enseñarte cómo hacértelo tú misma, y así podrás ir a la academia con una pinta un poco más...

—¡Ayesha! —le suelta Layla, interrumpiéndola—. ¡Calláte!, ¿vale?

Ve en el espejo como la cara de su amiga se vuelve toda roja.

—Lo siento —murmura—. No quería decir eso.

—¿Una pinta un poco más qué? —pregunta Tally, y baja la vista, apartándola de su reflejo—. ¿Qué es lo que ibas a decir?

Layla mira a Ayesha. La música lo cubre todo. El tocador está lleno de maquillaje. Uno de los pintaúñas se ha derramado sobre la superficie de madera. Está sucio y es un caos y Tally no puede más.

—¿Qué ibas a decir? —repite, y retira el taburete y se levanta—. ¿Puedes enseñarme a maquillarme yo misma para que pueda ir a la academia con una pinta más qué? —Cruza la habitación y apaga la música—. Dímelo.

—Con una pinta un poco más normal —contesta Lucy, encogiéndose de hombros—. No es nada serio, Tally. Solo pensamos que querrías parecerte un poco más a nosotras. Ya sabes, encajar.

Tally contempla a las tres chicas que tiene delante.

—No sabía que parecía tan diferente a vosotras —susurra.

—Si no te gusta, podemos quitártelo todo —dice Layla, preocupada—. Solo era un poco de diversión, Tally. —Mira con desesperación a las otras—. No queríamos molestarte.

En lo más profundo de su interior, Tally encuentra un

último reducto de fuerza. Cierra los ojos un segundo, y cuando los abre de nuevo está dispuesta a volver a trepar por el precipicio.

—No estoy molesta —dice con tono tan alegre como puede—. Bueno, igual me molesta un poquito que me hayáis hecho parecer una chica normal y aburrida en vez de un panda. Pero no os preocupéis, ¡ya os saldrá mejor la próxima vez!

—¡Sí! —Layla parece aliviada—. La próxima vez podemos hacer animales, con pinturas. Yo seré una cebra. ¿Y tú, Lucy?

—Sí, sí, eso sería alucinante —dice Lucy, burlona, mirando al infinito—. Si tuviéramos seis años.

Layla va hacia Tally y le posa una mano en el brazo.

—¿Quieres que te quitemos todo eso? —le pregunta con suavidad—. No pasa nada.

Tally quiere que le quiten eso más que ninguna otra cosa en todo el universo. El maquillaje hace que le pique la piel y huele raro y no soporta mirarse al espejo porque no se parece en nada a sí misma y además odia las mariposas, que son engañosas y unas falsas y hacen como que son lo que no son. ¿Qué tiene de malo ser una oruga?

Pero, por lo visto, así parece «normal». Como Layla y Ayesha y Lucy.

—No quiero que me lo quites —miente. Bueno, no es una mentira sino una mentirijilla, y está bien si pone contentas de nuevo a sus amigas y evita que el día se estropee.

Lucy sigue con el ceño fruncido y Ayesha está muy ocupada limpiando los frasquitos de pintaúñas y haciendo un esfuerzo por no mirar a Tally. Está claro que aún no ha dicho lo suficiente como para que todo vuelva a estar bien. Tiene que intentarlo con más fuerzas.

—Me encanta —dice, intentando no sonar como un robot—. Mi transformación es completa. Adoro mi nuevo look. Gracias por convertirme en una mariposa.

—¡Chicas! ¡A cenar!

La voz de la madre de Layla sube flotando por las escaleras, interrumpiendo la incomodidad del momento.

—¡Qué bien! ¡Me muero de hambre! —dice Layla, volviéndose hacia la puerta—. Vamos a comer pizza y patatas, ¡espero que todas tengáis apetito!

—¡La pizza es mi preferida total! —Ayesha deja los pintaúñas—. Sobre todo con pepperoni.

—¡Ni hablar! ¡La mejor es la de jamón y piña! —replica Lucy. El descontento se le ha borrado de la cara—. La combinación de carne y fruta es lo que la hace perfecta.

—Bueno, no tenéis que preocuparos ninguna: mamá ha comprado tres pizzas y tenemos pepperoni, vegetal suprema y jamón con piña. —Layla abre la puerta y las invita a salir con un gesto—. ¡Todas contentas!

Tally odia la pizza. Odia ese pepperoni picante que hace que parezca que un ejército de hormigas rojas se le ha metido en la lengua. Odia el jamón y la piña juntos porque pertenecen a grupos alimentarios totalmente diferentes y no deberían mezclarse. Y odia las verduras, punto.

—¡La pizza es mi comida preferida! —exclama, volviéndose ligeramente para poder salir de la habitación sin tener que verse en el espejo—. ¡Me muero de hambre!

CAPÍTULO 16

Arriba del techo de la caseta hace frío, pero a Tally no le importa. Lentamente, asegurándose de no perder el equilibrio, se tumba y contempla las estrellas. Mamá y papá creen que está en la cama, pero le ha sido totalmente imposible dormir después de lo que ha pasado esta noche.

Todo está oscuro, pero no negro, como todo el mundo cree, sino de un azul oscuro. Mira a la distancia hasta que las estrellas se desdibujan y parece que el cielo se le va a caer encima como una gruesa manta.

Lo de dormir con sus amigas podía haberse salvado si hubiese tenido su manta, de peso conocido, y no ese saco de dormir brillante y resbaloso que mamá le hizo llevarse. Se esforzó por acabar de cenar, apartando los trozos de piña de su trozo de pizza y escondiéndolos debajo de una pila de patatas para poder comerse solo la base de jamón y queso. Después subió y se sentó en la cama de Layla y vieron una película que Lucy dijo que sería genial pero que indicaba claramente al principio que solo era adecuada para mayores de dieciocho años. Cuando Tally comentó si no sería mejor que vieran otra cosa, todas rieron. Entonces Lucy le preguntó si tenía miedo, así que ella tuvo que hacer como si todo fuera bien, aunque la parte en que el payaso salía de la alcantarilla y miraba con sonrisa malvada hizo que la cabeza le diese vueltas.

Siguió poniendo buena cara incluso cuando la película acabó por fin y fueron al lavabo a cepillarse los dientes y el hermano mayor de Layla las acechaba al otro lado de la puerta. Saltó hacia ellas en cuanto entraron, y Lucy y Layla gritaron tan fuerte que a Tally le pitaron los oídos durante horas. Ayesha se echó a llorar, lo que a ella la hizo sentirse rara y hasta un poco avergonzada. A ella también le vinieron ganas de llorar, pero de ninguna manera iba a hacer eso delante de sus amigas, así que enterró el impulso en lo más hondo e intentó pensar en cosas felices como Rupert y el techo de la caseta.

Una vez se calmaron y la madre de Layla subió corriendo y le pegó un grito al hermano de esta y después les metió bronca a ellas por ver una película no adecuada (fue totalmente injusto, porque Tally no había querido verla desde el principio), se metieron en sus sacos de dormir y Tally vio que las otras dos tenían algo entre manos: se abrazaban a sus peluches favoritos, Lucy con su osito y Ayesha con un pingüino gastado que dijo que le habían regalado cuando tuvo que ir al hospital. Layla tenía un montón de peluches sobre su cama. No tantos como ella en la suya, en casa, pero bastantes.

Y entonces fue cuando todo empezó a ir mal. Tan mal que Tally no pudo detenerlo. Le había dicho a mamá que no necesitaba llevarse un peluche porque estaba segura de que eso quebraría una de las reglas de la noche, pero ahora todas tenían algo a lo que abrazarse y ella no y eso no estaba bien.

Layla había apagado la luz, y entonces empezaron a hablar, sobre el horroroso Luke y sobre a quién le gustaba Layla y sobre si Ayesha tendría el valor de pedirle a alguien de la clase de teatro que saliera con ella. Tally no pudo escuchar nada de lo que decían. Solo podía pensar en que Billy estaba en su cama de casa y ella estaba tirada en el suelo de la habitación de Layla y estaban más lejos el uno del otro de lo que le parecía concebible. Se agitó, incómoda, y sintió que el saco de dormir se le enrollaba en los pies y le daba demasiado calor. Además, la almohada olía raro y las voces de las chicas eran agudas y perforadoras, y aun así oía el sonido de la televisión abajo y le iba a ser imposible dormirse con tanto ruido.

Primero lo susurró muy bajito y nadie la oyó. Estaban muy ocupadas hablando entre risitas sobre si para una primera cita era más romántico ir al McDonald's o al Burger King. Así que lo repitió un poco más alto, pero tampoco la oyeron, así que la tercera fue más como un grito e hizo que las tres se callaran de repente.

Layla intentó convencerla de que se quedara. Le dijo que la noche se iba a estropear si no se quedaba con ellas. Tally solo oía el sonido de las palabras de Lucy de antes, lo de que querían hacerla tener una pinta normal. Entonces Layla se echó a llorar y dijo que su madre se iba a enfadar mucho con ella si Tally volvía a su casa y le iba a echar la culpa por lo de la película de miedo, pero el único ruido en la cabeza de Tally era la voz de Ayesha con lo del nuevo look. No quería un nuevo look. Le gustaba su viejo look.

Layla tenía razón: su madre se enfadó mucho. También intentó que Tally se quedara, pero esta no dejaba de intentar meter el saco de dormir en su minúscula funda. Como no lo consiguió, lo cogió con una mano y la mochila con la otra y bajó las escaleras, arrastrando el saco detrás de ella. Cuando llegó mamá, Tally ya estaba sentada afuera, en la entrada, con la madre de Layla pegada a ella y el padre murmurando que todo el calor se estaba escapando por la puerta abierta.

Pero ahora está de vuelta en casa. En cuanto oyó que la puerta del dormitorio de papá y mamá se cerraba cogió a Billy y salió al jardín. Su madre le lavó la cara, aunque ya casi se le había ido toda la pintura con las lágrimas que lloró en el coche durante el camino de vuelta. De nuevo se parece a sí misma y se siente como ella misma, y aquí arriba, en el techo de la caseta del jardín, puede respirar bien por primera vez en todo el día.

Fecha: Domingo, 12 de octubre
Situación: La fiesta de sacos de dormir del infierno
Nivel de ansiedad: 10. Totalmente 10.

Hola, aquí Tally de nuevo con otra historia de pesadilla. Creo que esta es la más horrible. Anoche pasé una de las peores noches de TODA MI VIDA. Ni siquiera el estar en el techo de la caseta del jardín me hizo sentir tan feliz como normalmente. Lo que sentí es que me lo estaba perdiendo todo. Seguro que Layla y las demás se lo pasaron como nunca ahora que yo no estaba.

Intento olvidarlo, pero entonces recuerdo cómo se abalanzaron sobre mí como avispas rabiosas, riéndose de mí, tirándome del pelo y ahogándome en maquillaje. Me estresa tanto que tengo que dar vueltas y vueltas en mi habitación para intentar calmarme. ¿Por qué me estresan y me ponen tan ansiosa unas cosas que a otros no les importarían nada? Ya lo sé, es que yo soy así y tengo una forma diferente de ver y sentir el mundo. Soy como una mosca: veo el mundo a través de muchas lentes, y si alguien se me acerca sin avisar salgo volando. Y además, como con las moscas, la gente no siempre siente empatía por mí. Es curioso: la gente piensa que soy YO la que no siente empatía.

Datos sobre el autismo de Tally: la ansiedad

Pros: Soy supersensible a lo que me rodea y eso hace que intente protegerme del peligro, porque lo siento más que los demás. Eso significa que seguramente viviré más que ellos. Me resulta divertido porque hay quienes parecen desesperados por prevenir el autismo como si fuera una enfermedad, y la verdad es que creo que nosotros vamos más allá de los neurotípicos. Será por eso que siempre están intentando «curarnos». Papá dice que sería un gran argumento para una película. Por cierto, la gente neurotípica es la que piensa y se comporta como el mundo considera normal. A veces hasta creen que su modo de vida es el único correcto, lo que bien pensado es ridículo. Como habréis visto, yo pienso mucho. El caso es que casi ninguna persona autista que conozco preferiría no serlo. Es parte de lo que nos hace ser como somos, a pesar de que a veces resulta muy muy duro.

Contras: Caramba, pues LA ANSIEDAD. Bueno, vale, me explico: la ansiedad te hace pensar siempre en la peor de las posibilidades. Todo es una emergencia. Por ejemplo, mi madre salió a comprar y me dijo que tardaría una hora pero tardó siete minutos enteros más de una hora. ¡SIETE! Me convencí de que la habían secuestrado y estuve llorando sin parar. Lo que quiero decir es que muchas veces pienso demasiado. Es como estar atrapada con un cerebro que piensa bobadas pero es muy convincente y me hace creer cosas incorrectas y extremas.

CAPÍTULO 17

El día después es un mal día. Si mamá dejase a Tally quedarse todo el día en la cama, igual podría haberse arreglado, pero insiste en que toda la familia vaya a dar un bonito paseo por el parque. Aunque cuando vuelven a casa ya no le parece tan bonito. Más bien aprieta los labios y camina como si estuviera en el ejército, los brazos pegados al cuerpo y las piernas arriba y abajo como si hiciera algún ejercicio. En cambio, Tally está bastante cansada, quizá porque siempre se siente así después de un ataque de los fuertes.

—Buen trabajo —murmura Nell, que camina a su lado—. Ya has conseguido arruinar otra salida familiar.

—No es culpa mía. —Tally se encoge de hombros—. Ayer mamá debería haberme puesto a Billy en la bolsa. Todo habría salido bien si lo hubiera tenido conmigo.

—Ya te dije que te lo llevaras. —Delante de ellas, mamá se detiene y se da la vuelta, la cara descompuesta y roja—. Tuvimos toda una conversación sobre si te lo llevabas o no y tú decidiste que no querías.

Tally se la queda mirando.

—Pero es que yo no sabía lo que iba a pasar —le contesta—. Tú eres la madre. Tu trabajo es saberlo.

Mamá niega con la cabeza y abre la boca como si fuera a echarse a gritar.

—¿Podemos volver a casa y ya está? —pregunta Nell, adelantándose—. Esto ya ha sido bastante desastroso.

Mamá parpadea muy rápido y asiente.

—Lo siento, cariño —murmura—. Nada de esto es culpa tuya.

Tally sabe que eso en realidad significa que todo es culpa de ella. Siente ganas de rugir y el estómago le da vueltas y le tiemblan las piernas.

Le resulta imposible contener dentro tanto rugido y vueltas y temblores.

De una forma u otra van a tener que salir.

El mal día acaba volviéndose mucho peor.

El día siguiente no está siendo mucho mejor. No ve a Layla ni a las demás en toda la mañana. No van a la misma clase de matemáticas, pero cuando mira en los lugares habituales durante el recreo no las ve por ninguna parte. Se come su bolsa de patatas sola y se pregunta si no se habrá olvidado de que hubieran quedado en verse en algún lugar diferente.

Para cuando suena el timbre del almuerzo está asustada. Odia el comedor con todo su ruido y sus olores, y la única forma de que pueda entrar es si Layla la acompaña. Solo tiene una opción y es encontrarlas lo antes posible.

Camina por los pasillos vacíos y mira en cada aula. Las de francés están en silencio, igual que las de lengua. Dobla la esquina y va hacia las de historia. Allí es donde lo oye: una risita y el ruido de una mesa rascando contra el suelo. Aunque suena muy bajo, reconoce enseguida a quién pertenece la risa. Acelera, casi corre en los últimos pasos, y abre de golpe la puerta con una gran sonrisa.

—¡Eh!, ¿cómo es que estáis todas en...? —Las palabras se mueren en su boca. Layla está sentada a una mesa, al lado de Ayesha y de Jasmine, la chica de educación física. Lucy está delante de la mesa del profesor, y a su lado Luke tiene las manos dentro del cajón abierto.

—¡Ay, dios! —exclama Lucy, la primera en recuperarse—. Casi me ha dado un ataque, Tally. Creí que eras el señor King.

—¿Qué haces? —le pregunta Tally, mirando a Layla—. ¿Por qué no me habéis esperado en el recreo?

—¿Podéis quitaros a esta de encima, por favor? —salta Luke—. No tenemos tiempo y lo va a estropear todo.

Tally se fija en él. Ha sacado un papel amarillo del cajón y ahora está inclinado sobre la mesa, estudiándolo como si contuviera algo muy importante.

—Tienes que irte, Tally —murmura Layla, mirándose los zapatos. Esta asiente.

—Y tú tendrías que venir conmigo. Es la hora del almuerzo. Tenemos que ir a comernos nuestros sándwiches.

—Esta tía es increíble. —Luke levanta la vista y la mira con desprecio—. Lárgate, Friki Adams.

Ella le devuelve la mirada y da un paso hacia Layla.

—¿Vienes? —le pregunta—. Si no nos damos prisa, no va a quedar ni un asiento libre.

Su amiga mira de reojo a Jasmine y a Ayesha.

—Voy a quedarme aquí —dice en voz baja—. Pero lo mejor será que tú te vayas.

—Sí, lárgate de una vez. —Luke hace un gesto como el de apartar una mosca—. Ve a buscar otras frikis como tú; seguro que te dejan estar con ellas.

—No deberías llamarme «friki» —suelta Tally, sin amilanarse—. ¿A que no?

Se vuelve y mira a cada una de sus amigas, pero ninguna de ellas hace nada. Lucy observa a Luke con una expresión de lo más extraña y Ayesha mira por la ventana. Layla abre la boca como si fuera a decir algo, pero Jasmine le pone una mano en el hombro y niega ligeramente con la cabeza. Entonces Tally ve algo que nunca creyó posible: su mejor amiga pone los ojos en blanco y le dedica esa mirada.

—A nadie le importa, friki —dice Luke mientras mete el papel amarillo en su mochila—. Ahora haznos un favor y desaparece.

La sala se queda en silencio. Tally va hacia la puerta con paso poco firme. No sabe ni cómo consigue abrirla: tiene los ojos demasiado húmedos como para ver el pomo. Aun así consigue salir e ir por el pasillo hasta el lavabo de chicas.

Hay un cubículo vacío al fondo. Entra, cierra, pasa el pestillo y se apoya en la puerta, cerrando los ojos para no tener que ver la asquerosa taza. Se cubre las orejas con las manos, impidiendo el paso de las charlas y los gritos y el ruido constante del secador de manos. Y ahí se queda, hasta el momento en que otras chicas golpean en la puerta y hacen que le tiemble todo el cuerpo. No se mueve cuando le dedican palabras muy poco amables que ella sigue oyendo, hasta que suena el timbre y el sonido de pies en estampida le dice que todas se han ido. Mientras abre en silencio, su estómago empieza a rugir. Aún tiene en la fiambrera los sándwiches que le ha preparado mamá esta mañana, pero ahora no puede comer nada. Va a tener que tirarlo todo.

La primera clase de la tarde es teatro. Va hacia las escaleras y se pierde entre la masa de gente que llega desde todas las direcciones. El ruido es abrumador y se siente como si estuviera rodeada por todas partes por cuerpos y voces y opiniones y emociones y vida. Sin Layla que la distraiga, resulta casi más de lo que puede soportar.

La puerta de la sala está abierta y Tally se coloca al final de la cola que va entrando. Ve a Lucy y a Ayesha delante de ella, hablando muy concentradas con Luke, pero no va con ellas; no está segura de cómo la recibirían si intentara unírseles. No es que ellas le dijeran nada desagradable durante la hora del almuerzo —ese fue Luke, para variar—, pero cuando las mira el corazón se le acelera y se le llena la cabeza con una especie de zumbido que la hace sentirse preocupada y ansiosa.

—Espero que estéis todos preparados para una lección muy emocionante —dice la señora Jarman mientras entra. Habla en tono normal y sin esas fuertes palmadas que

Tally odia tanto—. He pensado en empezar a calentar con un juego rápido de dos verdades y una mentira. Venid todos y sentaos en el suelo formando un círculo, por favor.

Tally deja su mochila y se une con desgana al resto de la clase. El zumbido aumenta y cierra los ojos, intentando ignorarlo todo excepto la percepción de su propio aliento y el sonido de la voz de su madre que le retumba dentro de la cabeza.

Inspira lentamente. Espira lentamente. Cuenta hasta cinco y aprieta las yemas de los dedos contra la del pulgar. Vuelve a inspirar. Siente la presión. Aprieta más fuerte. Espira. Repite. Repite. Repite.

—Ya empiezo yo —dice la señora Jarman—. Mi primera afirmación es que cada año voy de vacaciones a Sudamérica. La segunda es que tengo un hijo y un perro. Y la tercera es que constantemente aprendo cosas de mis alumnos. ¿Cuál es la mentira?

—Muy fácil —contesta uno de los chicos—. Se supone que nosotros tenemos que aprender de usted, no al revés. La tercera afirmación es la falsa.

Jarman sonríe.

—No sería muy buena profesora si no os escuchara de vez en cuando. Incluso si lo que aprendo es que los jóvenes de hoy no tienen ni idea de lo que constituye un atentado contra la moda. —Mira fijamente al chico—. Te das cuenta de que tienes las perneras de los pantalones unos buenos ocho centímetros por encima de los zapatos, ¿no?

Él le devuelve la sonrisa.

—Se llama estilo. Si quiere, podemos darle nosotros algunas lecciones.

La señora Jarman niega con la cabeza.

—No, gracias, creo que podré sobrevivir sin ellas. Muy bien, ¿cuál de las otras dos afirmaciones es mentira?

—La primera —dice Ayesha—. Nadie puede permitirse ir a Sudamérica cada año, ¡son unas vacaciones muy caras!

—¿Entonces la verdad es que tiene usted cinco hijos? —exclama alguien más. Tally se estremece. Ya es bastante malo para ella tener que compartir la casa con Nell. La idea de tener cuatro hermanos y hermanas es absolutamente horrible.

Jarman vuelve a negar con la cabeza.

—No. No tengo hijos y tampoco tengo perro. Es por eso que me puedo permitir irme de vacaciones y también es por eso que he ganado esta ronda. Bueno, ¿quién quiere ser el siguiente?

Se levantan manos por todo el círculo. Jarman mira a la clase y al final señala a Luke.

—Muy bien, tú. Dos verdades y una mentira.

Este sonríe a Lucy y se pasa la mano por el pelo.

—Vale. En primer lugar, soy invencible jugando a Fortnite, y si alguno de vosotros, pringados, quiere desafiarme, estás avisado: vas a perder.

La risa se desplaza por el círculo como cuando el público hace la ola en un estadio de fútbol y solo se detiene al llegar a Tally.

—Eso es mentira: yo mismo te destrocé totalmente cuando jugamos anoche —interrumpe Ameet, provocando otra risotada.

—Mi segunda afirmación es que el club de fútbol Portharbour me ha invitado a hacer una prueba para su liga júnior —continúa Luke mientras dirige una mirada asesina a Ameet, que a su vez murmura algo—. Y la tercera afirmación es que pienso que todas y cada una de las personas que hay en esta sala es normal y mola.

Al decir esto último sus ojos se fijan en los de Tally y sonríe con maldad, haciéndola recordar una cara que a veces pone Nell y a la que mamá llama «aduladora».

El zumbido crece, como si mil abejas furiosas le hubieran invadido la cabeza.

—Espero de verdad que no me des un motivo para volver a echarte de esta clase, jovencito —replica la señora

Jarman mientras lo mira intensamente. Él le aguanta la mirada y levanta los hombros con expresión de confusión.

—No, señora. He hecho lo que nos ha pedido. He dicho dos verdades y una mentira.

—Mmm. —Jarman no parece muy convencida. Tally cruza los dedos y espera que eche a Luke de la clase—. Bueno, te concederé el beneficio de la duda. ¿Quién adivina la mentira?

La sala queda en silencio. Todos saben cuál es, pero nadie quiere decirlo y buscarse problemas. Todos excepto la profesora han visto la mirada que le ha dedicado a Tally, que es lo que pasa siempre, porque la gente como Luke es especialista en actuar de forma que los profesores no los vean. Y ella lo sabe.

—Venga —los anima Jarman—. Alguien tiene que adivinarlo.

—Yo sigo diciendo que es lo del Fortnite —murmura Ameet—. Yo tengo un rango más alto.

Luke sonríe y niega con la cabeza.

—¡Te equivocas!

—En ese caso, has mentido al decir que todos en esta sala somos normales —exclama Aleksandra, poniendo los ojos en blanco—. Y eso es una mentira muy fea.

—Estoy de acuerdo —dice Lucy sin levantar la voz—. Es una mentira fea y estúpida.

—¿Es esa la mentira? —pregunta Jarman tranquilamente, aunque queda clarísima la advertencia en su voz.

Luke pone su mejor cara de sorpresa.

—¡No, señora! La mentira es que no me han pedido que haga una prueba para el club de fútbol Portharbour. Me lo han pedido los Rovers... y por supuesto que pienso que en esta sala todo el mundo es normal. —Sonríe y mira directamente a Tally—. ¿Por qué iba a creer otra cosa?

—Lo que creo es que tú y yo quizá debamos tener una conversación —empieza a decir la señora Jarman, pero antes de que pueda seguir llaman a la puerta y entra otro profesor.

—¿Puedo hablar contigo un momento? —pregunta, haciéndole una señal a Jarman—. Dirección necesita cierta información sobre el año pasado, y parece que es para ayer.

Ella asiente.

—Vosotros leed la primera escena de la obra —les dice a los alumnos—. En la próxima clase la trabajaremos. Aleksandra, ¿puedes pasar los libros, por favor?

Se retira a su mesa con el otro profesor y empiezan a hablar animadamente de algo, agitando los brazos como hace Tally cuando algo la excita especialmente.

Las palabras del guion de la obra no tienen ningún sentido, ni siquiera cuando las lee por tercera vez. Se rinde, lo deja y arranca una hoja de su cuaderno, en la que escribe otro consejo para la señora Jarman, que deja en el buzón al acabar la clase. Nadie lo ve, lo que no la sorprende: ya ha aprendido que en séptimo solo se fijan en ella cuando Luke le dedica algún comentario cruel.

El resto del tiempo es invisible.

CAPÍTULO 18

La primera clase del día es historia. Al doblar la esquina Tally ve a las chicas más adelante. Las oye susurrar frases como «¿Y si se lo dice a alguien?» y «No puede guardar un secreto», que flotan por el pasillo. Entonces Layla la ve venir y le dedica una sonrisa rápida.

—¿Estás bien? —le pregunta mientras ella se acerca—. ¿Ayer al mediodía fuiste al comedor? Te busqué cuando fuimos pero no te vi por ninguna parte.

Tally niega con la cabeza.

—No. Al final hice otra cosa.

—¿Y por qué no te sentaste con nosotras en teatro? —pregunta Ayesha—. Te guardamos sitio.

Lucy le pasa un brazo por el hombro y tira de ella hacia el grupito.

—Tenemos que cuidarnos entre nosotras, ¿recuerdas? —dice—. No podemos dejar que nada se interponga en nuestra amistad.

Quizá lo haya entendido todo mal. Quizá no habían estado intentando evitarla. Quizá ayer malinterpretó la situación cuando le pareció que querían que se fuera. A fin de cuentas, son amigas desde siempre, y Lucy tiene razón: se prometieron ayudarse entre todas.

La voz se le mete en la cabeza sin que le dé tiempo a evitarlo. Es la de Nell, la que le dice que está rota, y que ahora le recuerda que sus amigas no la apoyaron en absoluto cuando Luke la llamó «friki». Deberían haberlo parado, pero ninguna dijo ni una palabra. Parpadea fuerte e intenta concentrarse y apartar a Nell. Son sus amigas. Nunca la abandonarían, ni hablar. Tally debe de haberse equivocado. No sería precisamente la primera vez.

—Lo siento —les dice con la mejor de sus sonrisas—. Debería haber ido a sentarme con vosotras, pero me dolía la cabeza y quería estar sola un rato.

No es mentira. Al menos, no del todo. El zumbido no es un dolor de cabeza pero igualmente hace que sienta como que le va a estallar. Por eso dejó su segundo consejo en el buzón de la señora Jarman.

Consejo número 2: Todas las escuelas tendrían que tener un lugar tranquilo donde pudieran ir los niños cuando necesitan estar solos.

—Bueno, pues sentémonos juntas ahora —dice Layla, y la coge del brazo—. Espero que hoy el señor King no vaya a mostrarnos otra presentación de PowerPoint. Pero, cuando entran y se sientan en sus pupitres, King no está al frente del aula, preparado para hablarles mientras les muestra quinientas fotos de la Gran Bretaña medieval; está en su mesa, rebuscando en el cajón, con cara preocupada. Cuando el último alumno entra, se pone de pie y se vuelve hacia ellos, perplejo.

—¿Alguien ha visto una hoja de papel con un montón de preguntas? —les dice—. Juraría que la había dejado en el cajón, pero no la encuentro.

Todos le responden que no.

—¿Era importante? —pregunta una chica, y él asiente.

—Tenía las preguntas del control del que os hablé la clase pasada —explica—. El que me ayuda a predecir las notas que sacaréis este trimestre.

—¿Eso quiere decir que no tenemos que hacer el examen? —pregunta Ameet—. Quizá podemos decirle la nota que creemos que merecemos y usted nos la pone.

—¡Yo merezco una matrícula, clarísimo! —exclama Jasmine—. Mi madre me ha dicho que me va a dar diez libras por cada nota más alta que notable.

El señor King vuelve a fruncir el ceño mientras más gente habla y aporta ideas sobre la nota que debería ponerles.

—No creo haber visto nunca un trabajo de esta clase que merezca una matrícula de honor —les dice cuando vuelve a hacerse el silencio—. Y en cuanto a lo de premiar las buenas notas con dinero... —Mira a Jasmine—. Creo que la educación debería de ser su propia recompensa.

Eso provoca una carcajada en la última fila. Pero Tally no escucha. Recuerda lo sucedido ayer a la hora del almuerzo en esta misma aula, cuando Luke le dijo que se fuera a buscar a otros frikis, como si sus amigas no estuvieran allí mismo, delante de él.

—Esto es un misterio. Estoy seguro de que ayer por la mañana estaba aquí —continúa el señor King—. Y es una verdadera molestia, porque ahora voy a tener que imprimir otra copia, y eso significa que no podemos hacer el control hasta la próxima clase.

Con el ceño aún fruncido, empieza a escribir en la pizarra. Tally mira a su alrededor. Luke la está observando y al encontrarse con los ojos de él le dice una palabra moviendo los labios, sin sonido. Por silencioso que haya sido, aun así consigue llamar la atención de quienes lo rodean, así que todos la ven mientras él entorna los ojos y le dedica la palabra que más odia en el mundo.

—¿Viste tú el control, Luke? —Su voz suena alta en la sala ahora silenciosa—. Digo, mientras buscabas en el cajón del señor King.

Entonces suceden varias cosas a la vez.

Layla suelta un suspiro casi inaudible y se mueve en su silla, acercándose más a Jasmine y apartándose de Tally. La cara de Luke adquiere un color rojo furioso y se medio levanta, amenazador. Los chicos de la última fila empiezan a hacer ruidos que a ella le parecen los de un partido de fútbol. Y, al frente del aula, el señor King se da la vuelta y les dedica una mirada de enfado.

—¡Ya basta! —grita, sobresaltando a Tally—. ¡Al próximo que emita un solo sonido voy a castigarlo todo el resto del trimestre!

El aula queda en silencio, pero no es una calma pacífica. La energía relampaguea en el aire y Tally se pregunta si va a haber tormenta.

—¿Querrías repetir esa última frase? —El señor King la mira fijamente. Pero ella no abre la boca: acaba de decir que va a castigar al próximo que emita un solo sonido. Si es un truco, no va a picar—. ¿Es que viste a Luke revolviendo en mi cajón? ¿Es eso lo que he oído?

Tally asiente: King no ha dicho nada de castigar a la siguiente persona que moviera la cabeza.

—Eso es totalmente... —empieza a decir Luke.

—Voy a hacerte parar ahora mismo —lo interrumpe el profesor, levantando una mano— antes de que te metas en más líos. —Y se vuelve de nuevo hacia Tally—: ¿Viste a Luke coger la hoja del control?

Tally duda y él hace un gesto de «espera un momento». Le dice a Luke que lo acompañe hasta la puerta. El resto de la clase murmura.

—Cállate de una vez —le susurra Lucy desde la primera fila—. No sé por qué has dicho eso, pero cierra el pico si quieres que volvamos a ser amigas.

—Tally, ven con nosotros —la llama el señor King—. Los demás, abrid el libro por la página cincuenta y seis. Y como oiga un solo comentario haréis deberes de historia en cada momento libre que tengáis hasta el final del curso.

Hace que Tally y Luke lo acompañen al pasillo, para decepción del resto de la clase.

—No sé de qué habla —estalla Luke al segundo de que la puerta se cierre tras ellos—. Me odia y siempre está intentando meterme en líos.

—¿Es eso cierto? —pregunta King, mirando a Tally. Esta piensa un momento.

—No estoy siempre intentando meterlo en líos —dice pausadamente—. Pero sí que lo odio un poquito porque dice cosas malas de mí y no me gusta.

—¿Pero viste que Luke cogiera el control de mi mesa? Esto es muy importante, Tally. Tienes que decir la verdad.

Ella baja la vista y rasca el suelo con el zapato. El profesor está muy serio, y de repente no cree que pueda decir cualquier cosa. Pero entonces recuerda que Lucy le ha dicho que se calle. No. Ya ha habido demasiado silencio. Si hubieran dicho algo cuando Luke la llamó «friki», nada de esto hubiese sucedido. A veces hay que responder las preguntas aunque creas que te va a resultar imposible hacer que las palabras salgan de tu boca.

—Si el control estaba en una hoja de color amarillo, entonces sí, lo estaba mirando ayer a la hora del almuerzo —dice, sin dejar de mirarse los pies. No está haciendo nada malo. Hace exactamente lo que le ha pedido el señor King. Solo está diciendo la verdad.

—¿De verdad va a acusarme solo porque Friki Adams cree que me ha visto hacer algo? —protesta Luke.

—¡Silencio! —suelta el profesor, pero Tally ya no puede contenerse.

—¡Lo tiene en su mochila! —dice, levantando la cabeza y mirando a la cara a Luke—. Lo cogió y se lo metió en la mochila, justo antes de decirme que les hiciera un favor y desapareciera. —Su compañero palidece y deja de gritar—. Seguro que sigue ahí —añade, intentando ayudar.

El señor King se vuelve hacia Luke y extiende un brazo.

—Podemos hacer esto de dos maneras —le dice—. Puedes aceptar que mire en tu mochila ahora o acompañarme al despacho del director. Tú eliges.

Tally sonríe. No es que quiera, pero no puede evitarlo. Está claro que el señor King no entiende cómo va eso de elegir, igual que Nell. Se supone que las dos opciones tienen que ser buenas, pero en este caso las dos son horribles y ella se alegra porque Luke es una persona horrible y en la experiencia de ella la gente horrible no siempre recibe su merecido.

Luke pone cara de desprecio y le entrega su mochila de forma poco amable a King.

—Si te parece, prefiero que seas tú mismo quien saque el control —le dice, y después se dirige a Tally—: Puedes volver a la clase. Y creo que Luke te lo agradecerá si por el momento no hablas con nadie de lo sucedido.

Ella asiente. Abre la puerta, entra y vuelve a cerrarla con suavidad. Al volverse, ve veinticinco pares de ojos que la observan con expresión acusatoria. No hacía falta que el señor King le dijera que no lo comentara con nadie: ya lo saben todos, y por sus caras no parecen estar muy de acuerdo.

CAPÍTULO 19

—No voy a ir y se acabó.

Tally se cruza de brazos y mira fijamente a mamá.

Ella le devuelve la mirada.

—Ayudaría si te pusieras los zapatos, por favor. Tú eliges, botas o zapatillas deportivas.

Llevan diez minutos en la cocina repitiéndose. Ninguna de las dos está dispuesta a ceder.

—Vamos a llegar tarde —dice papá por tercera vez, asomando la cabeza por la puerta—. ¿Llamo al restaurante y cancelo la reserva?

—¡No! —exclama mamá—. ¡Es tu cumpleaños, y por una vez vamos a salir a celebrarlo! —Se vuelve y sonríe a su hija, que nota que lo hace de manera muy forzada—. ¿Vas a ponerte las zapatillas o las botas?

Tally se sabe las reglas. Mamá le da a elegir y ella escoge una de las opciones. Ese es el trato. Es lo que se espera de ella.

Eso significa que en realidad no tiene elección sobre la propia elección.

—No quiero ponerme nada en los pies —dice, y se deja caer pesadamente en una de las sillas de la cocina—. Me duelen mucho y si me pongo zapatos me van a doler más. —Alza la vista—. Creo que tengo pie de atleta. Puede que necesite descansar.

—¿Cómo vas a tener pie de atleta? —pregunta Nell cínicamente tras apartar a papá y entrar—. No haces nada de ejercicio.

Tally suspira con tristeza. Para alguien que se supone que es una chica lista de catorce años, a veces Nell es de lo más dura de mollera.

—Recordarás que tuve que correr muy rápido hasta la academia el día en que me abandonaste —le recuerda a su hermana—. Debo de haberlo pillado ese día, así que es culpa tuya y nadie debería culparme porque me duele demasiado como para ir al restaurante.

—Nadie te está echando la culpa de nada —dice mamá, que coge su bolso—. Y el pie de atleta no se coge por hacer deporte.

—¡Ja! ¡Ya te dije que era eso! —exclama Tally, y le dirige una mirada de desprecio a Nell.

—En realidad es un tipo de hongo —sigue mamá—. ¿Es eso lo que tienes?

Ella se lo piensa. En la escuela le han enseñado todo sobre los hongos. Los champiñones son hongos, igual que muchos gérmenes asquerosos. Niega rápidamente con la cabeza. Ni en sueños desea tener eso en los pies.

—¿Entonces vamos a ir todos a cenar? —pregunta Nell mientras saca el móvil del bolsillo trasero—. ¿O vamos a ser solo papá y yo, como cada vez que Tally nos fastidia los planes?

—¡Yo no fastidio nada! —grita Tally, y se levanta—. No es culpa mía que... que... que...

Se detiene porque no sabe qué más decir. Tiene mil razones diferentes para no salir de casa esta noche, pero ahora mismo no recuerda ninguna. Sabe que papá está ilusionado con esta cena desde hace mucho. También sabe que el año pasado solo llegaron hasta la puerta de entrada hasta que a ella le dio un ataque, y tuvo que quedarse con mamá mientras papá y Nell iban sin ellas.

—Me voy a mi habitación —murmura, y sale dando grandes pisotones y pasando por el lado de Nell. Pero una vez está en el pasillo y no la ven se detiene, como siempre. Así es como consigue oír lo que de verdad piensan de ella, las cosas que no se atreven a decirle a la cara por si se enfada.

—Lo siento, cariño —le dice mamá a papá. Su voz suena gris y plana—. Si te sirve de consuelo, te ha hecho una tarjeta de felicitación preciosa. Le dedicó horas y horas para que le quedara perfecta. Espero que después te la dé.

—No tenía que molestarse —contesta papá con voz sonriente y cálida. Tally se acerca un poco más para no perderse ni una palabra—. Salir a cenar todos juntos ya habría sido fantástico.

—No sé por qué tiene que venir. —El tono sombrío de Nell parece salir arrastrándose por la puerta y avanzar como entre alquitrán—. ¿No podemos ir sin ella y comer tranquilamente como todo el mundo?

—No. —Papá se muestra firme, lo que sorprende a Tally porque sospecha que a menudo desea que ella desapareciera—. Somos una familia y no vamos a dejar de lado a nadie. Si no quiere acompañarnos, nos quedamos. No me importa lo que hagamos mientras estemos juntos.

Fuera, en el pasillo, Tally se queda muy quieta. Papá no lo entiende. No es que no quiera salir, es que no puede, que no es para nada lo mismo. Ha tenido una semana horrible en la academia y nadie le habla. Y aunque acaba de empezar las vacaciones y no tiene que ir durante nueve días enteros, nada va bien. Nunca se ha sentido tan sola, y se ve totalmente incapaz de salir de su casa cálida y segura a la oscura noche.

Nell suelta un resoplido.

—Pero es que es tan complicada... —protesta—. Nadie tiene una hermana que se porte como ella. Es injusto.

Mamá va hacia Nell y sus tacones repican contra el suelo.

—Pero sabes por qué se comporta así, ¿verdad? No es que quiera estropearles las cosas a los demás. Seguro que ahora está arriba y se siente fatal.

—Ojalá fuera un poco más fácil —refunfuña Nell—. Estoy muy harta de aguantarle todas sus cosas. ¿No os gustaría que de vez en cuando fuera un poco normal?

—¿Y qué es lo normal? —pregunta papá antes de que mamá pueda decir nada—. No estoy seguro de conocer a nadie que se crea normal, Nell. Y también sé que no siempre es fácil, pero yo no cambiaría nada de esta familia. Te quiero y quiero a Tally tal como sois.

El reloj del salón hace un toc y la aguja pequeña se acerca a las siete. Tally se muerde el labio y mira hacia la puerta entrecerrada de la cocina antes de tomar una decisión. Entonces se da la vuelta y sube las escaleras hasta su habitación para coger las cosas que necesita.

Vuelve a bajar justo cuando el reloj va a marcar la hora.

—¿Estáis todos listos? —pregunta, frenando ante la puerta de la cocina—. ¡Daos prisa o vamos a llegar tarde! A través de los ojos de su máscara de tigre ve que, de la sorpresa, a mamá se le abren los suyos como platos. En la otra punta, Nell niega con la cabeza, disgustada.

—No voy a salir con ella con esa... —empieza a decir, pero papá se pone en acción antes de que pueda acabar.

—¡Perfecto! ¡Vámonos! —exclama, y se frota las manos, complacido—. He oído maravillas sobre el restaurante. Por lo visto, su pasta con marisco está de muerte.

Tally frunce el ceño, pero decide ignorar esa mentira. No le gusta nada que papá diga cosas que no son ciertas. Por muy buena que sea la pasta no va a matarlo. ¿Por qué ha dicho algo tan ridículo?

—Eres una niña fabulosa —le susurra mamá mientras se ponen los abrigos—. Y has hecho muy feliz a papá.

Tally sonríe. La Niña Tigre es capaz de hacer las cosas que Tally no puede. La Niña Tigre es valiente y aventurera y hace que la gente se sienta bien. Si la Niña Tigre pudiera ir al colegio en vez de ella, todo el mundo la querría. Nadie le diría a la Niña Tigre que desapareciera ni le susurraría palabras horribles como «chivata» mientras camina por el pasillo. Y lo mejor: a Luke le daría mucho miedo la Niña Tigre y temblaría de miedo cada vez que entrara en el aula.

Fuera, el aire nocturno es frío y se alegra de que la máscara le cubra las orejas. Mientras caminan por la calle no le importa mucho que pasen los coches a toda velocidad y sus luces la deslumbren. Nell va a su lado pero no está muy habladora, y después de unos cuantos intentos de iniciar una conversación Tally se rinde y mira el asfalto a través de los agujeros de la máscara, con cuidado por si se encuentra con algún gusano que se haya perdido después de la última lluvia.

Por fin llegan a la calle principal, con sus tiendas iluminadas y la gente que entra en los muchos pubs y restaurantes.

—Está justo ahí. —Papá señala un poco más adelante—. Y llegamos a la hora que teníamos la reserva. ¡Buen trabajo, familia!

Tally avanza, valiente tras su máscara.

Y entonces todo se estropea.

Las oye antes de verlas. Sus risas le llegan en oleadas. Se vuelve y allí están: Layla, Ayesha, Lucy y Jasmine, a la entrada de un McDonald's. Llevan una bolsa de papel y las acompañan Luke y Ameet, que meten la mano dentro y sacan puñados de patatas fritas. Tally se lleva las manos a la máscara de golpe y se la quita. El corazón le late a toda velocidad.

Caen unas patatas al suelo, justo delante de ella, y cuando levanta la vista ve que Luke la está mirando. Observa la máscara que lleva en la mano, y ella la oculta rápidamente tras la espalda. Entonces él se vuelve y susurra algo que hace que todos la contemplen.

—¿Esas no son tus amigas? —pregunta Nell, que viene detrás.

Pero Tally no puede contestar. Ni siquiera puede moverse. No puede hacer nada excepto quedarse mirando al grupo.

Nell se vuelve y hace un gesto a mamá y a papá para que se den prisa.

—Vámonos —les dice—. Ya. —Coge a su hermana suavemente del brazo—. Sigue caminando.

—Sí, vamos —murmura mamá, posando una mano en el hombro de Tally—. No queremos perder la reserva.

Ella les permite que la empujen hacia delante, pero no oye ni una de las palabras que dicen mientras siguen caminando por la calle principal. Lo que hace es ver una y otra vez, en bucle, lo que acaba de suceder. Luke la ha visto, seguro. Todos la han visto. Pero ¿habrá visto a la Niña Tigre? Y, si la ha visto, ¿va a decírselo a todos?

Al acercarse más al restaurante se detiene. Ya está bastante asustada y preocupada. Ni hablar de entrar si van a verla. Sigue teniendo la máscara en las manos y mira atrás, hacia la calle, asegurándose de que no los hayan seguido. La acera está vacía, y no parece que Luke o Layla o ninguna de las otras vayan a entrar en un lugar así.

—¿Me han visto? —susurra—. ¿Han visto la máscara?

Nell se inclina a su lado.

—No —dice con firmeza—. Segurísimo que no. Yo estaba ahí y vi que te la quitabas antes de que nadie se diera cuenta.

Tally no se queda muy convencida pero vuelve a pasarse la máscara por la cabeza, oliendo la goma y dejando que la sensación de frescor que le da la calme. De haber visto la máscara, Luke le hubiese gritado algo desagradable, ¿no? Aunque también es cierto que todos la miraban y cuchicheaban entre ellos.

El estómago le da más vueltas que una lavadora. Aprieta los puños con todas sus fuerzas. Ahora no puede perder el control; se supone que están celebrando el cumpleaños de papá.

Dentro del restaurante, los conducen hasta una mesa

justo en el centro del pequeño y acogedor salón. Mamá frunce el ceño y pregunta al camarero si hay alguna posibilidad de ponerse en una esquina. Este se encoge de hombros y señala las mesas abarrotadas.

—Está bien —dice papá—. Relájate, Jennifer.

En cuanto se sientan, Nell saca el móvil.

—En la mesa no —le dice mamá automáticamente—. Ya sabes las reglas. —Les pasa la carta—. ¿Por qué no miras los platos? ¿Y tú, Tally? ¿Qué vas a comer?

—Quiero una tostada —contesta ella, con la cabeza aún dándole vueltas por el encuentro de antes. Mamá se ríe.

—Eso siempre puedes comerlo en casa. ¿Por qué no miras el menú y eliges algo diferente? Tienen una hamburguesa muy buena que creo que te va a gustar.

—Yo estoy seguro de que quiero la pasta —dice papá, mirando a mamá—. Gracias a todos. Es una manera genial de celebrar mi cumpleaños.

—¿Están listos para pedir? —pregunta el camarero, que se coloca en una punta de la mesa—. El especial es *boeuf bourguignon* y la sopa del día es de Stilton y brócoli.

—Mira a Tally, hace una pausa y se dirige a mamá—. Me temo que en el restaurante tenemos la norma de no aceptar comensales con la cabeza cubierta a menos que sea por razones religiosas.

—Por dios —murmura Nell—, qué vergüenza.

—Pero seguro que esa norma no se aplica a los niños, ¿verdad? —pregunta papá, dedicándole una sonrisa amistosa al camarero—. No le está haciendo daño a nadie.

El camarero hace un ligerísimo ruidito.

—Es nuestra política —le informa a papá.

Tally observa la sala. En la mesa de al lado hay una familia de cinco. Uno de los hijos adolescentes tiene puestos unos enormes auriculares, y la madre lleva unas gafas de sol aunque son las siete y media y ha estado lloviendo casi todo el día.

—Llevan cosas en la cabeza —dice, señalándolos.

—Tally, no seas maleducada —susurra mamá.

—¡Pero es cierto!

—Aun así, no deberías hablar de otra gente. Ni señalarlos. —Mamá suena como si estuviera a punto de enfadarse mucho o de echarse a llorar. Tally espera que no elija lo segundo porque resultaría muy embarazoso.

—Ya me encargo yo. —Papá se levanta y hace un gesto al camarero—. ¿Podemos hablar un segundo en privado, por favor?

Van hacia la entrada. Papá habla sin parar. El camarero le escucha y frunce el ceño y los dos se vuelven a mirar hacia la mesa. Papá señala a Tally y ella quiere gritarle

222

que si hubiera escuchado a mamá sabría que señalar a otros es de mala educación, pero entonces recuerda que es su cumpleaños y que, como no tiene un regalo para él y acabó tirando a la basura su tarjeta de felicitación porque no le salía bien el dibujo, quizá va a dejarlo pasar por esta vez. Aunque sigue horrorizada por haber visto a Luke, Ameet y las demás.

—Ya podrías quitarte esa estúpida máscara —murmura Nell, que arranca trocitos de un panecillo y se los lleva a la boca—. ¿No te parece que ya ha causado bastantes problemas hoy?

—Basta, Nell —le dice mamá, que aprieta la mano de Tally—. Papá lo está arreglando y vamos a tener una cena encantadora.

Este y el camarero vuelven a la mesa. Papá sonríe a mamá.

—Todo bien —le dice—. Bueno, ¿pedimos?

Mamá y papá lo hacen. Nell se decide después de dudar unos minutos entre la ensalada de pollo y el risotto, y por fin el camarero se vuelve hacia Tally.

—¿Y tú qué querrás? —le pregunta en tono no muy amistoso.

—Quiero una tostada —contesta ella—. Por favor.

El camarero aprieta los labios.

—No tenemos tostadas en la carta —le informa.

—¿Por qué no eliges la hamburguesa? —le sugiere mamá—. Seguro que podemos pedir que no le pongan pepinillos.

—Por supuesto, señora —dice el camarero.

—¡Pero yo quiero una tostada! —repite Tally—. No quiero una hamburguesa.

—Como he dicho, no tenemos tostadas. —El camarero mira a Tally, impaciente—. Podemos adaptar cualquier plato de la carta, pero no puedes pedir un plato que no tenemos.

—Mira, Tally, ¿y si...? —empieza a decir papá, pero Tally no lo deja acabar.

—¡Quiero una tostada! —grita—. ¡Una tostada sin nada encima! Prepararla es lo más fácil del mundo, hasta yo puedo hacerla en casa. ¿Por qué no puedo comerla aquí?

Desde la mesa de al lado le llega un ruidito. Mira y ve que toda la familia de cinco la está observando. Le recuerda a sus supuestas amigas en la puerta del McDonald's.

—¡Mirar es de mala educación! —exclama—. ¿Nadie os ha enseñado eso?

—A esa niña tendrían que enseñarle modales —dice la madre, enfadada, y en la mesa de detrás asienten.

—Dos días viviendo en mi casa y no se comportaría así

en público —dice otra mujer—. Es culpa de sus padres. Hoy en día no saben tener a raya a sus hijos.

—Demasiado tiempo delante de pantallas —se muestra de acuerdo la primera mujer—. Hay que dejarles claras las reglas y los límites desde el principio, eso digo siempre.

—¡Solo quiero una tostada! —aúlla Tally, sin importarle que Nell tenga la cara totalmente roja y papá se apoye la cabeza en las manos—. ¡No es tan difícil!

—Me permito sugerirles que otros establecimientos pueden estar más adaptados a sus necesidades —dice el camarero con voz gélida—. Quizá alguno de una categoría inferior, donde no les importen estas situaciones.

—Y yo me permito sugerirle que usted y su establecimiento se vayan a la...

Tally no oye el resto de la respuesta de papá: mamá la conduce a ella y a Nell a empujoncitos hasta la salida. Lleva todos los abrigos colgados en el brazo y la boca le tiembla de la rabia.

Papá sale un momento después. Se quedan todos en la calle. Mamá susurra palabras tranquilizadoras al oído de Nell y masajea la espalda a Tally. Esta no acaba de saber por qué lo hace, pero parece que así es mamá la que se siente un poco mejor, así que no se aparta, aunque empieza a molestarle un poco.

—Bueno, pues ¿quién se apunta a tostadas de cumpleaños en casa? —acaba proponiendo papá—. Creo que hay un tarro de crema de cacao escondido en la cocina. Podemos abrirlo y ponernos las botas por una vez.

Echan a andar por la calle, y entonces Tally se detiene ante una puerta abierta. Echa un vistazo rápido al interior para asegurarse de que no haya moros en la costa.

—Me muero de hambre —dice—. ¿Y si vamos aquí?

—Aquí tampoco sirven tostadas —dice papá, forzándose a reír—. No creo que este establecimiento esté más adaptado a nuestras necesidades, la verdad.

Los olores que llegan desde el interior hacen que el estómago de Tally ruja de hambre. Mira al resto de su familia y niega con la cabeza.

—Es que ahora no quiero una tostada —les explica—. Lo que de verdad quiero es una hamburguesa.

—¿Estás de broma? —dice Nell, irritada—. No puedes montar ese número y después cambiar de idea como si nada.

Tally frunce el ceño.

—¿Qué número? Y no he cambiado de idea. Es que ahora quiero otra cosa.

—Tu segundo nombre es Líos —replica su hermana, sarcástica.

—No es verdad. Es Olivia. Pero tú eres demasiado ignorante como para saberlo.

—Vale, vale, ya basta —dice papá—. Tenemos que tomar una decisión. —Mira a mamá, que se encoge de hombros.

—Tú decides —le contesta—. Sigue siendo tu cumpleaños.

—En ese caso —concluye papá, cogiendo a Tally y a Nell de la mano y llevándolas al interior del McDonald's—, me encantaría celebrar mi cumpleaños con una hamburguesa gigante y unas patatas. Desde luego, suena mucho mejor que todo lo que tenían en ese otro restaurante con su menú pretencioso y sus precios exagerados.

—Feliz cumpleaños, papá —le susurra Tally mientras se unen a la cola—. Espero que hayas tenido un buen día.

—Ahora mismo es fantástico —contesta él—. Y eso es lo que importa.

Fecha: Viernes, 17 de octubre

Situación: Cena de familia para celebrar el cumpleaños de papá

Nivel de ansiedad: Al principio 8, bajando a 3 después de ponerme la máscara de tigre.

Querido diario:

Esta noche me he quedado totalmente atascada. Sabía que estaba siendo difícil y yo misma sentía que estaba insoportable. Era como si una mano helada me tuviera cogida por la garganta y me hiciera portarme así. Déjame explicártelo.

Datos sobre el autismo de Tally: quedarme atascada

Contras: Todo el mundo tiene ratos de mal humor, pero el mío lo puede provocar casi cualquier cosa, y cuando me viene cuesta mucho que se me pase. Es como si lo SINTIESE todo más que los otros. Cuanto más me esfuerzo por superarlo, más atascada me quedo.

Cuando estoy atascada en un mal sentimiento o pensamiento es como si el mundo entero estuviera deprimido y gris, y me siento atrapada en un cuerpo que no es el mío y eso me hace sentir incómoda y me da ganas de llorar. Una cosa que puede ponerme de mal humor es el lenguaje corporal negativo. Y todavía más el que quieran obligarme a hacer algo. Y, claro, un día difícil en el colegio siempre lo consigue. Así que imaginaos lo atascada que me sentía después de los últimos días de clases. Es como aquello a lo que jugábamos en primaria, en que solo puede liberarte que alguien se arrastre por debajo de tus piernas... solo que no tengo a nadie que haga eso.

Cuando estoy hambrenfadada o sedientanfadada o cansadenfadada las cosas se ponen aún peor, porque no soy muy buena en saber lo que necesita mi cuerpo y dárselo, como la comida, la bebida o el sueño.

Cosas que me ayudan cuando estoy atascada:

1) Tengo una pelotita de esas para el estrés, de espuma. Me ayuda con la ansiedad porque tiene un tacto agradable, huele bien y no es demasiado dura ni demasiado blanda. Me costó siglos encontrar la más adecuada; tuve que ir a muchas tiendas. Nell se sintió incómoda porque para elegir tuve que abrir las cajas y probarlas todas.

2) Estar muy concentrada en algo, como tocar el piano, ver a Taylor Swift en YouTube o escribir como ahora. A veces, cuando hago estas cosas, de repente veo que se me ha pasado el mal humor sin darme cuenta.

3) Los animales. Siempre hacen que todo vaya bien.

4) La gente que no se deja afectar por mi mal humor y no se lo toma de forma personal puede ayudarme a superarlo rápidamente solo con mantener la calma. Cuando estoy así

necesito mucha mucha calma. Es como si estuviera dentro de un foso y alguien que me dice cosas amables y tranquilizadoras me tira una cuerda para que suba. Pero muchas veces la gente se enfada conmigo y entonces es como si se tiraran al foso conmigo y me agarraran para que no pudiera salir, manteniéndome ahí aún más tiempo. Cuando los dos estamos en el foso, la única forma de salir es juntos, diciéndome qué movimientos tengo que hacer para trepar la pared.

5) A veces mis amigos pueden hacerme reír, lo que me hace salir de ese estado, aunque tiene que ser algo natural. No me gusta nada cuando la gente dice algo sin gracia y yo tengo que hacer como que me río. Por cierto, esa es la especialidad de papá. Pero al menos lo intenta, y eso es más de lo que puedo decir ahora de mis examigas.

Pros: Una cosa un poco positiva es que me estoy volviendo bastante buena en animar a mis amigos cuando están tristes. Como sé lo que a mí me ayuda, a veces puedo sugerírselo a ellos. Creo que en realidad el ser autista puede hacerte entender los sentimientos mejor, no peor como creen algunos. Quizá se me da bien porque a mí me pasa muy a menudo.

CAPÍTULO 20

—Soy yo, Rupert. No te asustes, ¿vale?

Tally mira detrás de ella, pero no hay nadie. Papá se ha ido a trabajar y mamá está en la cocina, montando el caballete para seguir con su último cuadro. Y esta mañana no ha visto a Nell; mejor, porque ha estado de mal humor durante todas las vacaciones. Ha sido una de las semanas más aburridas que recuerda Tally, pero no le importa. Después de los agobios del colegio, ha estado bien quedarse todo el día en pijama y no tener que ir a ninguna parte. Seguiría así tranquilamente una semana más, pero hoy empiezan las clases. Al menos las cosas estarán mejor después de tanto tiempo.

Va de puntillas por la sala, intentando hacer el menor ruido posible. Al llegar al cuartito ve a Rupert acostado.

La mira con expresión tristona. Sigue llevando el bozal; mamá insiste en que así sea durante el día, cosa que a Tally le parece totalmente cruel por mucho que ella le insista en que no le hace daño y que puede comer y beber perfectamente. Papá lo saca a pasear cada mañana y cada noche. Tally lo ha oído hablar y se muestra de acuerdo con mamá en que Rupert se está volviendo más agresivo e incontrolable que antes. Han decidido que si con el bozal no se calma y la señora Jessop no se recupera pronto lo llevarán a la perrera.

—Tienes que prometerme que no te vas a estresar si me siento —le susurra Tally, poniéndose lentamente en cuclillas al otro lado de los barrotes—. Ni siquiera estoy en la misma habitación que tú, y tampoco voy a tocarte, ¿vale? No pasa nada. Lo único que tienes que hacer es estar aquí conmigo.

Rupert la mira fijamente. Cuando ella se saca una pequeña pelota del bolsillo, cambia de postura para poder ver todo lo que hace.

—Esta es una de mis preferidas —le explica, probándola—. Es muy blanda, y cuando estoy preocupada me gusta apretarla. —Rupert suelta un gruñido suave y grave, y Tally asiente—. Exacto. Ya sé que te preocupa estar aquí, pero no hay ningún problema, de verdad. Solo tienes que dejar de estar tan nervioso y asustado, porque la gente se molesta cuando te levantas de repente y empiezas a hacer mucho ruido. —Lo mira con seriedad—. Y a mí tampoco me gusta cuando haces esas cosas, ¿vale?

El perro parpadea mientras ella se pasa la pelota de una mano a la otra. Arriba se abre una puerta y Tally sabe que enseguida va a aparecer Nell y va a exigirle que salgan ya. Sin darse tiempo para pensar bien lo que hace, se adelanta y hace rodar la pelota detrás de los barrotes, hasta las patas delanteras de Rupert. Este mira la pelota y después a Tally.

—Te la presto —le dice—mientras esté en la academia. Pero, por favor, no la muerdas o la babees toda porque eso no estaría bien y yo no volvería a dejarte jugar con mis cosas nunca más si no las tratas con respeto.

Rupert prueba a darle a la pelota con una pata, y la hace rebotar contra la pared. Tally se ríe y se levanta al oír que Nell la llama.

—Cuando vuelva a casa vendré a verte —le promete—. Que pases un buen día.

Cuando Nell y Tally entran por la puerta de la academia suena el timbre. Su hermana se larga sin decir una palabra y Tally suspira, preguntándose qué es lo que ha hecho mal esta vez. Entonces ve a Layla y las otras más adelante y aparta de su cabeza todos sus pensamientos de hermanas malhumoradas. Ha pasado una semana entera entre lo que sucedió y hoy. Seguro que ya están normales.

—¡Layla! ¡Espérame! —Se lleva la mochila al hombro y cruza el patio corriendo hasta las escaleras. Las alcanza en la puerta—. ¡Espérame! —dice casi sin aliento, abriéndose paso entre un par de chicos mayores—. ¡Layla!

—¿Habéis oído algo? —pregunta Lucy, mirando a su alrededor. Al llegar a Tally pasa de largo como si no estuviera allí.

—No —contesta Ayesha, frunciendo la nariz—. No he oído nada.

—¿Layla? —Tally saluda con la mano a su mejor amiga, pero esta mira hacia otro lado. Al seguirle la mirada ve algo que no le hace ninguna gracia: Jasmine y Luke caminan hacia ellos.

—¡Hola! —Layla se avanza y le da un gran abrazo a Jasmine, de los que antes solo le daba a Tally—. ¿Cómo te han ido las vacaciones?

—Aburridas —refunfuña Jasmine—. Mi madre me hizo cuidar de mi hermano y ni siquiera nos dio para el McDonald's. Dice que es tirar el dinero. ¡No se entera de nada!

—Entonces mejor que hayamos ido todas juntas antes,

¿no? —Ayesha le dedica una sonrisa—. ¿Fue divertido o qué?

—¡Superdivertido! —Jasmine se echa el pelo hacia atrás—. Ojalá me hubieran dejado salir toda la semana con vosotras.

Tally abre la boca para sumarse a la conversación, pero vuelve a cerrarla de golpe al recordar la escena a la entrada del McDonald's camino de la cena de cumpleaños de papá en el restaurante. Se ha pasado casi todas las vacaciones pensando en si Luke la había visto con la máscara, pero ahora, al tenerlas a todas delante, se pregunta por primera vez por qué salieron sin ella.

—Tenemos que repetir este viernes —dice Lucy—. Y que venga más gente.

—Cuantos más mejor —añade Luke—. Todo el mundo es bienvenido. Aparte de los chivatos, claro.

Se vuelve a mirar a Tally, pero a ella no le interesa nada de lo que diga él.

—¿Por qué no me invitasteis? —pregunta, mirando a Layla—. Me hubiera gustado ir al McDonald's con vosotras.

No es exactamente cierto. Aunque mamá y papá la hubieran dejado salir sola, cosa muy muy improbable, imposible que se sintiera cómoda saliendo sin adultos. Podría pasar cualquier cosa.

Aun así, habría estado bien que la invitaran.

—¿Es que no has oído lo que acabo de decir? —le pregunta Luke con un ruidito de desprecio—. Todo el mundo es bienvenido menos los chivatos. —Dibuja una gran y falsa sonrisa—. Eso quiere decir que todo el mundo es bienvenido menos tú. Y además, esa noche tenías planes con tus padres, ¿no? Vaya, deben de llevar una vida horrible, siendo tu familia. Seguro que siempre están deseando largarse bien lejos.

—Habría ido al McDonald's —repite Tally, que ha oído perfectamente el insulto pero no aparta la vista de Layla, que ahora rebusca en su mochila como si no encontrara algo—. ¿Te olvidaste de decírmelo?

—Nadie se olvidó de decírtelo, Tally —dice Lucy, suspirando como si estuviera increíblemente aburrida—. No queríamos que vinieras, después de lo que le hiciste a Luke en historia. Obviamente.

Tally frunce el ceño.

—¡Yo no le hice nada a Luke! Fue él quien robó la hoja del control, no yo. Tampoco fui yo quien la metió en su mochila.

—¡Pero tú le dijiste a King que había sido yo! —estalla Luke, y se le pone la cara roja—. Y él no lo habría sabido si tú no te hubieras chivado.

Ella niega con la cabeza, intentando ignorar a los curiosos que empiezan a congregarse.

—Preguntó si alguien lo había visto —explica—. Solo dije la verdad.

Luke entorna mucho los ojos.

—Querías meterme en líos.

—Solo dije la verdad —insiste Tally—. ¿A que sí, Layla?

—Querías que King me castigara porque me odias. —Luke da un paso adelante, pero Tally no se mueve, incluso aunque sienta su aliento en la cara.

Cerca, alguien ríe, y Layla mira alrededor, nerviosa.

—Vámonos. Ya te lo dije, no puede evitarlo. No es culpa suya.

—Eso no es verdad del todo, ¿no? —Luke suelta una risita, pero Tally sabe que no es porque la situación le parezca divertida—. No fue un error. Sabía exactamente lo que hacía, así que deja de intentar defenderla, Layla. La verdad es que no sé cómo habéis podido aguantarla tanto tiempo.

—No deberías haberme llamado «friki» —susurra Tally, apretando los puños—. Es culpa tuya que se lo haya dicho al señor King.

—¡Así que es cierto que intentabas castigarme! —exclama él en tono triunfal—. Lo sabía. —Se vuelve hacia las otras y alza las cejas—. Ya la habéis oído: estaba cabreada conmigo y por eso se chivó.

—Es imperdonable —murmura Jasmine—. No tenías que haber ido tan lejos, Tally.

—Eso no es lo que he dicho. —Tally pasa la vista por la entrada—. No quería...

—¿Sabías que King les mandó un correo a los padres de Luke? —le pregunta Lucy, poniéndose en jarras—. Les dijo que lo habían pillado con preguntas robadas de un control. Su padre se puso furioso.

—Cállate, Lucy —murmura él, cogiendo su mochila del suelo—. Lo que hiciera mi padre no es asunto vuestro.

Durante un instante se produce una incómoda pausa. De repente parece que todo el mundo mira a todas partes excepto a Tally o a Luke. Lo injusto de la situación golpea a Tally como un rayo que cayera del cielo, de forma tan repentina y contundente que hace que le tiemblen las piernas.

—No me importan Luke ni su padre ni su madre —dice bien alto—. ¿Podemos dejar de hablar de eso? A menos que hablemos de la horrible vida que deben de llevar, teniendo que soportar a un hijo así de tonto. Si yo fuera ellos me largaría muy lejos.

El silencio que sigue no es incómodo sino preñado de

miedo y anticipación. Tally ve una expresión nueva en el rostro de Luke. No es rabia ni asco ni es amenazador ni cruel ni ninguna de las otras caras que ha aprendido a asociar con él: sus ojos parecen tener llamas y abre la boca con completa y total incredulidad.

El timbre vuelve a sonar y el gentío empieza a deshacerse lentamente, aunque el pequeño grupo frente al armarito de los trofeos se queda inmóvil donde está, como si los hubiera paralizado la maldición de un hada malvada.

—¿Qué acaba de decir de mi madre? —murmura Luke.

La boca es la única parte de él que se mueve.

Sus palabras parecen romper el hechizo.

—Vámonos, tío —dice Ameet, posando una mano en el hombro de Luke—. No vale la pena.

—¡Llegaremos tarde y ya habrán pasado lista! —Lucy coge a Ayesha de la mano y le da un empujoncito—. Nos vemos en el recreo, Layla.

—Nosotras también tenemos que irnos —le dice Jasmine a Layla, pero esta no se mueve, así que, negando con la cabeza, se une al grupo de niños que van a la clase, y Ameet la sigue.

—No pasa nada —dice Layla con voz muy tranquila, y por un momento Tally se tranquiliza, hasta que ve que su amiga no la está mirando a ella—. Ya te lo dije, no puede evitarlo. Solo tienes que ignorarla y no enfadarte mucho si dice cosas que te ofenden.

—¡Estoy delante de ti! —exclama Tally, agitando las manos—. No deberías hablar de mí como si no estuviera.

—Dile que yo la ignoraré y ella puede ignorarme a mí. —Luke cierra los ojos. Cuando los vuelve a abrir, el fuego se ha apagado—. Y también dile que como vuelva a hablar de mi madre lo lamentará.

Se da la vuelta y desaparece entre la multitud.

—¿Dónde quedamos a la hora del recreo? —pregunta Tally, apoyándose en un pie y después en el otro—. Parece que va a llover de nuevo, así que mejor encontrar un lugar a cubierto si no queremos mojarnos.

Layla frunce el ceño.

—¿Es que no has oído nada de lo que ha pasado? —le dice—. Ya fue bastante malo que metieras en líos a Luke antes de las vacaciones. Pero lo que acabas de decir de su madre es totalmente imperdonable.

—¿Qué es lo que he dicho? —Tally parece confusa—. No he dicho nada que él no haya dicho también.

—¿Cómo? —Ahora es Layla la que no entiende nada—. Has dicho que tienen que soportarlo a él de hijo, ¿no te acuerdas?

Tally resiste el impulso de pegar una patada en el suelo.

—Pues claro que me acuerdo, Layla. Y también recuerdo que él me dijo a mí exactamente lo mismo, así que no pasa nada.

Layla suelta un gruñido.

—Sí, sí que pasa. Y no es lo mismo. Él no te hirió los sentimientos cuando lo dijo, y además es un poco cierto: tus padres sí que tienen que soportarte.

—Y a mí sí que me hirió mis sentimientos —suelta Tally, asustada. Layla nunca le ha hablado así; si hasta ella cree que es una carga, quizá sea verdad—. Supongo que soy más fácil de soportar que él. Solo he dicho la verdad: si él fuese de mi familia me largaría, seguro.

—Tienes que dejar de decir eso —dice Layla con un hilo de voz, furiosa, mientras sus mejillas se ponen rojas—. Lo digo en serio, Tally. Esta vez has ido demasiado lejos.

—¿Por qué? —Ella también habla con tono enfurecido—. ¿Por qué él puede decirlo y yo no? ¡Es injusto!

—Ya sabes por qué. —Layla mira hacia el pasillo vacío—. El año pasado también estábamos todos en la misma escuela. Y ya sé que nadie hablaba de lo que le pasó a la madre de Luke, pero todos lo sabíamos. No hagas como si lo hubieras olvidado. La madre de Luke se fue y lo dejó con su padre. Es por eso que lo que has dicho es horrible.

241

Y entonces se va y Tally se queda sola con el recuerdo demasiado tardío de Luke llorando escondido en un cuartito de sexto y la sensación de que todo todo ha ido muy mal.

CAPÍTULO 21

Cuando Tally y Nell entran por la puerta de la verja está sonando el timbre. Nell se va de inmediato sin decir una palabra, pero Tally camina lentamente y observa el patio. No hay rastro de Layla o Lucy o Ayesha; está claro que no se encuentran por allí. No hay nadie esperándola para entrar en el edificio con ella. El corazón se le empieza a acelerar ante la idea de tener que pasar el día sola... aunque es difícil decidir qué sería peor, eso o pegarse a ellas y que la ignoren todo el rato.

La primera clase es teatro. Cuando los alumnos entran, ven que la señora Jarman los espera con una gran sonrisa.

—Hoy vamos a empezar a interpretar nuestro nuevo guion —les dice—. Dejad las mochilas junto a la pared y sentaos.

En el centro de la sala hay un círculo de sillas. Lucy y Ayesha se sientan juntas. Tally se acerca a ellas mientras se tira de las pieles de las uñas.

—Hola —dice con tono pausado mientras se sienta junto a Ayesha—. Al llegar no os he visto en la puerta. —Lucy le susurra algo a Ayesha, que hace un ruidito de desprecio—. ¿Dónde estabais?

No tiene intención de rendirse, y además ha investigado el tema. Anoche le tomó prestada una revista a Nell (bueno, Nell dijo que se la robó, pero tenía la intención de devolvérsela, y no se hubiera roto si su hermana no hubiese intentado arrancársela de las manos), y había un artículo sobre cómo hacer amigos. El título era «Cómo ser la vida y el alma de la fiesta». Tally odia las fiestas porque son demasiado ruidosas y la música normalmente no es de Taylor Swift, pero lo leyó igualmente. Decía que tenía que buscar temas de conversación interesantes y preguntar a los demás para que se sintieran escuchados e importantes.

Se inclina hacia delante y mira fijamente a las chicas.

—Quería hablaros de mi perro porque sé que os gustan los perros. Tu perro se llama Rosie, ¿verdad, Ayesha? Seguro que es muy guapo. Mi perro también es guapo.

Ayesha aparta la cabeza para mirar a otro lado.

—Tú no tienes perro —dice. Algo en su tono de voz hace que Tally sienta un escalofrío por dentro—. Es otra de tus invenciones.

Tally no puede creérselo.

—Sí que tengo un perro. Se llama Rupert y es un galgo. Ganó muchas carreras pero ahora solo tiene tres patas y ya no puede competir.

—Igual podría ganar carreras de tres patas —dice Lucy, sarcástica—. Si existiera, claro. —Y se acerca más a Ayesha y le susurra algo.

A Tally empieza a zumbarle la cabeza mientras piensa en lo que acaba de decir Lucy. Quiere levantarse y gritar, pero si lo hiciera nadie la querría porque la gente normal maneja sus emociones de forma calmada y controlada.

—Eso no ha sido muy amable —replica con tranquilidad—. Y sí que existe. No soy una mentirosa.

Lucy alza la vista.

—Pues vale. Ah, y si no te importa —dice con voz dulce como un cupcake—, estamos hablando.

—No hablamos de ti, de verdad —añade Ayesha, y vuelven a arrimarse mientras las risitas se elevan como señales de humo que Tally no consigue interpretar.

Y se pregunta por qué, si no están hablando de ella, le duele tanto.

—¿Estamos todos? —pregunta la señora Jarman, que se sienta y mira a su alrededor. Ve una silla vacía y frunce el ceño—. No. Falta alguien.

—Es Luke —dice Aleksandra, que parece preocupada—. Lo he visto esta mañana a primera hora en el despacho del señor Kennedy.

Una corriente de interés parece fluir entre el círculo de estudiantes de séptimo.

—Dicen que se ha peleado con un tío de décimo —señala uno de los chicos.

—Y que se le tiró encima sin ningún motivo —añade otro—. Por lo visto, había sangre por todas partes.

—A alguien de mi grupo le dijeron que van a expulsarlo —aporta Ayesha, que por fin se aparta de Lucy—. Para siempre.

—Ya basta de especulaciones inútiles —interviene Jarman, con la cara muy seria—. Si podéis parar de cotillear un rato, comenzaremos la clase. La obra sucede en...

Pero, antes de que pueda seguir, la puerta se abre y el señor Kennedy entra en el taller. Luke va detrás, con la camisa manchada de barro y una manga arrancada a la altura del hombro.

—Quiero hablar un momento con usted —le dice Kennedy a Jarman, y se vuelve y mira a Luke—. Puedes sentarte. Y recuerda lo que te he dicho. Es tu último aviso, jovencito.

Los profesores abandonan la sala, aunque Tally se siente aliviada al ver que dejan la puerta abierta. Luke tira su mochila al suelo y camina a toda velocidad hacia donde están todos sentados.

—¿Estás bien, tío? —le pregunta Ameet—. ¿Qué pasa?

Luke le pega una patada a la silla vacía, de forma que esta sale disparada hacia el centro del círculo.

—Nada —contesta, encogiéndose de hombros—. Al menos, nada bueno.

—¿Es verdad que te has pegado con uno de décimo? —pregunta Lucy, con los ojos como platos—. ¿Es verdad que lo han tenido que llevar al hospital?

Luke hace un ruido sarcástico.

—No tendríais que creeros todo lo que oís.

—Coge la silla —le pide Ameet mientras mira ansioso hacia la puerta—. Van a volver enseguida, y no te conviene meterte en más líos.

—Por lo visto, Lío es mi segundo nombre, según Kennedy —murmura Luke, pero hace lo que le ha dicho Ameet y vuelve a poner la silla en su lugar, dejándose caer en ella como si acabara de correr una maratón—. Y esa es solo una de las chorradas que he tenido que oírle hoy.

Tally ha estado en silencio, pero se yergue en su silla al escuchar esto.

—¿Y cuál es tu segundo nombre? Porque a mí me dicen lo mismo y lo odio. Mi segundo nombre es Olivia.

Luke se queda mirándola con expresión de sorpresa. Por un segundo parece que vaya a contestarle, pero entonces se hunde aún más en su silla.

—Qué más da —murmura—. Todos sabemos que en realidad tu segundo nombre es Friki.

—No la llames así —le susurra Aleksandra, en voz tan baja que nadie excepto Tally la oye.

La puerta se cierra y Jarman se dirige hacia ellos.

—Muy bien, séptimo. Pongámonos con los guiones, ¿de acuerdo? —Coge una pila de libros del suelo y empieza a repartirlos—. Quiero que lo abráis por la página dos y miréis la lista de personajes. Están por orden de importancia, así que si queréis leer un trozo más largo os recomiendo que escojáis uno de los primeros.

Tally abre su libro y echa un vistazo al texto. Hacía días que tenía la intención de pedirse un papel protagonista. Le encanta actuar y se la da bien, lo sabe. Seguir un guion es lo mejor porque no tienes que pensar en cómo comportarte o qué se supone que piensas o sientes; ya viene escrito y solo tienes que leerlo.

—Bueno, levantad la mano si estáis interesados en uno de los papeles largos —dice Jarman. Un par de chicos lo hacen—. ¿Ya está? —Parece decepcionada—. ¿No hay nadie más dispuesto a aceptar el reto?

Pasa la mirada por todos los alumnos, deteniéndose un momento en Tally, que rápidamente se pone a mirar al suelo. La forma en que Lucy y Ayesha se están comportando lo ha cambiado todo y es imposible que haga un papel protagonista sintiéndose tan insegura sobre sus amigas y el colegio y qué es lo que ha hecho mal.

Sintiéndose tan insegura sobre sí misma.

—¿Y tú, Luke? —La profesora se vuelve hacia él—. Siempre tienes mucho que decir. ¿Qué te parece canalizar un poco de esa energía hacia la interpretación?

—Ni hablar. —Luke ni levanta la vista, y Tally siente un breve instante de simpatía por él—. Bastante drama tengo ya. —Cierra los puños, se yergue en su silla y sonríe a Ameet—. Drama del de verdad, no una obra estúpida escrita por un tío muerto hace cincuenta mil años. —Se vuelve y mira a Jarman con desprecio. Tally deja de sentir lástima por él—. No sé ni por qué tenemos esta asignatura. No es que nos enseñe mucho, ¿verdad?

Toda la clase contiene el aliento. Parecen absorber todo el aire de la sala. Luke y la señora Jarman se miran a la cara. A Tally eso le recuerda a las películas antiguas del Oeste, esas que le gusta ver a papá los sábados por la noche, con vaqueros y duelos y tiroteos.

Jarman es la primera en apartar la mirada. Asiente, se levanta y va hacia su mesa. Tally contiene un resoplido. Todos empiezan a murmurar en voz baja. Esto es malo, muy malo. Hay un nuevo sheriff en el pueblo y su nombre es Luke.

Jarman vuelve a su silla. Lleva una hoja de papel en la mano.

—Cambio de planes —dice, con voz muy tranquila para alguien que acaba de perder un duelo de miradas con un alumno de séptimo—. Dejad los libros debajo de las sillas. Ahora vamos a hacer algo un poco diferente.

Espera a que todo el mundo esté en silencio y despliega el papel. Tally lo reconoce al instante.

Consejo número 3: Cuando todo te viene demasiado grande tienes que hacerte pequeño.

—¿Qué creéis que significa? —pregunta Jarman, mirando a cada uno—. «Cuando todo te viene demasiado grande tienes que hacerte pequeño».

Tally se queda paralizada. Esto no tenía que pasar. Sus

consejos no son para los demás, son solo para la señora Jarman, porque ella los entiende. Los demás no van a pillarlo. Se hunde en su silla y enlaza los dedos, intentando ahuyentar la sensación de pánico.

—No tiene sentido —dice Ameet en voz alta, provocando una sonrisa en Luke.

—¿Estás seguro de eso? —le pregunta Jarman. Su voz sigue siendo tranquila, pero sus ojos brillan como los más duros diamantes—. Piensa un momento.

Al otro lado del círculo, una niña levanta la mano tímidamente.

—¿Significa que tenemos que hacernos una bola, como cuando estamos en peligro o algo así?

—Ah, sí. Podría referirse a la supervivencia —interviene Aleksandra—. Como en los tiempos de las cavernas. Si te iba a comer un león, te protegías haciéndote una bola. Instintos básicos animales.

—Tú sí que eres básica —se burla Luke—. Menuda suerte si te persigue un león y lo único que se te ocurre es hacerte una bola.

Todos ríen. La tensión que había en el ambiente se disuelve. Tally relaja los dedos y levanta un poco la cabeza.

—Creo que quiere decir que mejor no decir nada —propone Lucy—. Si todo va mal, no digas nada y quizá pase.

La señora Jarman la mira y sonríe.

—¿Y tú dirías que esa es una táctica efectiva? —le pregunta—. ¿No decir nada o desentenderse de la situación la hace mejor?

Lucy niega con la cabeza.

—Creo que no. A menos que lo que haya ido mal es que se nos haya estropeado el coche otra vez y mi madre esté intentando arreglarlo. ¡Si pasa eso, es mejor que me quede callada!

—Yo creo que es una estupidez —dice Ameet. Está muy claro que sigue queriendo ganar puntos con Luke—. «Hazte necesario o hazte a un lado», eso es lo que dice mi padre. Si algo va mal, tienes que intentarlo aún con más fuerzas hasta arreglarlo.

Tally abre la boca, pero la vuelve a cerrar enseguida. Es inútil intentar decirles lo que significa; no piensan como ella. Podría pasarse todo el día explicándolo y seguirían sin entenderlo y al final la tomarían por tonta. No tiene ni idea por qué ha hecho esto la señora Jarman, pero una cosa sí sabe: nunca más volverá a meter una sugerencia en el buzón.

—Quiero que todos penséis en algo que os haya ido mal últimamente —les pide la profesora—. Elegid un momento en que las cosas no os salieron como esperabais.

—¿Cuántas podemos elegir? —pregunta Luke, dándole un codazo en las costillas a Ameet—. ¡Algunos tenemos una lista bastante larga!

Jarman lo mira y sonríe.

—No tenéis por qué tener miedo a hacer esta actividad —dice—. No voy a pedirle a nadie que comparta nada que prefiera que quede en privado.

—No tengo miedo —dice Luke con desprecio—. Pensar no da miedo, ¿no?

—Hay quienes no estarían de acuerdo con eso —contesta Jarman—. A veces, pensar en nosotros mismos y en quiénes somos es lo que da más miedo de todo.

La sala queda en silencio. Nadie mira a nadie. Tally empieza a notar un hormigueo en las manos; las mete debajo de las piernas para atraparlas. En la escuela no puede aletear, por muy extraño que se esté volviendo el día.

—Ahora quiero que os hagáis una pregunta —sigue la profesora—. ¿Haceros pequeños os habría ayudado en esa situación? Si lo hubieseis dividido todo en pequeños pasos y os hubieseis encargado de ellos de uno en uno, ¿el conjunto hubiera resultado más manejable?

Se produce una pausa. Algunos empiezan a asentir.

—¿Alguien quiere compartir sus ideas? —pregunta Jarman. Aleksandra levanta el brazo.

—La semana pasada tuve un día muy malo —dice lentamente—. Discutí con mi madre y se me cayó el móvil y papá se enfadó mucho conmigo, y cuando llegué aquí pensé que mis amigos me ignoraban. Por la noche me acosté pensando que todos me odiaban y que mi vida era un asco.

La señora Jarman sonríe, comprensiva.

—Todos hemos tenido días así —dice—. ¿Cómo te habría ayudado hacerte pequeña?

—Bueno... —Aleksandra pasea la mirada por el taller—. Supongo que, si me hubiese parado a pensarlo, la única razón de que todo fuera tan mal es que estuve muchos días seguidos levantada hasta tarde, y eso me hacía sentir cansada y mal conmigo misma. O sea, que las cosas no me iban bien por eso, no porque no me quisieran.

Tally mira a la niña. Siempre había dado por supuesto que se pasaba el día riendo y sintiéndose genial, pero se ve que no es así. Nunca, ni una sola vez, ha parecido estar pasándoselo menos que maravillosamente.

Y eso significa que esconde lo que siente en realidad.

—Creo que todos podemos entender lo que nos ha contado Aleksandra —dice Jarman—. Puede ser muy difícil saber por qué las cosas no van bien si no nos «hacemos pequeños». Los grandes sentimientos tienden a ocultarse en sucesos mínimos. Por eso, podemos cargar con lo que sentimos durante mucho tiempo, y de repente algo sin importancia es la gota que colma el vaso, pero creemos estar mal solo por esa cosa.

—Este fin de semana me hice daño con la bici —dice uno de los chicos—. Estaba con mis amigos, y me insistieron en que intentara saltar sobre una rueda. Aunque yo no quería, lo hice y me caí. Mirad.

Se sube la pernera del pantalón y muestra un moratón que parece bastante doloroso.

—¿Y cómo te habría ayudado el hacerte pequeño en esa situación? —pregunta Jarman.

—Bueno, si hubiese dado un salto más pequeño no se habría golpeado tan fuerte —dice Luke, y hasta la profesora se ríe.

—Creo que solo salté porque me daba miedo quedar como un gallina —dice el chico una vez cesan las risas—. Pero en realidad eso no importaba. Si les hubiera dicho a mis amigos que no, lo peor que podía haber pasado es que se rieran de mí. En cambio, me hice daño.

—Seguro que se rieron de ti igualmente —añade Ameet, y el chico asiente, poniendo una cara triste llena de humor.

—Esta mañana ya estaba de mala leche antes de venir a

la academia —dice Luke de repente, mirando fijamente a la pared, por detrás de la cabeza de Jarman—. Y todo ha ido de mal en peor, una cosa tras otra.

La profesora se queda un momento en silencio y después se inclina a recoger su guion.

—Tenéis que saber que en la escuela tenemos un espacio seguro —les dice—. Es una nueva idea que nos ha sugerido un alumno este año. Es la sala que está al lado de la de profesores, un lugar tranquilo al que podéis ir siempre que sintáis que las cosas os superan y necesitéis hacer una pausa.

Tally se la queda mirando. Ese era su segundo consejo. La alumna que sugirió un espacio seguro es ella, ¿y ahora la señora Jarman les está diciendo a todos que pueden usarla? ¡Se lo está diciendo a Luke! ¡Como si él fuera a necesitar alejarse de todo alguna vez!

Jarman le dedica una pequeña sonrisa a Tally y mira el guion.

—Otras veces, algunos preferiréis ir al espacio seguro antes de que las cosas se tuerzan. Pero pasemos a otro asunto. Vamos a volver a empezar, reiniciaremos el día haciendo algo positivo, aunque no sea tomar una gran decisión ni nada de eso. Comencemos por la primera escena. Aleksandra, ¿quieres leer el papel de Sylvia?

La niña pone cara de contenta y asiente. Todos cogen sus libros y los abren.

—Luke, tú serás Thomas. —No ha formulado la frase como una pregunta. Tally levanta la vista y mira a Luke, que a su vez mira a la profesora. Esta empieza a leer de su guion.

—*Acto uno, escena uno* —dice Jarman con voz muy clara—. *La escena tiene lugar en una casa abandonada. Sylvia está sentada en el suelo. Thomas entra en el escenario y mira a su alrededor.*

Tally contiene el aliento. Después de todo lo que ha pasado, ¿cómo se le ocurre a la señora Jarman pedirle eso a Luke? Está dejando que se le suba a las barbas, le está entregando todo el poder, y ahora él podrá estropear el resto de la clase negándose a participar. No importa que le haya explicado lo de hacerse pequeño; no va a entenderlo. Las cosas son diferentes para la gente como él: no necesita dividir las cosas en partes para entenderlas o sentir que consigue algo. Para él, la vida es un paseo y no necesita pensar en nada. Seguro que no va a querer...

—*Aquí está bien.*—La voz de Luke atruena en la sala—. *Nadie nos verá. Es el lugar perfecto para esconder el cadáver. Buen trabajo, Sylvia.*

Tally se queda sentada en silencio durante el resto de

la clase. No para de pensar. No es la única que tiene días malos. No es la única a quien las cosas superan a veces.

Nunca lo había pensado antes, pero ¿y si hay otros alumnos en séptimo que también son diferentes, y nadie se lo ha contado a ella?

¿Y si no es la única?

CAPÍTULO 22

—¿Tiene que llevar eso en la mesa? —pregunta Nell.

Tally la ignora y se concentra en tomar una cucharada de sopa a través de la máscara. No es tan fácil como parece, y necesita mantener el pulso firme para que no se le caiga por el cuello.

—¿Va todo bien, Tally? —Mamá se sienta enfrente de ella y le dedica una sonrisa—. ¿Qué tal hoy en la escuela?

Tally no contesta porque no tiene ni idea de qué se supone que ha de decir. La escuela es horrible y triste y da miedo. Nadie habla con ella y se pasa los días sola. La hora del almuerzo es la peor porque le es imposible entrar en el comedor sin Layla, así que siempre acaba deambulando por los pasillos. A veces va al espacio seguro que ha montado la señora Jarman, pero nunca ve allí a ninguna de sus amigas. Será un espacio seguro, pero también solitario. Aunque si le cuenta todo eso a mamá querrá saber por qué no tiene amigos y ella no quiere tener que contestar a esa pregunta porque no lo sabe.

Así que es más fácil no decir nada.

Piensa que, de no ser por Rupert, no tendría a nadie. Cada noche, mientras mamá y papá están en la sala de estar viendo la tele y Nell desaparece en el piso de arriba, Tally va directamente a ver al perro, que siempre la está esperando.

Mamá suspira y empieza a hablar con papá de cómo le ha ido el día a él. Tally bloquea sus voces. Come tan rápido como puede y después hace como que se va a su habitación. Pero, en cuanto han salido todos de la cocina, baja las escaleras a hurtadillas, hacia el cuartito de la limpieza.

—Hola, chico —susurra, comprobando que no haya nadie antes de sentarse en el suelo, frente a los barrotes—. Soy yo.

Tras unas cuantas visitas, Rupert le muestra cada vez más confianza. Sigue pareciendo asustado, pero cada noche se acerca un poquito más adonde Tally está sentada, al otro lado de los barrotes. Y ella está descubriendo que, aunque no sea muy hablador, es perfecto escuchándola. Se lo ha contado todo sobre Layla, Lucy y Ayesha y la forma en que la ignoran como si no estuviera. Se ha preguntado en voz alta por las cosas que se dijeron en la última clase de teatro y por si hay otros alumnos de séptimo a los que también les resulte todo difícil. Le ha dicho que su deseo nunca es ser mala, pero que a veces no puede impedir que las cosas salgan mal. Y él la mira fijamente con sus grandes ojos y hace que la sensación ardiente y de vértigo que siempre la invade desaparezca por unos minutos.

—Antes he oído hablar a papá y a mamá —le dice ahora mientras estira un brazo y lo hace pasar por entre los barrotes. Le queda cerca del hocico. Él no se mueve, y Tally sonríe. Todavía no ha intentado tocarlo porque no a todo el mundo le gusta que lo toquen. Ya lo hará él cuando sienta que está preparado; ella solo tiene que darle a entender que está ahí, esperándolo—. Papá dijo que ha preguntado en un refugio de animales, pero no tienen lugar para ti hasta la semana que viene. Y que ayer te portaste mal, que cuando salisteis tirabas de la correa e intentabas saltar. —Retira la mano, se la mete en el bolsillo, saca su segunda pelota de goma preferida y la aprieta—. Que en el refugio no tengan sitio es una buena noticia. Pero tienes que esforzarte más, porque se nos acaba el tiempo para que les demuestres que no eres peligroso. Mamá y papá ya se han cansado. Mamá dice que tienes que irte, ¿y entonces con quién voy a hablar yo, eh? Así que deja de ser tan egoísta y empieza a seguir las reglas. Si no puedes ser como un perro normal tendrás que simularlo, ¿vale?

Rupert da golpecitos con la cola en las baldosas. Tally se ríe.

—¡Muy bien! Vale, repasemos las reglas para ser normal. Eres un perro listo, así que seguro que las aprendes rápido. Así todos te querrán y nadie te llevará a la perrera.

Se apoya en los barrotes y remarca las reglas con los dedos a medida que las menciona.

—Regla número uno: no hagas nada inesperado. A la gente normal le gusta que estés tranquilo, o sea que nada de dar saltos o hacer ruidos raros o aletear o subir y bajar las piernas mientras intentas pensar una respuesta, por mucho que te haga sentir mejor. De eso nada, ¿vale?

Rupert se rasca la oreja con una pata y Tally asiente.

—Regla número dos: haz como que eres otro. Alguien que no es diferente. No pueden ver dentro de tu cerebro, así que puedes seguir siendo tú mismo, pero por fuera tienes que hacerles creer que eres igual que ellos. Eso significa simular que te interesan las mismas cosas que a ellos y copiar lo que hacen. —Rupert bosteza ruidosamente y Tally lo mira, muy seria—. Te estoy diciendo todo esto para ayudarte. Bostezar cuando otro habla es de muy mala educación. Mamá dice que eso hace que parezca que estás aburrido. Yo creo que eso es una tontería: no puedo evitar que mi boca quiera bostezar cuando ella se pone a hablarme de los deberes, pero eso es justo lo que te digo: tienes que simular. Aunque sea aburrido.

El perro cambia de posición y ahora apoya el hocico en el suelo. Mira a Tally como si en toda su vida hubiese escuchado nada tan fascinante. Ella le dedica una sonrisa de aprobación.

—Así está mucho mejor. Y, para acabar, regla número tres: asegúrate de mostrar tus sentimientos de la forma correcta. Si estás triste les gusta que digas «Estoy triste», y hasta que llores un poco. No les gusta que grites o des patadas o ladres o saltes, porque eso les hace pensar que estás enfadado y que no estás bien. —Rupert suelta un lamento y Tally mira al infinito—. Ya lo sé, es ridículo. Pero para ellos es importante, y encajarás mejor si actúas como ellos lo harían. Así que si estás contento tienes que decir «Estoy contento» y sonreír mucho. No cantes una canción en voz demasiado alta ni te frotes las manos muy rápido, porque entonces creerán que estás preocupado y a todos les molestará que no estés bien aunque en realidad sí que lo estés.

El ruido de la puerta de la sala de estar abriéndose sobresalta a Tally.

—Tengo que irme —susurra—. Pero piensa en lo que te he dicho e inténtalo con todas tus fuerzas, Rupert. Si no, van a dejarte solo, y ya te digo yo que eso no es nada bueno.

A la mañana siguiente, Tally no se despierta hasta que mamá entra en su habitación.

—Buenos días, lirona —canturrea—. ¿Qué quieres desayunar hoy?

—Nada. —Tally se hunde aún más bajo el edredón y cierra los ojos bien fuerte como respuesta a la intrusión. Abraza a Billy y no tiene la menor intención de levantarse, sobre todo si mamá se empeña en interrogarla sobre el desayuno en cuanto abre los ojos.

—Puedes elegir tostadas o cereales —dice esta, como si su hija no le hubiera contestado ya—. Papá no se encuentra bien y hoy no va a ir a trabajar. Puedes sentarte con él.

—No quiero.

Lo dice por costumbre. Si lo pensara mejor, llegaría a la conclusión de que le encantaría desayunar con papá. Últimamente él ha trabajado mucho y apenas se han visto. Si desayuna con él, quizá pueda hablarle de Rupert y pedirle que convenza a mamá de que lo dejen quedarse en casa hasta que vuelva la señora Jessop.

—Vaya, por fin ha dejado de llover —dice mamá mientras mira por la ventana—. Las noticias anuncian que va a nevar, pero no sé, me parece que aún es un poco pronto para eso.

—¡Mamá! —Nell entra de golpe en la habitación, sin detenerse a llamar a la puerta. Tally se incorpora y señala con un dedo a su hermana.

—¡Vete! —aúlla—. Hay reglas para entrar en mi habitación y las has roto. Te aviso de que si vuelves a hacerlo te vas a arrepentir.

—Necesito dinero para la excursión de hoy. —Su hermana no hace caso de la amenaza—. Tenemos que comprarnos la comida en el museo. ¿Puedo coger unos billetes de tu bolso?

Mamá niega con la cabeza.

—La última vez que te dejé, cogiste dinero como para dar de comer a toda tu clase. Ya bajo contigo y te lo doy yo.

—¡Vete! —grita Tally. Se pone roja y revuelve las sábanas.

—¡Como si quisiera quedarme aquí! —Nell ni la mira; se da la vuelta y sale de la habitación.

Mamá la sigue, aunque se detiene al llegar a la puerta.

—¿Tostadas o cereales? —insiste—. Como ya te has levantado igualmente...

—Tostadas —refunfuña Tally, entornando los ojos. Sabe lo que intenta hacer mamá, pero tiene hambre y por ahora va a seguirle el juego.

—Genial —contesta ella—. Vístete. Te estaré esperando en la cocina.

Tally se viste tan lentamente como puede. Se sienta y lee un cómic entre un calcetín y el otro. Pero, cuando por fin baja las escaleras, el reloj de la sala de estar muestra que aún queda mucho tiempo para salir de casa e ir a la escuela. Resopla. Seguro que mamá ha hecho que se levante supertemprano a propósito. Eso significa que Tally tendrá que tardar aún más de lo habitual en salir de casa, solo para mostrarle a su madre que no ha ganado.

En la cocina, papá toma una taza de té. Aún lleva el batín, y Tally lo mira. No está acostumbrada a verlo en casa cuando se levanta.

—Buenos días, cariño —dice él, dedicándole una pequeña sonrisa—. ¿Preparada para conquistar el mundo?

—¿Cómo estás, papá? —le pregunta Nell, que entra en la cocina dando un empujón a su hermana—. Mamá dice que no te encuentras bien.

—Seguro que no es nada —responde él—. Creo que solo necesito descansar un poco. —Se lleva las manos al estómago y se le dibujan arrugas en la frente.

—¿Aún te duele? —le pregunta mamá al darse cuenta. Él asiente. Tally da un paso atrás. Por suerte, la máscara de tigre impedirá que los gérmenes de papá la contagien.

—Vuelve a la cama —le dice ella—. Voy a llamar al trabajo para decirles que no irás en un par de días.

—Seguro que... —empieza a replicar papá.

—No me discutas, Kevin. —Mamá pone una voz muy firme—. Si no empiezas a cuidarte, vas a ponerte enfermo de verdad.

Papá asiente, agradecido, y se levanta de la silla.

—Que tengáis un buen día, chicas —les dice antes de salir lentamente de la cocina.

—Y vosotras tenéis que daros prisa —les indica después mamá, mientras deja en la mesa un plato con tostadas—. Necesito que vosotras dos estéis listas a tiempo y os vayáis a la academia sin hacer demasiado lío ni ruido. Tengo que llamar al trabajo de papá y pensar en lo que vamos a hacer con ese horroroso perro ahora que la señora Jessop no va a volver a casa.

—¿Qué? —le preguntan las dos chicas con cara de sorpresa.

—¿Qué le ha pasado a la señora Jessop? —pregunta Nell.

—¿Qué vais a hacer con Rupert? —pregunta Tally a la vez.

Mamá abre el grifo y llena de agua la tetera.

—La señora Jessop no está bien como para volver a su casa —explica—. La van a mandar a vivir a una residencia donde podrán cuidarla adecuadamente, pero no podrá llevarse al perro.

—Qué triste —dice Nell, y Tally asiente, totalmente de acuerdo.

—Pobre Rupert. También tendría que poder irse a una residencia.

—¿Tú de qué vas? —Su hermana la mira fijamente—. Lo triste es que una anciana tenga que dejar su casa, no lo que le pase a un perro estúpido.

—Ah. —Tally se encoge de hombros y toma una tostada. A la señora Jessop no la conoce pero a Rupert sí, y es por eso que se siente triste por él.

—¿Puedo confiar en que vais a poder arreglároslas sin dar problemas? —les pide mamá mientras mira su móvil—. Tengo mucho que hacer y, si no empiezo ya, el resto del día será horrible.

Nell hace un gesto de desprecio.

—Todo irá bien mientras esta no espere que vaya con ella si lleva esa máscara ridícula.

Mamá mira a Tally.

—Ya sabes que no puedes llevarla al colegio, ¿verdad? Aunque sea Halloween.

La niña asiente, pero en su interior está tramando un plan. La vida le sería mucho más fácil si pudiera ir a la escuela como la Niña Tigre en vez de como Tally. Sabe que es cierto que no puede entrar por la puerta con la máscara, pero nada le impide llevarla en la mochila. Quizá tenerla cerca la ayude aunque sea un poquito.

Fecha: Viernes, 31 de octubre

Situación: Abandonada por mis amigas en la escuela, y además van a llevarse a Rupert.

Nivel de ansiedad: 12/10. Por si lo de dormir en casa de Layla no hubiera sido bastante, ahora tengo aún más problemas.

Querido diario:

Esta noche no puedo evitar sentirme muy mal. Quiero dejar de pensar una y otra vez en cómo me ha ido el día, pero me es imposible. Mi mente salta de una cosa a otra sin parar. Cuando me siento así mi mamá me dice que intente «cambiar de canal» y pensar en cosas positivas. A veces funciona, pero esta noche, ponga el canal que ponga, la película siempre acaba mal. Y ahora me parece que tengo tantos canales funcionando a la vez que mi cerebro no hace lo que yo quiero. Una amiga de mamá dice que es como si mi cerebro fuera un móvil con demasiadas aplicaciones abiertas que hacen que se cuelgue, y es cierto. Es una de las peores sensaciones.

Datos sobre el autismo de Tally: sentimientos buenos y malos

Pros: sensación buena

La sensación buena no es como decir «la felicidad» o «estar emocionada», sino una expresión nueva que los neurotípicos aún no han descubierto. ¡Hasta te puede venir la sensación buena cuando estás mal! Es una sensación suave, cómoda, como de estar dentro de una burbuja en la que las cosas malas no pueden afectarte.

Normalmente me viene cuando estoy en algún lugar que me gusta o en una situación que me gusta. Me gusta cuando llueve y yo estoy en un coche —o, mejor, en una tienda de campaña—, sobre todo de noche. Mi principal sensación buena es la idea de salir de vacaciones en un avión, de noche, mientras llueve (ahora mismo, pensar en ello me hace sonreír). Los hoteles también están dentro de mi espectro de sensaciones buenas. ¿Qué más? Montar a caballo, a la orilla del mar, dormir con animales, cuando el sol brilla con esos rayos que atraviesan las nubes y parece que el cielo quiere verte. Es más que felicidad: sientes una alegría máxima y no quieres que pare nunca (a veces me pongo tan ansiosa pensando en que se va a acabar que lo estropeo todo). Mi sentimiento más bueno de todos sería conocer a Taylor Swift. Cuando hable con ella le diré que me ha mejorado la vida y que adoro la forma en que sigue siendo ella misma e ignora a los haters. Si ella pudo superar lo que le hizo Kanye, yo puedo con todo lo que me eche el autismo.

Contras: sensación mala

La sensación mala es igual que la buena pero todo lo contrario. Si tuviera que explicarla, diría ansiedad aleatoria en lugares aleatorios. Aunque sí que puede ser un poco predecible. Normalmente tiene que ver con hacer cosas que no quiero. La sensación mala me viene en algunos lugares como los grandes almacenes Marks & Spencer (las tiendas y la sensación mala van juntos), o al hacer cosas como quitar los adornos de Navidad o volver de vacaciones. La hora de irme a dormir es uno de los peores momentos.

CAPÍTULO 23

Los días pasan lentamente y nada cambia, excepto que las cosas malas se hacen peores. Tally va cada mañana al encuentro de las chicas, y cada mañana tarda más y más en verlas. Y cuando las encuentra, siempre están enfrascadas en alguna conversación que ella no entiende, y si intenta sumarse no muestran el menor interés en nada de lo que dice. Layla se pasa los almuerzos con su móvil y con Jasmine, y Ayesha se dedica a pasar mensajes entre Luke y Lucy, siempre con unas risitas que no tienen ningún sentido porque ninguno de los dos dice nunca nada divertido, o al menos así le parece a ella. Es posible que Lucy piense lo mismo porque últimamente también ha dejado de reírse, pero sería inútil preguntárselo, la ignoraría como siempre.

Ha intentado preguntarle a Layla qué ha hecho mal, pero ella suspira y dice «Oh, Tally» con tono exasperado. Ella no es tonta y sabe que lo que les gustaría a sus examigas sería que desapareciera. El problema es que no tiene adonde ir, así que ha de seguir en los márgenes del grupo, siempre mirando desde fuera. Pasa los días enteros en esa posición incómoda, metiendo la mano en la mochila para sentir el confort familiar de su máscara de tigre cuando nadie la mira.

Que es casi todo el tiempo.

Ni siquiera mamá ha notado que no está bien porque está ocupada cuidando de papá, que sigue sintiéndose mal pero se niega a ir al médico solo porque considera que lo único que le pasa es que está en «horas bajas». Y hace semanas que no para de llover, que es la razón por la que la clase de hoy de educación física se hace en el interior del helado gimnasio.

—¡Vale! ¡Alto! —grita la señorita Perkins—. Id a las gradas y sentaos EN SILENCIO.

Tally suspira aliviada, se pone en cuclillas y respira hondo para llenar los pulmones. Odia las clases de educación física, y sobre todo sobre todo odia las carreras. Perkins les ha hecho pruebas de velocidad, y a pesar de correr tanto como ha podido, Tally no ha sido capaz de alcanzar la pared antes de que resonara el sonido fuerte y taladrador del silbato. Se ha pasado casi toda la clase intentando esquivar a sus compañeros, que iban siempre por delante de ella y parecía que en la dirección opuesta.

—Algunos de vosotros lo habéis hecho razonablemente bien —dice Perkins, poniéndose en jarras—. Pero otros estáis en una baja forma horrorosa. A vuestra edad tendríais que poder completar los primeros diez niveles fácilmente. Y uno o dos de vosotros... —Hace una pausa y mira directamente a Tally—. Uno o dos de vosotros no os tomáis la molestia de hacer el menor esfuerzo. Eso es inaceptable.

Tally siente como se le enrojecen las mejillas. Sí que se ha esforzado, pero cada vez que sonaba aquel horrible pitido se le cerraban las manos y todo el cuerpo se le agarrotaba, y es difícil correr rápido cuando te parece que tienes las piernas de madera.

—Podéis ir a cambiaros. —La señorita Perkins ladea la cabeza—. Excepto tú, Tally. Tampoco es que hayas sudado mucho hoy, así que ponte a limpiar el cuarto del material de deporte antes de irte.

Los demás sonríen y susurran entre ellos mientras se levantan para irse.

—Asegúrate de no perderte ahí —le dice una chica al

pasar por su lado—. Recuerda lo que nos contó Kennedy el primer día.

Tally cierra los ojos un segundo. Al volver a abrirlos, todos se han ido y Perkins espera en la puerta.

—Quiero que quede ordenado del todo —le dice—. Es la hora del recreo, así que si te das prisa no llegarás tarde a la próxima clase. Ah, y Tally, espero que esto te anime a tener una mejor actitud en educación física.

Se va y la deja sola en el centro de la grada, mirando hacia el cuarto, que está al otro lado. Sabe que no tiene elección, pero eso no le facilita en absoluto la decisión de levantarse y obligar a sus pies a que crucen la pista.

La puerta está cerrada. Tally cuenta hasta diez mentalmente, la abre y mira dentro. El contenido del cuarto la mira a ella, desafiante. Hay pelotas de básquet por todo el suelo. Los chalecos de netball están amontonados en dos estanterías. Las pelotas de tenis, de balonmano y los conos de plástico compiten por el espacio en las canastas de rejilla que hay a los lados. Mire hacia donde mire, todo es caos y confusión.

Es horrible. Tally solo desea darse la vuelta y salir corriendo muy lejos. Piensa en la máscara de tigre, a salvo dentro de su mochila, en los vestuarios, y desearía poder ponérsela en este momento. La Niña Tigre podría encargarse de la tarea sin sentir deseos de gritar o llorar. La Niña Tigre no se haría un ovillo minúsculo y soltaría ruiditos agudos hasta que fuera alguien a rescatarla.

Pero la Niña Tigre no está, y si Tally no ordena el cuarto del material, la próxima vez Perkins le pondrá un castigo todavía peor. No hay tiempo que perder: tiene que ordenarlo todo y luego llegar a tiempo al taller de teatro. No quiere que la señora Jarman se enfade con ella, sobre todo después de que Tally le haya dejado otro consejo en el buzón de sugerencias al final de la clase anterior.

En el cuarto huele mal. Intenta contener el aliento, pero esa no es una gran táctica. Cuando por fin tiene que respirar, la sensación de moho y suciedad y caucho y plástico invade su garganta, y por un momento cree que va a vomitar. Parpadea para contener las lágrimas, coge una pelota de básquet y se queda quieta contemplando el cuarto: no sabe cómo poner orden en algo tan desorganizado.

Oye un timbre y después el ruido de pies en el pasillo. El recreo dura quince minutos, lo que significa que no tiene tiempo para pensar. Vuelve a contemplar el cuarto rápidamente para decidir qué estanterías tienen peor pinta. Puede hacerlo. Es como encajar las piezas de un puzle, y eso se le da bien cuando está del humor adecuado.

Los minutos pasan y Tally ordena y arregla y limpia. Cuando acaba, los chalecos están perfectamente doblados y las canastas están llenas cada una con lo suyo. Los conos de plástico están apilados uno sobre otro y las pelotas de básquet están dentro de una gran caja que ha encontrado al fondo del cuarto.

—Hacía tiempo que esto no tenía tan buena pinta —dice la señorita Perkins, que aparece por la puerta—. Has hecho un trabajo excelente, Tally. Tendría que hacerte responsable del cuarto para todo el resto del curso.

La expresión de la niña cambia de repente.

—No, por favor —ruega—. La próxima vez intentaré correr más rápido, lo prometo.

La profesora sonríe sin abrir la boca.

—Excelente. Asegúrate de hacerlo. Y ya puedes empezar ahora mismo, porque el timbre está a punto de sonar y vas a llegar tarde si no te das prisa.

Tally asiente y corre a los vestuarios. Se quita el viejo chándal y se pone el uniforme tan rápido como puede. El timbre suena mientras aún está atándose los zapatos y después le cuesta un poco embutir el chándal en la mochila, así que, cuando sale corriendo y sube las escaleras hasta el segundo piso, los pasillos ya están vacíos.

Al acercarse al taller de teatro oye risas. Abre la puerta

intentando no hacer ruido; confía en poder entrar sin que Jarman se dé cuenta.

Al cerrar la puerta le suceden dos cosas. La primera es que no ve a la profesora por ninguna parte. La segunda es que algo pasa en el centro de la sala. Toda la clase está agrupada, dándose empujones para ver aquello que ha despertado tanto interés. Ella avanza lentamente y, al acercarse, el grupo se mueve; de repente consigue ver exactamente lo que todos estaban mirando.

En el taller hay un tigre. Está a cuatro patas, dando vueltas en círculo. De vez en cuando da un paso adelante, como si fuera a abalanzarse sobre alguno de los alumnos de séptimo, que lo señalan y ríen como si fuera lo más divertido que han visto en sus vidas.

—¡Grrrrrr! —ruge el tigre.

Tally se queda paralizada. El corazón le late tan fuerte que cree que se va a morir.

—¡Miradme, soy Friki Adams con mi temible máscara de tigre! ¡Temblad ante mí!

El tigre da un salto, haciendo chillar a algunas niñas. Entonces ve a Tally y la señala con una garra, haciendo que todos se vuelvan hacia ella.

—Hola, Tally —dice la fiera, como si nada—. Espero que no te importe que haya tomado prestada tu máscara.

Quería ver qué se siente al disfrazarse así... ¡Los demás no lo hemos hecho desde que teníamos cinco años! —Tally abre la boca, pero no le sale ningún sonido. El tigre se levanta—. ¿Es que no tienes nada que decir, para variar?

«Devuélvemela.»

La palabra suena tan fuerte en su cabeza que la hace parpadear, aunque sigue sin voz. Siente que la presión se acumula en su interior, más y más fuerte, y se da cuenta de que no hay nada que pueda hacer para evitarlo.

—¿Quieres saber cómo la he conseguido? —le pregunta Luke, retirándose la máscara—. Eso es lo que yo me preguntaría si fuera tú. Aunque yo jamás querría ser tú, claro. —Suelta una carcajada—. No me lo podía creer cuando te vimos a la entrada del McDonald's, vestida con esa pinta de rarita. ¡Estuvimos horas riéndonos!

—Luke, para ahora mismo. —Al otro lado de la sala, Lucy pone cara de preocupación—. Se suponía que era una broma, pero ya no tiene ninguna gracia.

—Es verdad —dice Luke, que observa que Tally está mirando a las chicas en las que ella confiaba hasta hace poco—. Lucy y Ayesha la vieron en tu bolsa mientras se cambiaban después de educación física. La sacaron y se la mostraron a todo el mundo. ¡En serio, a todo el mundo!

—¡Cállate, Luke! —grita Lucy, aunque Tally ya no puede oír nada; el hecho de ver la máscara en manos de Luke ahoga todo lo demás. Tiene su máscara. La máscara que la convierte en la Niña Tigre. Ha cogido lo único bueno que tenía en su vida y lo ha estropeado para siempre.

—De-vuél-ve-me-la. —No sube el tono de voz. Solo aquellos que están más cerca la oyen, e instintivamente dan un paso atrás.

—Oblígame —la provoca Luke, estirando el brazo y haciendo que la máscara le cuelgue de las puntas de los dedos—. Tengo ganas de ver cómo lo intentas.

Las risas del resto de la clase le inundan los oídos y hacen eco en el interior de su cerebro. Se lleva las manos a la cabeza y se hace una bola en el suelo, agarrándose fuerte las rodillas, intentando que todo desaparezca. Pero el ruido no cesa y siente los cuerpos a su alrededor que consumen todo el aire y le impiden respirar.

—La, la, la, la, la —tararea, apretando más fuerte las manos e intentando recordar la melodía de su canción favorita. Pero hasta Taylor Swift la ha abandonado, y el sonido que sale de su boca es disonante y quebrado y solo empeora las cosas.

—¿Qué le pasa? —dice una voz, asustada.

—¡Se le ha ido la pinza! —añade otra—. ¡Vaya friki!

—¿Se está tirando del pelo? —pregunta alguien más—.

Luke, deberías haberle cogido la máscara. Si un profe entra y la ve así vamos a meternos en un lío muy serio.

—¡Calmaos todos! —grita una voz, y parte de la mente de Tally reconoce que se trata de Aleksandra—. ¡Dejad de gritar! ¡La estáis asustando!

Oye un portazo, y de repente siente un golpe de aire frío en su frente ardiente. Se queda inmóvil un instante, y cuando abre los ojos ve que todos se han apartado y la miran desde la distancia, como si fuera un animal peligroso. Ha visto esa expresión antes en las caras de mamá, papá y Nell cuando miran a Rupert.

No puede quedarse donde está, pero no sabe si su cuerpo le funcionará como debe. Prueba lentamente los brazos, agitándolos arriba y abajo. Puede moverse y puede respirar, y aunque solo quiere hundirse en el suelo y volver a hacerse invisible, lo que más necesita es salir de allí. Se pone en pie entre temblores y recoge su mochila, ignorando a Aleksandra, que va hacia ella con cara de preocupación.

—Cógela y ya está, ¿vale? —Luke se adelanta al resto, con la máscara aún entre los dedos. Por alguna razón la máscara tiembla, como si a él le temblaran las manos—. No la quiero.

La lanza al suelo, pero Tally ya se ha ido.

CAPÍTULO 24

Corre sin tener ni idea de adónde va o qué va a hacer cuando llegue. Solo sabe que no podía quedarse ni un minuto más en el taller y que tiene que alejarse al máximo de lo sucedido. Avanza por el pasillo y abre la puerta que lleva a las escaleras. Sigue teniendo en los oídos el ruido de las risas, y eso hace muy difícil poder pensar en nada más, pero la visión de la señora Jarman delante de ella resulta imposible de ignorar.

—¿Se puede saber qué pasa? —pregunta la profesora, que en cuanto ve a la niña deja su bolso en el suelo—. ¡Tally! ¿Qué pasa?

Pero ella no puede contárselo. No quiere hablar del asunto. Además, todo ha sido culpa de Jarman, que tenía que haber estado allí pero no estaba y eso quiere decir que ni siquiera ha leído el consejo que dejó en el buzón de sugerencias hace unos días sobre mantener los horarios y no cambiar las cosas sin avisar.

—Nada —murmura—. Estoy bien.

La señora Jarman la observa fijamente, pero no le dedica «la mirada», y eso es bueno porque Tally siente la furia que se esconde bajo su piel y no quiere que su profesora vea lo agitada que está en realidad.

—A mí no me parece que estés muy bien —dice la mujer—. Está claro que ha pasado algo, así que vamos a ir al taller de teatro y lo arreglamos.

—¡No! —Tally cierra los puños—. No voy a volver ahí y usted no puede obligarme.

La profesora alza las cejas.

—No voy a obligarte a nada. Pero sí que vamos a llegar al fondo de este asunto.

Recoge su bolso, sale por la puerta y baja al pasillo. Parece totalmente tranquila, como si no hubiera visto que a Tally acaba de caérsele todo el mundo a los pies.

La contempla mientras se aleja y decide que si Jarman mira atrás y le exige que la siga, ella saldrá corriendo. Pero la profesora pasa de largo del taller y se dirige a la biblioteca. No comprueba que Tally vaya tras ella ni una sola vez y no le grita que se dé prisa.

Entra y un momento más tarde reaparece junto a la bibliotecaria.

—Pueden seguir leyendo los guiones —le dice—. Gracias por echarme un cable.

La otra mujer asiente y abre la puerta del taller. Hay un breve segundo de ruido y enseguida vuelve el silencio al pasillo. La señora Jarman se da la vuelta y entra de nuevo en la biblioteca. Tally se queda sola.

La «no mirada» es lo que la hace decidirse. La profesora la está dejando decidir; no le ha dicho lo que tiene que hacer. Tally va lentamente hacia la biblioteca, acelerando sus zancadas al pasar por la puerta del taller. Al llegar, la mano se apoya dudosa en la puerta, pero cuando la abre y mira dentro ve que aunque parece estar vacía no es así, allí está Jarman.

—Si quieres, puedes sentarte —le dice esta, señalando la silla que hay enfrente de la suya—. Así podremos hablar de por qué estás tan agitada.

Tally se la queda mirando.

—No estoy agitada —contesta—. Estaba agitada cuando se murió mi pez y estaba agitada cuando Nell me cogió un libro y arrancó una página, pero ahora no estoy agitada sino mucho peor.

La agitación no hace que sientas la piel tan fría que te

resulte difícil moverte. La agitación no hace que sientas los oídos desbordados por un ruido penetrante que es imposible de ignorar. La agitación no hace que quieras ponerte en forma de bola y cerrar los ojos y desaparecer.

—Entonces ¿cómo estás? —pregunta la señora Jarman, inclinándose hacia adelante—. Porque a mí sí que me parece que estás muy agitada. ¿Te sientes mal? ¿Te has peleado con tus amigos? ¿Es eso?

Tally cierra los ojos. Jarman no la entiende mejor que los demás. Fue un error pensar que quizá sería así.

—Estoy bien —susurra—. Solo quiero irme a casa. Por favor.

—No puedo mandarte a casa si no sé cuál es el problema —replica la profesora—. Y habrás oído decir que entre dos las cargas son más llevaderas. Si me lo cuentas, quizá encontremos una solución.

Tally abre los ojos y parpadea rápidamente.

—No creo que hablar vaya a arreglar nada —observa sin levantar la voz—. Y estoy bien. De verdad.

La señora Jarman suspira y se levanta.

—Bueno, no puedo obligarte a que me lo cuentes —dice—. Pero tampoco puedo mandarte a casa si no te pasa nada. Y tengo que volver al taller, que es donde deberías estar tú también.

Tally da un paso atrás.

—¡No! No voy a volver allí. Los odio y si intenta obligarme entonces me voy a enfadar mucho mucho.

El rostro de su profesora se arruga al fruncir el ceño.

—¡Entonces dime qué es lo que ha pasado! —exclama, levantando los brazos—. ¿Qué puede haberte hecho el resto de la clase para que te sientas así? ¡Por Dios, déjame ayudarte!

—¡No puede ayudarme! —grita Tally. Sus brazos empiezan a aletear—. Me han robado mis cosas y todos creen que soy una friki y una chivata aunque lo único que hice fue decir la verdad. —Empieza a caminar arriba y abajo y lo suelta todo de una vez—. No me gusta Luke y a lo mejor quería que se metiera en un lío, pero no veo por qué entonces nadie quiere hablar conmigo cuando ellos hacen lo mismo todo el rato. Y haga lo que haga para simular que soy como ellos, me odian igualmente. Así que tengo que intentar más y más ser normal, pero ni siquiera sé qué pinta tiene ser normal y cada vez que pienso que lo he conseguido todo cambia. —Hace una pausa y respira muy hondo por la boca—. Y estoy cansada y harta y rota y siempre intento arreglarlo y no sé cómo hacerlo. —Se vuelve para mirar a Jarman, con los ojos como platos—. No sé qué es lo que se supone que tengo que hacer y no sé las palabras que se supone que tengo que decir para ser como todos los demás.

Hay un momento de silencio. La voz de Tally parece flotar en el aire que las separa, y se obliga a sí misma a quedarse quieta mientras su profesora de teatro la mira y después pasa la vista por la sala.

—En esta biblioteca hay muchas palabras —dice, de una forma que no es para nada lo que esperaba Tally—. Muchas de ellas han sido escritas por gente que quizá piensan diferente a los demás. Quizá es por eso que escriben libros, para explorar sus sentimientos de una forma que para ellos tenga sentido. —Da un paso adelante, aunque sigue dejando un espacio entre ella y la alumna—. Creo que este es un lugar perfecto para recordarnos que si todos fuéramos iguales el mundo sería aburridísimo.

Tally niega con la cabeza. De repente se siente muy cansada.

—Eso es lo que quieren todos —murmura—. Por eso la gente cree que ser autista es algo malo, porque no me deja ser igual a todos los demás. No me deja encajar.

La señora Jarman sonríe.

—Lo único malo es que te hayas pasado tanto tiempo intentando ser alguien diferente, cuando lo diferente que eres también es lo que te hace ser tan increíble. Quizá deberías dedicar menos esfuerzos a encajar y más a ser tú misma. Solo hay una Tally, igual que solo hay una Jarman, una Lucy y un Luke.

—Gracias a dios —murmura la niña, mirando al suelo. Jarman suelta una risita seca.

—Exacto —dice—. Y ya que solo hay una Tally, ¿no crees que tendrías que decir y hacer las cosas que te hacen ser tú misma en vez de intentar actuar como otra?

—Esa es una idea horrorosa. —Alza la cabeza de golpe—. Si actúo como soy me odiarán aún más.

—Mmm. —Jarman no parece muy convencida—. No creo que eso sea así. Pero ¿has dicho antes que te han robado algo? Dime qué es, porque eso sí que puedo arreglarlo.

—Ya no importa. —Tally hunde las manos en los bolsillos—. Olvídelo.

En su cerebro vuelve a ver a Luke con la máscara colgando de los dedos. Le ha dicho que no la quería. Pues ella tampoco. Ya no. Nunca podría volver a ponérsela. La ha arruinado.

—... volver a la clase —está diciendo la señora Jarman cuando Tally vuelve a prestarle atención—. Puedes quedarte aquí hasta que te sientas un poco mejor.

Tally asiente y va hacia las sillas, se deja caer en una y también deja que la mochila se le resbale del hombro.

—Ah, y Tally —Jarman se detiene con una mano en el pomo de la puerta—, no estar bien está bien, ¿sabes?

Y se va, y ella se queda con un sentimiento de soledad aún peor que la furia que tanto brilló hace solo un momento.

CAPÍTULO 25

Tally no se mueve de la biblioteca hasta el final de la hora del almuerzo y tampoco va nadie a verla, excepto una vez en que la señora Jarman entra con un montón de papeles en una mano y la máscara de tigre en la otra.

—Creo que esto es tuyo —le dice, y la deja sobre la mesa—. Y no te preocupes. He tenido una conversación muy seria con la clase y nadie va a volver a cogerte cosas de la mochila.

Tally quiere dejar la máscara donde está, pero la expresión de Jarman le indica que espera que se alegre, así que la coge y se la mete en el bolsillo del abrigo. No sabe qué va a hacer con ella, pero lo que es seguro es que no se la va a quedar.

La tarde pasa lentamente. En todas las clases recuesta

la cabeza en la mesa, y a pesar de los repetidos intentos de los profesores por conseguir que se siente recta, se niega a mirar a nadie o a nada. Layla intenta susurrarle algo durante la hora de lengua, pero al ver que no responde se rinde, al igual que los maestros. Al igual que todo el mundo, siempre.

En cuanto suena el timbre del final de las clases abre la puerta, corre por el pasillo y sale al frío de noviembre. No se detiene a abrocharse el abrigo ni a esperar a Nell. Echa a andar con paso rápido, poniendo tanta distancia como puede entre ella y la escuela y todo el mundo que está allí.

Empieza a llover. Las gotas caen furiosamente del cielo en su deseo de inundar la Tierra a toda costa. En pocos segundos Tally está empapada. Se pone la capucha y mete las manos en los bolsillos para conservar el calor. Y entonces siente el tacto de goma de la máscara.

No duda, ni siquiera un segundo: la saca, la tira a un charco y la hunde con un pie, hundiendo la cara del tigre en el agua marronosa. La señora Jarman tenía razón: no hay nadie como ella, así que para qué seguir simulando. Todo el mundo la odia, y ella los odia el doble.

La Niña Tigre no es real. Y, después de lo de hoy, sabe que la Niña Tigre no va a ayudarla.

Solo está ella.

Cuando llega a la puerta de su casa, ya no tiene frío. Es un ciclón de aire caliente, es un volcán a punto de la erupción, y le da igual quién lo sepa porque la señora Jarman le ha dicho que deje de intentar encajar, así que eso es lo que va a hacer. Se siente como una pieza de puzle en la caja equivocada. No importa cuánto lo intente, nunca va a ser como los demás. No van a dejarla.

Abre la puerta. El interior de la casa está calentito y todas las luces están encendidas. Demasiada luz y demasiado calor y demasiado de todo.

—¿Sois vosotras, chicas? —Oye decir a papá desde el salón—. Estoy aquí. Mamá ha salido un momento a comprar. Venid a saludar.

Pero ella no quiere saludar a papá. Quiere a mamá. Mamá la entenderá; con solo verle la cara sabrá qué hacer. Cogerá la manta gruesa de su cama. Y a Billy, para que pueda abrazarse a él. No le hará preguntas y no la hará enfadar.

—¿Chicas? ¿Todo bien?

Tally se apoya en la pared y se deja caer lentamente hasta el suelo. El abrigo húmedo deja una mancha oscura a su espalda, y sus zapatos llenos de barro han dibujado huellas de suciedad por toda la moqueta.

—¿Tally? —Papá asoma la cabeza por la puerta y la mira. Tiene mal aspecto y la cara muy pálida—. ¿Qué haces? ¿Dónde está Nell?

Ella se encoge de hombros y coge barro de un zapato. Lo aplasta entre sus dedos y lo lanza temblorosamente al suelo delante de papá.

—¡Eh! —protesta este—. ¡Para! ¡Y quítate los zapatos; estás ensuciando la moqueta!

Tally entorna los ojos y mira a papá hasta que se convierte en una mancha borrosa.

—¿Dónde está Nell? —repite su padre—. ¿Está bien?

Tally no contesta y él decide darle una última oportunidad.

—¡Por Dios, Tally! —estalla él—. ¡Contéstame! ¿Dónde está tu hermana? ¿Ha pasado algo mientras volvíais de la escuela?

No debería gritarle. Mamá siempre se lo dice, así que no es que no lo sepa. Enfadarse es la peor forma de tratarla cuando está estresada; eso es lo que les dijo el doctor cuando la diagnosticó. Pero papá no escucha. Y no hay excusa que valga cuando se rompen las reglas.

Su padre sigue hablando, pero lo que dice no tiene ningún sentido, y ella solo oye un zumbido, como si de su boca no salieran palabras sino avispas enfadadas. La cara se le pone roja y mira con ansiedad hacia la puerta principal y Tally se da cuenta de que está más preocupado por dónde estará Nell que por saber cómo le ha ido el día a ella.

De hecho, no le interesa saber nada de ella. Seguro que preferiría haber tenido una sola hija perfecta, que no fuera difícil o estuviera rota o que le supusiera tanto trabajo. Seguro que quiere mucho más a Nell. Seguro que desea que Tally no hubiera nacido.

El zumbido se convierte en un rugido, más fuerte que una emboscada de tigres. Las palabras flotan hasta sus oídos, pero las ignora mientras la adrenalina le llega a las manos y los pies y su cuerpo se prepara para tomar el control.

Entonces se mueve. Más rápida que un león, más poderosa que un águila. Es pura rabia y humillación y furia y dolor. Es Tally y no es Tally.

No piensa en mamá o en papá o en Nell.

No piensa en Luke o en Lucy o en Ayesha.

No piensa en su máscara de tigre o en que todo el mundo que debería estar por ella la ha decepcionado y abandonado.

No piensa en nada de nada cuando suelta la mochila y se deja ir.

El ruido de la silla contra la pared resuena en la cocina y Tally siente cómo se le doblan los dedos mientras la ira escapa por sus manos. Papá intenta cogerla del brazo y Nell aparece de repente, gritando algo que ella no entiende. Se suelta de papá y coge lo primero que encuentra, que por el sonido que hace al dar con la pared debe de ser parte de la vajilla de porcelana de mamá.

—¡Cálmate! —grita papá, y una pequeña parte de ella desea decirle que quien no suena nada calmado es él mismo, y que gritarle no va a arreglar nada. Pero ahora mismo no tiene palabras, solo actos. Le golpea en el pecho y lo empuja tan fuerte como puede; intenta conseguir algo de espacio y poder parar.

Entonces la puerta de entrada se abre de golpe y aparece mamá, con el rostro desencajado y resoplando como si hubiera estado corriendo.

—He recibido tu mensaje y he venido enseguida —le dice a Nell.

Tally parpadea y mira la cocina, que está completamente destrozada. En el suelo se encuentran las sillas volcadas y los restos de vajilla rota. Todo tiene un aspecto horrible y desconocido y no parece en absoluto su casa.

—Se te ve muy cansada y muerta de frío —dice mamá, que camina lentamente hacia ella, ignorando el bufido de desprecio de Nell—. Lo siento, Tally. Todos lo sentimos. ¿Qué puedo hacer para que te encuentres un poco mejor?

Tally duda, pero tiene ganas de acabar el ataque y mamá acaba de darle una salida.

—Chocolate caliente —murmura, cerrando los ojos para no tener que ver la cocina—. Con galletas.

—Tú ve a ponerte el pijama —le dice mamá—. Yo arreglo esto en un momento y después te lo preparo.

—¿Lo dices en serio? —Papá parece sorprendido—. ¿Has visto cómo está esto? Es una zona de guerra, Jennifer. ¿Y tú vas a premiarla con galletas? ¡Por dios!

—Arreglemos la situación paso a paso —murmura ella mientras acompaña a Tally hasta la puerta—. Está claro que ha pasado algo para provocar todo esto. —Se vuelve hacia Nell—. Pon la tetera, cariño. Gracias.

Tally permite que su madre la ayude a subir las escaleras y a entrar en su habitación. Se queda inmóvil mientras le desabrocha el abrigo y le quita cuidadosamente la sudadera. No dice una sola palabra; no hay nada que decir. No hay palabras que puedan mejorar esta situación.

Fecha: Martes, 11 de noviembre

Situación: El peor día de mi vida

Nivel de ansiedad: 50 de 10

Querido diario:

Estoy total y completamente agotada.

No quiero escribir sobre lo que ha pasado hoy en la escuela. Es demasiado horrible. Solo diré que estaba como una botella de Coca-Cola a la que hubieran estado agitando todo el día. Solo quería arrancarme la cabeza y poder explotar por todas partes para quitarme la presión de dentro, pero no podía. Tenía que mantenerme controlada. Y así, en vez de explotar implosioné, que es mucho peor porque no dejar salir los sentimientos significa que van a crecer y crecer hasta ahogarme. Y todo el mundo lo vio. Así que en cuanto llegué a casa solo me hizo falta un comentario de papá para soltar todas las frustraciones del día. ¿Has visto cómo explota una botella de Coca-Cola y la destrucción que causa? Pues eso no es nada comparado conmigo, cuando me dejo ir.

Datos sobre el autismo de Tally: el enmascaramiento

Hay gente a la que a veces no le gusta la forma de sentir o de comportarse de los autistas. Cuando estoy en la escuela o en algún lugar nuevo tengo que esforzarme mucho en actuar de forma diferente, una forma que a todos los demás les parezca normal. A veces copio lo que hacen o dicen. A veces intento conseguir que todos rían. Dedico mucho tiempo a escuchar a mis amigas cuando hablan entre ellas para averiguar lo que tengo que decir en una conversación. Es un montón de trabajo. Otras veces puedo estar triste o asustada, pero sé que a la gente no le gustaría si permitiera a mi cabeza y mi cuerpo hacer lo que necesitan, como gritar o salir corriendo. Así que hundo esos sentimientos muy muy dentro de mí y me comporto como si todo fuera bien. El único problema es que no se puede esconder para siempre lo que uno siente. Sé más sobre eso que la mayoría de la gente.

Pros: A veces, ocultar cómo me siento es bueno. Hace que los demás estén contentos en vez de pensar que soy una friki. Me ayuda a hacer amigos y a no echarme a llorar cuando los profesores son duros conmigo. Básicamente me hace parecer no autista. A veces es como si fuera la Cenicienta en el baile: me escondo hasta que dan las campanadas y entonces saco mi identidad real. Y es que por dentro siempre soy la misma.

Contras: A veces, cuando no me comporto como realmente soy, siento que he perdido mi yo. Cuando estoy en la escuela o en casa de una amiga siempre tengo que esforzarme en ser la que los demás esperan que sea, y cuando llego a casa estoy tan agotada que lo que he estado reprimiendo sale sin control. Y cuando digo sin control es SIN CONTROL.

CAPÍTULO 26

—No voy a ir a la escuela. Estoy ocupada.

Tally no se molesta en gritar. No tiene fuerzas para hacer nada, ni siquiera patalear mientras mamá intenta animarla una y otra vez para que se ponga el uniforme. Está sentada sobre la cama con las piernas cruzadas y sigue organizando sus peluches. Los más blanditos van en una fila a la izquierda. Los que tienen el centro más duro van a la derecha. Para decidir tiene que cogerlos de uno en uno y apretarlos contra su cuerpo para ver qué puntuación les da en la escala de «blanditud».

—Ya hemos hablado de esto otras veces —dice mamá, que no se rinde—. Si no vas a la escuela, papá y yo vamos a tener problemas serios.

Tally se encoge de hombros. Los problemas que puedan tener sus padres no son nada en comparación con lo que le pasa a ella. ¿Es que acaso van a ignorarlos y burlarse de ellos y hacerlos sentir que son tontos? No. Pues no importa lo que diga mamá: no va a ir a la escuela y nadie puede obligarla.

—Si me contaras el problema, seguro que podríamos arreglarlo. —Mamá se sienta a su lado y coge a Billy de la fila de peluches más blanditos.

—¿Por qué has hecho eso? —grita Tally, arrancándoselo de las manos—. Ahora voy a tener que volver a empezar. Así que no me eches la culpa a mí si te llaman la atención en la escuela, porque es culpa tuya.

Vuelve a colocar todos los peluches en el centro de la cama y empieza a canturrear, ignorando a mamá hasta que ella por fin capta el mensaje y se va.

Tarda una eternidad en ordenar los animales. A media labor piensa en rendirse, pero eso es inaceptable, si lo que quiere es calmar el ruido que le retumba en la cabeza. Cuando por fin están todos en su lugar, se levanta de la cama con cuidado y baja las escaleras lentamente. Le ruge el estómago y está lista para comer.

Al acercarse a la puerta de la cocina oye a mamá y a papá hablando al otro lado.

—He llamado a la escuela y los he avisado de que no va

a ir —dice mamá—. He hablado con el señor Kennedy, el tutor de séptimo. Le he pedido que averigüe si ayer pasó algo, aunque no tengo muchas esperanzas. No creo que sepa ni quién es Tally.

—Quizá debería hablar yo con ella —dice ahora papá. Su voz suena cansada—. Si empezamos a dejar que se quede en casa, ¿hasta dónde llegará? No queremos que se niegue a ir a la escuela nunca más, ¿verdad? Necesita ir.

—Puedes intentarlo —contesta mamá—. No sé, igual tienes más suerte que yo. No he conseguido sacarle ni una palabra sobre qué es lo que la tiene tan alterada. Pero creo que por el momento deberíamos dejar el tema; tal como está ahora no va a escucharnos.

Tally oye una silla que rasca el suelo y los pasos de papá.

—En ese caso, creo que voy a sacar al perro a dar un último paseo antes de que lo llevemos esta tarde al refugio. No creo que el pobre vaya a hacer mucho ejercicio allí. Y quién sabe, igual el aire fresco me ayuda. Estoy harto de estar sentado, la verdad.

Tally abre la puerta y entra en la cocina.

—¿Qué refugio? —pregunta muy seriamente, mirando fijamente a papá—. ¿De qué habláis?

Papá mira a mamá y pone una cara muy rara.

—Ayer por la noche recibimos una llamada... —empieza a decir mamá.

—¡No podéis llevar allí a Rupert! —grita Tally—. ¡Eso es crueldad con los animales!

Papá niega con la cabeza.

—No es cruel, Tally. En el refugio van a cuidarlo.

—Es el mejor lugar para él —añade mamá—. Tendrá techo y le darán de comer y estará a salvo.

—¡Pero nadie lo conocerá! —protesta ella—. ¡Todos serán como tú y pensarán que es un perro malo, y no lo es! Solo está asustado, pero nadie va a molestarse en averiguarlo, ¿verdad?

—Tiene que irse, Tally —dice mamá con calma—. Lo siento, pero no es un perro que pueda estar con niños, y no podemos tenerlo encerrado en el cuartito de la limpieza para siempre. Eso no sería justo para él.

Papá va hasta la pared y coge su chaqueta del colgador.

—Voy a sacarlo a pasear y después lo llevaré directo al refugio —le dice a mamá—. Me parece que es mejor solucionar el tema cuanto antes.

No pueden quitarse de encima a Rupert y ya está. No pueden. Es lo único que ella tiene, y sin él va a quedarse sola del todo. Siente cómo el miedo se esparce por su cuerpo, haciendo que le tiemblen las piernas y se le cierren los puños. Se supone que su casa es un lugar seguro. Se supone que allí tiene que sentirse comprendida y cuidada, no abandonada e ignorada.

—¡Os odio! —grita, y da una patada en el suelo—. Os odio a los dos y ojalá no fuerais mi mamá y mi papá, porque sois unos padres horribles y solo pensáis en vosotros.

Sale corriendo de la cocina y va a la sala de estar. Enciende la televisión y se pone a ver episodios de *Peppa Pig* hasta que el corazón deja de darle golpes en el pecho y la cabeza no le arde de la furia. Si es capaz de ver *Peppa Pig* durante una hora quizá, solo quizá, pueda tranquilizarse.

Le cuesta mucho tiempo. Aún está viendo la tele cuando se abre la puerta de entrada y papá sale con Rupert a dar su paseo, y también cuando, veinte minutos más tarde, se abre de nuevo y Nell vuelve de la escuela. No le da permiso a su cerebro para pensar en nada que no sea Peppa y George y las escenas familiares y tranquilizadoras de la pantalla que tiene delante.

Cuando suena el teléfono, Tally está a medias del episodio en que Papá Pig pierde las gafas. Mamá tiene que subir la voz y esta le llega flotando desde el pasillo. Después oye como llama a Nell, abre la puerta y entra en la sala.

—Tally, tienes que apagar eso y ponerte los zapatos. Ahora mismo. Tan rápido como puedas.

Ella no aparta la vista de la televisión y no se mueve. Acaba de empezar a calmarse un poco. Aún no ha pasado la hora, y si deja de verla todo irá mal de nuevo.

Nell entra y mamá se vuelve hacia ella.

—Tenemos que salir. Acaban de llamarme. A papá le he pasado algo y lo han llevado al hospital. ¡Tenemos que irnos ahora mismo!

Tally se acerca más a la pantalla.

—¿Podéis hablar fuera, por favor? No puedo oír mi programa.

Coge el mando y sube el volumen. El corazón le late como un gran tambor. Tiene que concentrarse en Peppa y George. No tiene que escuchar las terribles palabras que salen de la boca de mamá. Tiene que respirar hondo y contar hasta diez. Todo va a ir bien. Seguro que todo va a ir bien.

—Necesito que tú y Tally vayáis al coche —le dice mamá a Nell, ignorando su petición—. Cojo el bolso y voy con vosotras.

Su voz es aguda y apresurada y hace que a Tally le chirríen los huesos.

—¿Qué ha pasado? —Parece que Nell está llorando, pero Tally no puede apartar la vista de la pantalla, porque si mira tendrá que escuchar, y si escucha lo sabrá, y no quiere saberlo. No puede oír que le haya pasado algo malo a papá. Simplemente no puede.

—Solo sé que estaba paseando al perro y de repente se ha caído en la calle, a la entrada del parque —dice mamá sin aliento—. Alguien lo ha visto y ha llamado a una ambulancia. Seguro que no pasa nada, pero vayamos al hospital tan rápido como podamos.

Sale apresuradamente, y Nell respira hondo antes de acercarse a Tally:

—Vamos. Ya has oído a mamá. Debemos ir al hospital.

Tally niega con la cabeza. Le duele el estómago y la piel le pica y está sudando. Siente como si tuviera hormigas por todo el cuerpo.

—No puedo. El programa no ha acabado. Faltan diez minutos.

Hay un segundo de silencio, y entonces Nell estalla.

—¿Lo dices en serio? Papá puede estar enfermo de verdad, Tally, ¿y a ti te interesa más esa estúpida cerda?

Tally gira la cabeza de golpe y mira fijamente a Nell.

—No digas que mi programa es estúpido —aúlla—. Tú sí que eres estúpida. Y no puedo ponerme los zapatos hasta que acabe.

Nell cruza la sala en dos pasos y apaga el botón de la televisión. La pantalla se queda a oscuras.

—Ya está. Se ha acabado. Ahora deja de ser tan egoísta y ponte los zapatos si no quieres que te arrastre descalza hasta el coche, porque si tengo que hacerlo lo haré.

Tally se hunde aún más en el sofá y entorna los ojos. Nell tiene la cara furiosa y su voz es más dura que nunca. Está bastante segura de que lo que ha dicho va en serio, pero, desgraciadamente para su hermana, lo que ella ha dicho también iba muy en serio: no puede ir al hospital aunque papá esté allí. Tiene el cuerpo vacío, como un coche sin gasolina, y la cabeza llena de un pánico nublado y vertiginoso. No le queda nada dentro.

—No intentes tocarme —la avisa—. No voy a ir al hospital y nadie puede obligarme.

Las dos hermanas se miran en silencio. Nell tiene los ojos vidriosos y la cara pálida como si tuviera mucho frío, pero ella siente más calor que el fuego, que la lava, que el sol.

Mamá vuelve corriendo y contempla la escena.

—Vale. Si Tally no va a venir, tú tendrás que quedarte con ella —dice frenéticamente, mirando a Nell—. Llamaré en cuanto sepa algo, te lo prometo.

—¡No! —protesta la hermana mayor, que se acerca a mamá y la coge del brazo—. ¡No es justo! ¡Quiero ver a papá!

Mamá la atrae hacia su cuerpo y le da un abrazo.

—Creo que es mejor que os quedéis las dos —le dice—. Déjame averiguar qué es lo que ha pasado y ya veremos qué hacemos. Ninguna de las dos tiene permiso para abrir la puerta de entrada hasta que yo vuelva, ¿de acuerdo? —Y entonces mamá hace un ruidito de duda—. Ay, no sé qué hacer. ¿Os llevo conmigo? ¿Intento encontrar a alguien que venga a cuidaros?

Saca el móvil del bolsillo e intenta desbloquearlo, pero las manos le tiemblan tanto que se le cae al suelo.

—Estaremos bien —le dice Nell, que recoge el móvil y se lo da—. Vete y llámanos en cuanto puedas. —Mamá no parece convencida, y Nell le da un empujoncito hacia la puerta—. ¡Vete! Y no corras con el coche.

—Eres una chica maravillosa —afirma mamá, y le da otro abrazo rápido. Después va apresuradamente hasta Tally, se agacha para darle un beso en la frente y susurra—: Todo irá bien. Te lo prometo, Tally. Papá se pondrá bien.

—No quiero que te vayas —murmura Tally. Pero ya lo ha hecho. Nell se deja caer en el sofá, a su lado pero dejando mucho espacio entre las dos. Oyen como sale el coche. Se quedan sentadas en silencio y Tally intenta con todas sus fuerzas no pensar, no pensar, no pensar.

Pero es imposible no pensar cuando eso es lo único en que piensas. Y es que hay mucho en que pensar, y nada bueno. Papá cayéndose en la calle. Papá siendo llevado al hospital en ambulancia, con sus luces azules y la sirena que hace que todos se aparten. Odia las ambulancias y los coches de policía y los camiones de bomberos, en parte porque hacen mucho ruido, pero también porque son señal de que ha pasado algo malo. Y ahora eso malo le ha pasado a papá y no puede pensar en otra cosa que en las últimas palabras que le dedicó. Mamá siempre repite que hay que tener mucho cuidado con lo que se desea, pero Tally no lo decía en serio. Sigue queriendo que él sea su papá, aunque ahora puede que él nunca sepa que solo lo dijo porque estaba de mal humor.

Sabe que mamá le ha prometido que se va a poner bien, pero mamá no es doctora y no es pitonisa. Es imposible que sepa que todo va a ir bien. Y si mamá no lo sabe, nadie lo sabe.

Y eso es lo que le da más miedo de todo.

CAPÍTULO 27

Cuando suena el teléfono, Tally está segura de lo que va a decir mamá. Se ha escrito el guion en la cabeza e intenta esforzarse en ser valiente, para no venirse abajo cuando les diga que todo ha ido mal. Cierra los puños mientras Nell está al aparato, y levanta la cabeza por si oye las palabras que tanto teme.

—¿Estás segura? —dice Nell, apretándole la mano tan fuerte que la hace soltar un gritito—. Vale. Nos vemos pronto. —Entonces se vuelve hacia Tally con una gran sonrisa en el rostro—. ¡Se pondrá bien!

Tally parpadea y mira a su hermana, confusa. Durante todo el tiempo que han estado sentadas se ha imaginado lo peor. Ninguna de las dos se ha movido del sofá desde que mamá se fue, y a medida que la sala ha ido oscureciendo también lo han hecho sus pensamientos. Le cuesta un momento sacar su mente del lugar temible en el que ha estado viviendo la última hora y volver a una situación más normal.

—Se ve que es algo del apéndice —dice Nell. Sus palabras vuelan a cien kilómetros por hora—. Por eso llevaba un tiempo enfermo. Podría haber acabado mal pero lo han cogido a tiempo y se curará. —Le caen lágrimas por la cara. Tally se aparta de ella. No está segura de si la ha entendido bien—. ¡Estoy llorando de felicidad! Está bien, Tally. En serio, todo va a ir bien.

Mamá no había mentido.

Se agarra a la cintura de su hermana, y ahora no hay ningún espacio entre ellas. Vuelven a sentarse en el sofá y se acurrucan hasta que oyen la llave de mamá en la cerradura. Nell se levanta de un salto y enciende la luz antes de salir corriendo a recibirla.

Tally la sigue, más lentamente. Ve a mamá en la puerta. Tiene la cara como hinchada y muy cansada, pero sonríe con los ojos.

—¿Quieres un abrazo? —le pregunta mamá, extendiendo los brazos. Tally no duda, corre el resto del trecho y se abalanza sobre ella.

Una hora más tarde, mamá les dice que tiene que volver al hospital.

—Voy a llevarle unas cosas a papá —explica—. Se quedará unos días en observación. ¿Me ayudáis a hacerle una maleta?

Nell y Tally la siguen hasta la habitación de sus padres. Tally se sienta en la cama mientras mamá llena una bolsa de viaje con cosas del primer cajón del armario.

—Necesita pijamas —dice—. Y un cepillo de dientes.

—¿Y algo para leer? —plantea Nell—. Estar acostado todo el día debe de resultarle aburrido.

Mamá asiente.

—Una idea excelente. ¿Puedes coger su libro de la mesilla?

Entre las dos llenan la bolsa con cosas que papá puede necesitar. Meten desodorante y calcetines y un cepillo, cosa que a Tally le parece un poco inútil porque apenas le queda pelo. Sentada, intenta pensar en qué habría que añadir a la bolsa, pero nunca ha tenido que quedarse en el hospital, así que es imposible que sepa qué puede necesitar.

—¿Seguro que estaréis bien hasta que vuelva? —le pregunta mamá a Nell por enésima vez—. Podría buscar a alguien que se quede con vosotras mientras yo no esté.

Nell niega con la cabeza.

—Estaremos bien. Ya llevo un tiempo haciendo de canguro para otros, ¿recuerdas? Puedo encargarme de Tally durante una hora.

Tally hace un gesto de desagrado. Ya no es una niña pequeña, y no le gusta que su hermana haga que parezca que sí. Va a quejarse, pero entonces ve la expresión de ansiedad de mamá y vuelve a cerrar la boca. Papá está en el hospital y mamá está preocupada. Por esta vez puede ignorar la estupidez que ha dicho Nell.

—No tardaré. —Mamá cierra la cremallera de la bolsa—. Me aseguro de que no le falte nada y vuelvo directa a casa. No intentéis hacer la cena, ya prepararé algo cuando regrese.

—No te olvides de ponerte el cinturón de seguridad —le recuerda Tally, intentando aportar algo—. No es negociable, ¿recuerdas?

Mamá se ríe con una especie de ladrido repentino que le recuerda a Tally algo importante.

—Podéis ver la tele hasta que vuelva.

Nell asiente.

—No te preocupes. No voy a dejar sola a Tally. Vamos a sentarnos en el sofá y descansaremos, ¿verdad?

Tally asiente, distraída.

—Tengo que meter una cosa en la bolsa —dice esta. Se baja de la cama y sale corriendo de la habitación—. No te vayas aún.

Atraviesa el pasillo y va a su propio cuarto. Después baja corriendo, porque mamá se está poniendo el abrigo.

—Puedes llevarle a Billy —le dice casi sin aliento mientras se lo ofrece—. Pero dile a papá que es prestado, no es para que se lo quede.

Mamá se inclina y da un fuerte abrazo a su hija.

—Es una idea muy bonita. Billy hará compañía a papá en el hospital, y así no se sentirá tan solo.

Abre la puerta de entrada y mira a Nell.

—No os separéis —le recuerda—. No tardaré. Y no abráis la puerta.

Nell y Tally la miran mientras sale. Mamá abre la puerta del coche, Tally se arrepiente de dejar que su querido Billy vaya a un lugar tan horrible como el hospital, que está lleno de gérmenes y enfermedades. Abre la boca tanto como puede y grita para llamar la atención a su madre:

—¡Mamá!

Esta se detiene y mira hacia atrás.

—¿Sí, cariño?

—¡Es Billy! ¡Necesito que...! —Pero se detiene a mitad de la frase. Si el hospital es tan horrible y da tanto miedo, papá va a necesitar algo que lo haga sentirse fuerte y valiente. Siempre puede meter a Billy en la lavadora cuando vuelva; eso le quitará los gérmenes—. ¡Recuérdale a papá que no puede quedárselo, que tiene que devolvérmelo!, ¿vale?

Mamá levanta un pulgar y se sube al coche. Nell cierra la puerta de entrada, suelta un gran suspiro y mira a su hermana.

—¿Quieres unas galletas? —le pregunta—. Creo que nos las hemos ganado. Y puedes ver *Peppa Pig*, no me importa.

Pero Tally no está interesada en las galletas ni en la televisión; acaba de acordarse de algo muy importante y que parece que todos los demás hayan olvidado.

—Tenemos que ir a buscar a Rupert —le dice a Nell—. Papá lo estaba paseando cuando se ha sentido mal, pero mamá no ha dicho nada de que también esté en el hospital, así que no creo que haya ido en la ambulancia.

Nell se la queda mirando.

—Pues claro que no. Los perros no pueden ir en las ambulancias, y desde luego que tampoco pueden entrar en los hospitales, a menos que sean lazarillos o de terapia o algo así. Y Rupert es todo lo contrario de un perro de terapia: es un perro de pesadilla.

Tally rechina los dientes.

—No es ninguna pesadilla y ahora está solo en la oscuridad y ninguna de vosotras se preocupa por saber dónde puede estar.

Nell se apoya en la pared. Parece molesta.

—No es que no nos importe —dice—. Es solo que lo que le ha pasado a papá es serio y horrible, y él es más importante que un perro.

Tally saca las zapatillas de deporte.

—Pero ahora papá está bien. Es lo que ha dicho mamá. Así que nosotras tenemos que encontrar a Rupert. —Se sienta en el suelo y alza la vista para mirar a su hermana. Tiene los ojos abiertos de par en par—. Seguro que está muy asustado, Nell. No tiene a la señora Jessop y ahora no nos tiene a nosotras. Y solo tiene tres patas, así que si lo atacan otros perros malos no tendrá ninguna oportunidad. —Empieza a atarse las zapatillas—. Tengo que encontrarlo. Si no quieres venir conmigo, iré sola.

—No es que no quiera —replica Nell— sino que no puedo. Y tú tampoco.

Tally se detiene. Sabe lo que pasa cuando la gente confunde querer con poder, y durante un momento siente lástima por Nell.

Pero siente aún más lástima por Rupert.

—Voy a ir y no puedes detenerme —le dice, poniéndose en pie.

Nell da un paso adelante, su cara teñida de pánico.

—¡No! Ya has oído lo que ha dicho mamá. Tenemos que quedarnos aquí y no podemos separarnos, Tally. Le he prometido que no voy a abrir la puerta de entrada.

La hermana pequeña coge su abrigo y mira por la ventana. Afuera está todo negro. Tiembla al imaginarse a sí misma sola por la calle. Por ahí hay toda clase de peligros, y en cambio en casa está cómoda y calentita y mamá volverá pronto. Podría acomodarse bajo su manta y seguir viendo *Peppa Pig* y nadie la acusaría por ello.

Pero no puede, porque lo único que ha hecho mal Rupert es ser diferente. Y ella sabe a la perfección lo que se siente cuando nadie te comprende. Sabe lo mucho que te hiere cuando te dejan a oscuras, sola. Y no podría hacerle eso mismo a nadie, y menos a Rupert.

—No tienes por qué venir —le repite, y lleva la mano al pomo de la puerta—. No se lo voy a decir a mamá y volveré antes que ella.

—¿Por qué siempre tienes que ser tan difícil? —le grita Nell, arrugando la cara como si estuviera intentando contener las lágrimas—. ¿Es que hoy no ha sido lo bastante duro para ti?

Tally se encoge de hombros y abre la puerta.

—Lo siento —dice—. No sé cómo arreglarlo todo. Solo sé que tengo que encontrar a Rupert. Y yo no he prometido no abrir la puerta, así que no voy a romper ninguna regla.

Y entonces sale a la noche, se abrocha el abrigo hasta arriba y entierra las manos en los bolsillos mientras va por el camino del jardín y sale a la calle.

Camina rápidamente para llegar hasta la farola, un poco más adelante, y cuida de no pisar el centro del charco. Pero no siente la tranquilidad que esperaba; se siente iluminada y expuesta, y resulta un alivio apartarse de nuevo de la luz y volver a las sombras, donde nadie puede verla.

Oculta en la oscuridad, avanza e intenta oír cualquier ruido que pueda darle una pista sobre dónde puede estar Rupert. Mamá les dijo que papá se había caído a las puertas del parque, así que se dirige en esa dirección. Se imagina que es un tigre que acecha a su presa, pero de una forma amable porque va a rescatar al perro, no a comérselo.

Cuanto más lejos llega más se anima. Las sombras la envuelven como una máscara, y si aletea con los brazos o le tiemblan las piernas da igual: nadie puede verla en mitad de la noche.

Llega hasta la esquina y gira hacia el parque. De repente oye pisadas detrás y se pone tensa. Todos sus sentidos la avisan, pero resiste el impulso de darse la vuelta, y aprieta el paso hasta casi echar a correr.

—¡Tally! —La voz le resulta familiar. Afloja la marcha mientras Nell corre hacia ella—. ¡Espérame!

—Creía que no ibas a venir. Le dijiste a mamá que no abrirías la puerta de la calle.

—Sí, bueno, también le prometí que no iba a dejarte sola, ¿verdad? —responde, apoyando las manos en las rodillas y respirando hondo—. Y supongo que esa segunda promesa es la más importante.

Tally sonríe.

—Me alegro de que hayas venido —le dice—. Creo que Rupert se va a alegrar mucho de vernos.

Las dos chicas siguen caminando juntas. Nell no deja de mover la cabeza de lado a lado y cualquier mínimo sonido la sobresalta, haciéndole soltar maldiciones en voz baja. Tally intenta ignorarla y se concentra en escuchar cualquier indicio de que hay un perro en peligro, aunque al final los gritos de su hermana en peligro la desconcentran.

—¿Qué pasa? —pregunta mientras cruzan la calle hacia el parque—. ¿Tienes miedo?

—¿Y tú no? —replica Nell, que pega un saltito cuando un búho ulula en una rama por encima de ellas—. Esto es horrible. No veo nada.

Tally niega con la cabeza.

—Yo no tengo miedo —dice—. Bueno, creo que no. No he pensado en el tema. Solo pienso en encontrar a Rupert.

Extiende un brazo y coge a su hermana de la mano, apretándola un momento suavemente, tal como hace mamá para que sepa que todo va bien. No es mentira: está segura de que verán a Rupert esperándolas en cuanto entren en el parque.

Pero, cuando la gran verja metálica del parque se eleva en la oscuridad, el perro no está por ninguna parte.

—¡Rupert! ¡Ven, chico! —llama, y Tally se le une. Sus voces penetran la noche.

—Igual se ha quedado encerrado en el parque —aventura Nell—. No voy a dejarte trepar la verja, así que ni se te ocurra.

—No está en el parque —dice Tally—. Es un perro muy listo. Si no está aquí es porque ha encontrado algún lugar mejor adonde ir, seguro.

—No podemos seguir vagando por las calles toda la noche —dice Nell, mientras pega pataditas en el suelo para darse calor—. Mamá se preocupará mucho si vuelve a casa y no estamos. Tenía tanta prisa por atraparte que no le he dejado ni una nota, y tampoco llevo el móvil. ¿Me estás escuchando, Tally?

No, no la escucha. Cierra los ojos y piensa con todas sus fuerzas. Piensa en la horrible noche en casa de Layla. Solo había un lugar en todo el mundo al que deseaba ir: su propia casa.

—¡Ya sé dónde está! —dice, y tira de la mano de Nell—. Ha vuelto a casa. ¡Vamos!

Y sale corriendo a toda velocidad, deshaciendo el camino, mientras su hermana la sigue.

Al llegar a su calle baja la velocidad.

—El coche de mamá aún no está —dice Nell mientras se acercan—. No, si al final conseguiremos salirnos con la nuestra. Vamos; si nos damos prisa, podremos hacer como que no hemos salido de casa.

Pero Tally no entra en el jardín. Mira cuidadosamente a los dos lados antes de cruzar la calle.

—¿Adónde vas? —exclama Nell en voz baja, siguiéndola—. ¿No habías dicho que Rupert estaba en casa?

—Sí. Y no hagas ruido, no quiero asustarlo.

Abre la puerta de una verja y avanza por el camino. Y allí, en los escalones de la entrada de la casa de la señora Jessop, empapado y temblando de frío, está Rupert.

—No te acerques demasiado —susurra Nell—. Es peligroso, ¿recuerdas?

Tally hace lo que le recomienda mamá cuando alguien dice una tontería sin sentido: ignora las palabras de su hermana.

—No pasa nada —susurra mientras se acerca muy poco a poco al perro—. Ya estoy aquí. Estás a salvo, Rupert.

Con cuidado de no asustarlo, va hacia la puerta, se inclina y se apoya en el escalón; siente de inmediato un frío que le invade todo el cuerpo.

—Debes de estar helado —le dice—. Voy a llevarte a casa; allí estarás calentito.

—¿Qué haces? —le pregunta Nell en voz baja.

—Le estoy explicando lo que pasa —contesta Tally, y extiende un brazo hacia el perro—. Las cosas no dan tanto miedo si sabes lo que va a pasar, ¿verdad, chico? —Le acaricia suavemente el lomo y sus dedos tocan la tira que le cruza la cara—. Voy a quitarte el bozal —le dice con mucha calma—. Y después voy a levantarme, y tú elegirás si me sigues hasta casa o te quedas aquí solo. Tú decides, ¿vale?

—¡No se lo quites! —susurra-grita Nell, pero es demasiado tarde. El bozal está en el suelo y Tally ya ha empezado a caminar.

—No lo mires —dice al pasar por su lado—. Camina

conmigo y no le des a entender que esperamos que nos siga. Tiene que escoger él.

Su hermana la mira, incrédula, pero no dice nada. La sigue mientras salen del jardín, hasta la acera. Entonces unos faros de coche atraviesan la oscuridad y las dos miran como el coche de mamá frena ante ellas.

—Oh, no —dice Nell con un bufido—. Nos las vamos a cargar.

Pero Tally sigue caminando y no muestra la menor preocupación. Nell contempla boquiabierta como su hermana pequeña pasa por delante de su madre y entra en el jardín, seguida por el perro de tres patas, que avanza a trompicones como si estuviera dispuesto a acompañarla adonde sea.

—¿Qué diablos pasa? —exclama mamá, mirando a Tally y a Rupert—. ¿Por qué no estáis dentro? ¿De dónde ha salido ese perro? ¿Por qué no lleva el bozal?

Nell es quien le explica lo sucedido a mamá, mientras siguen a Tally por el camino y hasta el interior.

—¿Que lo habéis encontrado en la puerta de la casa de la señora Jessop? —pregunta mamá mientras mira muy atenta como Tally seca al perro con unas toallas que ha cogido del baño—. Supongo que debe de echarla mucho de menos.

—Rupert sabía que os lo ibais a llevar —le dice Tally—. Pero no es peligroso. Estaba triste, que no es lo mismo.

—Ya veo —murmura mamá, que sigue sin apartar la vista del perro—. Parece que te quiere mucho.

Su hija asiente.

—Sí que me quiere, porque yo lo quiero a él y no lo hago sentir como si le pasara algo malo solo porque no es exactamente igual a los demás perros. Lo dejo ser... —Hace una pausa, con una mano en el lomo de Rupert y la otra en su barbilla—. Bueno, en realidad no sé lo que lo dejo ser.

Mamá lanza un sonoro suspiro.

—Creo que lo dejas ser, y punto —le dice, cosa que confunde a Tally porque no tiene ningún sentido, pero por una vez no le importa—. Eres muy empática, y aunque no me gusta que hayáis salido a buscarlo, me alegro de que lo hayáis encontrado.

—¿Eso quiere decir que vas a dejarlo quedarse? —pregunta Tally—. Porque es mi mejor amigo, y no tengo más amigos, y eso significa que es mi único amigo y si lo mandas al refugio no voy a tener a nadie. Pero si nos lo quedamos puede dormir en mi habitación y podré jugar con él y leerle cuentos y enseñarle a correr muy rápido con tres patas.

Mamá vuelve a suspirar y se pasa una mano por el rostro.

—Acabas de decir un montón de cosas de las que hablaremos mañana —le dice—. Por ahora sí, voy a dejar que se quede. Pero ni hablar de que duerma en tu habitación, y vamos a apuntarlo a clases para que le enseñen a comportarse. Tú tendrás que acompañarlo.

Nell suelta una risita.

—Igual le enseñan a comportarse también a ella. Dos pájaros de un tiro.

Tally le saca la lengua.

—Sé comportarme muy bien, gracias.

Después saca la cama de Rupert del cuartito de la limpieza y la deja delante del radiador de la cocina, para que pueda estar calentito y a salvo toda la noche.

CAPÍTULO 28

Cuando Tally se mete en la cama, la cabeza le da vueltas, tan repleta de información que está segura de que no va a poder dormir. La sorprende ver que mamá entra en la habitación.

—Buenos días, cariño —dice, sentándose en la cama—. ¿Has dormido bien? Vaya día tuvimos ayer, ¿eh?

Ayer. Los recuerdos revolotean en la mente de Tally: papá en el hospital, Rupert perdido, Nell y ella al rescate.

Se incorpora y se queda mirando a mamá.

—¿Rupert sigue estando abajo? No lo habrás mandado al refugio mientras yo dormía, ¿verdad?

Mamá posa una mano en su brazo.

—Claro que no. Te dije que podía quedarse un tiempo más y no voy a romper mi promesa. Y ahora tienes que levantarte, que vamos a ver a papá después de desayunar y quiero llegar al primer turno de visitas.

Tally resopla y vuelve a hundirse bajo las sábanas.

—No. Yo me quedo en la cama.

Mamá se levanta y va hacia la puerta.

—Lástima. Si no te levantas y me ayudas a dar un paseo rápido a Rupert, no podrá quedarse. Los perros tienen que hacer ejercicio, y, como papá no está, solo podemos sacarlo nosotras.

Y con eso sale de la habitación y baja las escaleras. Tally se la imagina cogiendo el teléfono y llamando al refugio para decirles que ya pueden llevarse al perro.

Se levanta de un salto y se abalanza sobre las primeras ropas que ve, un top muy suave a rayas de tigre y unos leggings a rayas púrpuras de cebra que le compró mamá las Navidades pasadas. Baja corriendo y entra en la cocina, donde mamá se está comiendo una tostada.

—Vale, iré contigo a pasearlo —dice—. Aunque esto es chantaje. Pero yo llevo la correa.

Mamá asiente.

—¡Excelente! Cómete esta tostada que te he preparado mientras le doy el desayuno a Rupert, y así estaréis listos los dos.

Tally se cruza de brazos y mira a mamá.

—No quiero tostadas.

Ella no contesta, sino que sale de la cocina y vuelve un momento después con un comedero de perro lleno, que deja en el suelo, al lado de la cama de Rupert.

—Puedes salir a pasear después de comerte el desayuno —le dice—. Y si no te lo comes, sabré que no quieres quedarte con nosotras. —Se vuelve hacia Tally y sonríe—. Los perros nos dicen cómo se sienten mediante sus acciones. Si son infelices no quieren comer. Si Rupert no se come su desayuno, me temo que eso significará que estaría mejor viviendo en otro lugar.

Entonces sale de la cocina, y Tally oye como va a la sala de estar y cierra la puerta.

La cocina está en silencio, solo se oye el murmullo que siempre hace la nevera. Tally observa a Rupert, que está en su cama, mirándola. No presta ni la menor atención a la comida.

—A mí siempre me hace lo mismo —le dice—. Le debe de parecer muy inteligente. —Se detiene y mira la puerta cerrada de la cocina—. Pero creo que hoy no tenemos alternativa, Rupert, así que sé un buen perro y cómete el desayuno, porque será la única forma de que puedas quedarte.

Rupert parpadea pero no se mueve.

Tally frunce el ceño y se pone en jarras.

—Cómete el desayuno —le insiste, muy seria—. Tienes que hacerlo.

El perro suelta un gruñido, como si dijera que no le gusta que le den órdenes. Tally lo comprende y vuelve a intentarlo.

—Mira, tú eliges si comes o no, ¿vale? Pero si decides comer, mamá te dejará quedarte. Me parece que te conviene.

Rupert le toca una pierna con el morro y Tally siente algo en el estómago, como si fuera una vela que empieza a derretirse.

—Tú mismo —continúa—. Y lo siento si parezco enfadada. Solo quiero que seas feliz, por mucho que te lo pongas tan difícil a ti mismo. Solo tienes que comer. ¡Mira, es así de fácil!

Coge la tostada que le ha preparado mamá, se sienta en el suelo con las piernas cruzadas frente a Rupert y le da un mordisco.

—¡Mmm! Deliciosa —dice—. Aunque seguro que no tanto como tu comida. ¿Por qué no la pruebas, a ver?

Pega otro bocado y asiente para animarlo. El viejo perro se la queda mirando un momento, se pone en pie torpemente y hunde la cabeza en el comedero.

Tally siente ganas de felicitarlo, pero sabe que eso sería un gran error. Si Rupert nota el menor indicio de que ha hecho lo que ella pretendía, puede distraerse y dejar de comer. Hace como que lo ignora y sigue dando mordisquitos a la tostada, haciendo ruidos de satisfacción con cada bocado y mirando al perro de reojo de vez en cuando.

Solo le presta atención cuando él ha vaciado el comedero y ella se ha acabado su tostada.

—¡Vaya, te has comido el desayuno! Qué bien —le dice, como si nada—. Tampoco es que me importara si lo hacías o no, eso era decisión tuya.

Y entonces, porque es muy difícil simular que algo no te importa, lo abraza por el cuello y le acerca la cara.

—Bien hecho —le susurra—. Ahora podemos ir a pasear y mamá te dejará quedarte un poco más. ¡Buen chico, Rupert, buen chico!

Cuando mamá vuelve a la cocina parece no importarle mucho que los dos hayan comido. Tally se alegra de que no haga ningún comentario.

—Vamos a pasear al perro —dice su madre mientras coge el abrigo de Tally del colgador y se lo pasa—. Y después iremos a visitar a papá.

El paseo se acaba demasiado pronto. Tally prueba todo

lo que se le ocurre para hacer que dure un poco más. Dice que Rupert necesita dar una vuelta completa al parque y después jugar un rato a buscar el palito. Pero después de veinte minutos mamá dice que hay que volver a casa.

—Es un perro muy mayor y ayer se llevó un buen sobresalto —le explica a su hija—. Preferirá dormir un rato mientras nosotras salimos.

—¿No podemos quedarnos Nell y yo? —pregunta Tally en el mismo momento en que entran por la puerta.

Mamá niega con la cabeza.

—Hoy no. Después de todo lo de ayer, lo que quiero es que estemos todas juntas. Y además, papá tiene muchas ganas de verte.

—Y yo de verlo a él —dice Nell. Tally se pregunta cómo su hermana puede ser tan valiente para ir al hospital y a la vez tenerle tanto miedo a una tontería como la oscuridad.

Al igual que el paseo, el viaje hasta el hospital acaba demasiado pronto. Mamá aparca y las tres se bajan. Tally contempla el edificio que se muestra ante ellas; es gris y enorme y sombrío, y piensa que si se perdiera ahí dentro nunca encontraría la salida.

—Por aquí —dice mamá, conduciéndolas hasta la entrada principal. Se cruzan con un hombre en silla de ruedas y una mujer con un brazo en cabestrillo. Baja la vista para ver solo los pies de mamá delante de ella. El suelo cambia de cemento a baldosas y los pies de mamá se detienen y Tally se ve obligada a levantar la vista. Hay gente por todas partes y las luces son tan fuertes que la deslumbran.

—Papá está en la quinta planta —dice mamá—. Tenemos que coger el ascensor.

Tally da un paso atrás y choca sin querer con Nell.

—Ni hablar. No voy a meterme en un ascensor. No voy a ninguna parte y no puedes obligarme.

Mamá se da la vuelta y mira a su hija menor con cara muy seria y apretando los labios.

—Ahora no —dice sin levantar la voz, y mirando a su alrededor—. Por favor, Tally. Ya llegamos tarde porque tardaste mucho en encontrar las zapatillas, que por alguna razón decidieron esconderse debajo de mi cama. Hoy no tengo tiempo para esto. Papá nos espera y no quiero dejarlo solo después de todo lo que ha pasado.

Suena como si estuviera a punto de echarse a gritar. Tally también mira a su alrededor, comprobando que no haya nadie cerca que presencie el ataque que le está dando a su madre.

—Ve tú —interviene Nell—. Yo me quedaré con Tally y ya subiremos cuando ella esté lista, ¿vale?

—Huele mal —murmura Tally. Es un aroma frío y penetrante que hace que se le cierre la garganta, como si se hubiera comido una canica y se le hubiera quedado atravesada. Traga saliva ruidosamente, intentando ignorar la sensación de que no puede respirar—. Por favor, ¿volvemos a casa?

Pero mamá está muy ocupada hablando apresuradamente con Nell como para oírla a ella.

—Está en la quinta planta, en el ala cuatro —dice—. Siempre podéis esperar fuera. Y, si me necesitas, mándame un mensaje y voy enseguida. —Las puertas del ascensor se abren y mamá entra—. Mándame un mensaje —repite, y se da la vuelta para volver a salir, como si hubiese cambiado de idea—. Mira, olvídalo. Puedo...

Pero las puertas se cierran y sus hijas se quedan solas, sin saber lo que iba a decir.

—Vale, las escaleras están ahí —dice Nell, que asume el mando—. Vamos a subir cinco pisos y vamos a quedarnos a la entrada, y después veremos cómo te sientes. Puedes hacer eso, ¿verdad?

Tally asiente; está demasiado asustada como para hacer otra cosa. La mano de Nell en su brazo es lo único que evita que se tire al suelo y se eche a llorar.

Suben juntas hasta la quinta planta. La escalada parece inacabable, y las dos llegan jadeando. Nell abre la puerta y espera a que Tally entre al pasillo.

Para Tally, todo es tan horrible como se había imaginado. Las paredes son blancas y parecen infinitas, como si fuera un laberinto maligno. La gente que pasa parece que lleve puesto un pijama; unos van de azul, otros de verde, todos con pinta de estar muy ocupados y estresados. Oye unos pitidos que hacen que se le acelere el pulso. Nadie sonríe, aunque eso no es ninguna sorpresa; a fin de cuentas, allí no hay nada por lo que sonreír. Da miedo y hace ruido y es un caos y parece que no haya ni un solo rincón tranquilo.

Nell se apoya contra la pared y tira de Tally para acercarla hacia ella.

—¿Estás bien? —le pregunta—. Sé que esto es difícil para ti.

Tally nota cómo se le empiezan a humedecer los ojos.

—No, no estoy bien —susurra—. Yo no soy valiente como tú. Creo que no voy a poder seguir.

Nell se ríe.

—Claro que vas a poder. Piensa en lo decidida que fuiste anoche cuando te fuiste a buscar a Rupert. Tú eras la valiente y yo la que estaba asustada.

Tally frunce el ceño.

—Eso era diferente. Es más fácil cuando está oscuro porque nadie puede verme. —Señala las brillantes luces—. Aquí puede verme todo el mundo. Y yo a ellos.

—¿Y si pudieras esconderte? —pregunta Nell mientras mete la mano en su bolso—. ¿Eso te ayudaría? —Y entonces saca algo y se lo muestra—. ¿Puedes ir a ver a papá con esto?

Tally mira incrédula la máscara de tigre que cuelga de la mano de Nell.

—¿Cómo has...? ¿Dónde has...?

Su hermana se sonroja.

—La encontré aquel día en que no me esperaste al salir del cole —dice—. Estaba flotando en un charco. Iba a dártela, pero cuando llegué a casa te vi en pleno ataque y me enfadé tanto que decidí quedármela. Lo siento, Tally.

Tally la coge. Aparte de una pequeña rayada en el morro está exactamente igual, aunque es imposible que vuelva a ser como antes, después de que Lucy se la robara y se la diera a Luke.

—Póntela —le dice Nell—. Póntela y vamos a ver a papá.

Lenta y dubitativamente, Tally se la pasa por la cabeza, ajustándosela para poder ver por los agujeros. Nell pulsa un botón al lado de la puerta, suena un timbre y la puerta se abre. A Tally no le da tiempo a pensar en nada; su hermana la conduce hacia dentro.

—¿Puedo ayudaros? —les pregunta una enfermera que asoma la cabeza desde un despachito. Nell se adelanta.

—Buscamos a nuestro padre —explica—. Se llama Kevin Adams.

La enfermera asiente y señala hacia el fondo del pasillo.

—Está en una habitación individual —les dice—. La ocho. Por ahí y a la derecha. Vuestra madre ya ha llegado.

Uno, dos, tres, cuatro, cinco pasos. Tally siente a Nell justo detrás de ella. Respira hondo e intenta recordarse a sí misma que es la Niña Tigre, y a las Niñas Tigre no les da miedo un puñado de gérmenes tontos.

Seis, siete, ocho, nueve, diez pasos. Siente la mano de Nell en su espalda. Las Niñas Tigre no salen corriendo cuando tienen miedo ni aletean con los brazos ni hacen ruidos raros que provocan que todo el mundo las mire.

Once, doce, trece pasos. Nell pasa la mano de la espalda de Tally a su brazo.

—Está aquí —dice, y antes de que su hermana pueda cambiar de idea, la puerta se ha abierto y ahí está papá, delante de ella, en la cama y muy muy pálido.

—¡Chicas! —Mamá las hace entrar y abraza a su hija menor por el cuello—. Mira, Kevin, las niñas han venido.

Nell atraviesa la habitación corriendo, se sienta en una silla y la acerca a la cara de su padre.

—¡Papá! —exclama, y se echa a llorar, cosa rara porque hace apenas un minuto parecía de lo más tranquila—. ¿Estás bien? Me asusté mucho cuando mamá nos contó lo que había pasado.

Él abre los ojos y mira a Nell.

—Siento haberte asustado —le dice—. Solo tengo que descansar unos días y estaré perfectamente. —En la puerta, Tally se pone tensa. Papá no es médico. No tiene el título de medicina. Es imposible que sepa si va a estar perfectamente o no—. ¡Y me has traído a un tigre de visita! —La mira y sonríe con la comisura de sus labios—. Espero que ninguna enfermera haya visto que entrabas con una fiera salvaje.

Y de repente Tally ya no puede más. Ya no puede más de esconderse y ya no puede más de simular. No es la Niña Tigre. Es Tally. Tuvo el suficiente valor como para rescatar a Rupert en la oscuridad y tuvo el suficiente valor como para subir los cinco pisos hasta esta habitación del hospital.

La Niña Tigre no huye y la Niña Tigre no aletea los brazos cuando tiene miedo o está excitada. La Niña Tigre no canturrea para sí misma cuando hay demasiado caos o demasiado ruido. La Niña Tigre no se enfada o se molesta porque la Niña Tigre no existe. Tally hace todas esas cosas porque sí que existe.

Está aquí.

Y quizá ahora pueda ser ella misma.

Aunque solo sea por unos minutos.

Se quita la máscara, va hacia la cama y mira a papá.

—Soy yo, Tally —le dice.

Él le devuelve la mirada. Su sonrisa comienza en los ojos y le baja por todo el rostro.

—Me alegro mucho mucho de verte. ¿Crees que podrías darme un abrazo de oso?

Tally empieza a aletear y no hace nada por contenerse.

Los sueños de Tally para el futuro

Mis sueños:
- Que alguien publique algún día mis diarios, para ayudar al mundo a entender cómo es el autismo desde el punto de vista de una persona autista.
- Abrir el Santuario Animal Tally Adams para animales permanentemente dañados.
- Conocer a Taylor Swift.
- Crear mi propia fábrica de muñecos para achuchar.

- Ayudar a la gente como yo a sentirse orgullosa y no intentar ocultar su autismo, y hacer que dejen de tratarnos de forma diferente.

CAPÍTULO 29

Tally está sentada en el sofá al lado de papá, viendo una de sus viejas películas de vaqueros, cuando suena el timbre.

—¡Ya voy yo! —grita mamá desde la cocina—. ¡Que nadie mueva un músculo! ¡Quedaos justo donde estáis mientras yo hago todo el trabajo!

Papá sonríe a Tally.

—Creo que mamá tiene ganas de que me ponga bien del todo. Antes le pedí una taza de té y me dijo que está apuntando todas las que tendré que hacerle yo en cuanto esté recuperado.

Tally coge un almohadón y se lo pone sobre las rodillas.

—Tuve miedo mientras estabas en el hospital —dice, los ojos fijos en la pantalla—. Creía que te ibas a morir.

Papá asiente muy serio.

—Yo también tenía miedo —contesta—. Cuando pasa algo así todo el mundo se asusta.

Tally piensa en esas palabras.

—Mamá no tenía miedo —replica—. Estaba enfadada y supermandona, pero no tenía miedo.

Papá niega con la cabeza.

—Puedes estar segura de que sí. No quería que se le notara porque decía que eso podía hacer que te preocupases aún más. Aunque ocultaba lo que sentía, le salía de otras formas, por eso estaba enfadada y supermandona. —Suelta una risita y se coloca la manta sobre el regazo—. Es lo que tienen los sentimientos: puedes intentar esconderlos, pero no desaparecen.

Ella va a preguntarle qué significa lo que acaba de decir, pero entonces mamá la llama.

—¡Tally! ¡Tienes visita!

Aún confundida, la niña se levanta del sofá y abre la puerta de la sala de estar. En el recibidor se encuentran las tres personas que menos esperaba ver.

—Os dejo solas, chicas, ¿vale? —dice mamá—. ¿Por qué no vais a la cocina a charlar? Tally, puedes abrir un paquete de galletas para tus amigas.

Tally hace un ruidito, se da la vuelta y va hacia la cocina, donde se apoya contra el fregadero y espera a que las demás entren tímidamente. No son sus amigas y no quiere abrir un paquete de galletas, al menos mientras ellas estén allí. Quizá sí lo haga cuando se hayan ido y se las coma todas ella.

—No has ido al cole en toda la semana —dice Layla, rompiendo el incómodo silencio.

Tally se encoge de hombros. Si han venido solo para decirle eso, han perdido el tiempo: ella ya sabe cuánto tiempo hace que no va a la escuela.

Y también sabe el porqué.

—Hemos venido a decirte que lo sentimos —dice Lucy. Tiene las mejillas muy rojas y apoya el cuerpo en un pie y después en el otro, un poco como ella misma cuando está nerviosa—. No teníamos que haberte cogido la máscara, y aún menos dársela a Luke.

—Pero lo hicisteis —replica Tally—. Ya sé que no deberíais haberlo hecho, pero lo hicisteis. Y, a menos que tengáis una máquina del tiempo, no podéis cambiarlo.

Lucy gira la cabeza hacia Layla. Tally espera verle la mirada.

Pero no. Parece como si Lucy fuera a echarse a llorar.

—Ya sabemos que no podemos cambiar lo que hicimos —dice Layla casi en voz baja—. Y que no hemos sido buenas amigas.

—Las tres lo sentimos —añade Ayesha, que habla por primera vez—. No tendríamos que haber olvidado nuestra promesa de cuidarte.

Tally entorna los ojos. No será la increíble Niña Tigre, pero tampoco es una niña pequeña y no necesita que le tengan lástima. Tampoco necesita que nadie la cuide.

—Vale. Ya habéis dicho que lo sentís y ya podéis iros —suelta—. No tenéis que sentiros mal por lo que pasó y no tenéis que cuidarme. No necesito que me cuiden. No soy un bebé.

Las tres chicas se miran entre ellas y empiezan a hablar todas a la vez.

—¡No, Tally, no es eso...!

—No quería decir que necesitaras...

—TE ECHAMOS DE MENOS. —Layla es la que habla más alto. Las otras dos se callan—. Te echamos de menos —repite—. La escuela no es lo mismo sin ti. Es aburrida.

Ella niega con la cabeza.

—No me echáis de menos —dice—. Ni siquiera me conocéis. Creéis que me gustan las mismas cosas que a vosotras, pero no es verdad. Odio maquillarme y no quiero ver películas de miedo y no me interesan los chicos y estoy harta de fingir.

—Yo también odio las pelis de miedo —reconoce Ayesha—. Después de ver esa del payaso en casa de Layla tuve pesadillas durante una semana.

—Y a mí no me gusta Luke. —Lucy baja tanto la voz que Tally tiene que esforzarse para oírla—. Solo hacía como que me gustaba.

Tally frunce el ceño.

—¿Y por qué no dijiste la verdad? Vaya tontería.

Lucy la mira un segundo y dirige la vista al suelo.

—Solo quería asegurarme de encajar en séptimo. Creí que era lo que harían todos.

Tally hace una pausa. Lo que ha dicho Lucy parece tener sentido, y sabe muy bien lo que es intentar encajar.

Layla da un paso adelante. Parece nerviosa.

—De verdad que te echamos de menos, Tally. Eres divertida y genial y dices cosas que nadie más diría y haces cosas que nadie más hace, y la escuela es mucho más interesante cuando tú estás.

—Entonces ¿no habéis venido porque sentís lástima por mí? —pregunta Tally, desconfiada.

—¡No! —exclama Layla—. Hemos venido porque sentimos lástima por nosotras. Y, aunque sabemos que no hemos sido buenas amigas, nos encantaría que volvieras al cole y fueras tú misma.

Tally suelta un largo y profundo suspiro.

—¿Y qué pasa con Luke y Ameet y Jasmine y todos los demás? —pregunta—. Todos vieron lo que pasó en el taller. Seguro que todos me llaman Friki Adams.

—No. Todos sintieron mucho que te fueras —responde Lucy, aún con el rostro muy colorado.

—Tenemos que confesar otra cosa —dice Layla—. Al menos yo. —Mira a Ayesha, que asiente para darle valor—. Después, todos quisieron saber por qué te habías molestado tanto, así que les conté lo tuyo. —Hace una pausa y traga saliva—. Les dije que eres...

Se detiene, las facciones arrugadas, como si se estuviera conteniendo para no echarse a llorar.

—Puedes decirlo —replica Tally—. Total, si ya se lo has contado a todos... Y tampoco es nada malo.

—También estaba la señora Jarman —añade Ayesha—. Nos hizo hablar sobre en qué cosas creemos que somos diferentes y las cosas que hacemos para encajar.

—¿Vosotras, diferentes? —La voz de Tally suena incrédula—. ¡Pero si ese es el problema: sois todas iguales! La diferente soy yo. Vosotras lo tenéis fácil.

Layla niega con la cabeza.

—Eso no es cierto. —Mira a Lucy y a Ayesha—. Puede que en algunas cosas seamos iguales, pero eso no quiere decir que todo nos resulte fácil. A veces pienso cosas que no puedo contarle a nadie, y lo único que puedo hacer es disimular que todo va bien.

—Jarman nos dio un papel a cada uno de nosotros para que escribiéramos las cosas que hacemos cuando estamos ansiosos o preocupados —dice Lucy—. Después metimos las hojas en una caja y ella las fue leyendo una a una.

—¿Qué escribió la gente? —pregunta Tally, curiosa.

—Lo hicimos sin escribir nuestros nombres en el papel —le dice Layla—. Pero una persona dijo que se pone los cascos y oye música. Otro dijo que prefiere estar solo y no hablar con nadie. Y otro, que la preocupación lo pone de mala leche y busca pelea.

—Alguien más dijo que se muerde las uñas —añade Ayesha, y todas se vuelven hacia Lucy, que se saca el dedo de la boca y sonríe.

—Todos escribimos algo —dice Layla—. Después hablamos de que cada uno hace una cosa diferente, y que todas valen.

—Y no sé si vas a querer aceptarlo o no, pero Luke me pidió que te diera esto, así que aquí tienes. —Layla se lleva una mano al bolsillo, saca un papel y se lo da a Tally.

Ella lo abre, se da la vuelta y observa las palabras escritas con una letra horrorosa, intentando comprender su sentido.

Hola, Tally:

Mira, lo siento, ¿vale? Nadie me había dicho que eres autista, y si lo hubiera sabido no te habría llamado Friki Adams. La señora Jarman me ha pedido que te escriba esta nota y te cuente cómo reacciono yo cuando las cosas van mal. Pero no sé qué decirte. Supongo que aún no he encontrado una buena manera.

Bueno, pues que perdona, y que me siento como un idiota por eso de la máscara. Cuando vuelvas a la escuela ya no te haré cosas así.

Luke

Tally lee la nota una segunda vez. Decir «lo siento» es fácil. Decide que esperará a ver si Luke le demuestra que es verdad. Es la única forma de que cambie su opinión sobre él.

—¿Y ahora todo el mundo sabe que soy autista? —Se vuelve hacia las chicas, dando pataditas en el suelo—. ¿Toda la clase?

Se hace una pausa. Las cuatro niñas se miran entre ellas. Entonces Layla dice, con voz muy baja:

—Sí.

Tally la mira fijamente durante un buen rato.

—No era decisión vuestra. Es mi información y yo decido a quién dársela.

Layla tiene los ojos llenos de lágrimas.

—Lo sé, y lo siento mucho. Pero solo lo hice para que entendieran cómo eres.

—¿Y te ayudó? —le pregunta Tally, muy seria—. ¿Lo han entendido?

Las tres chicas asienten.

—Les dije cómo te sientes cuando la gente hace demasiado ruido o es mandona —responde Layla.

—¿Y cuando la gente es maleducada conmigo? —pregunta ahora, enfadada—. ¿Les contaste cómo me siento cuando la gente es maleducada conmigo?

—Creo que eso ya lo vieron por sí mismos —susurra Lucy—. De verdad que lo sentimos, Tally.

Esta se da la vuelta y mira por la ventana. El cielo está gris y pesado, pero en algún lugar de ahí arriba, por encima de las nubes, todo es de un glorioso e infinito azul. Aunque ahora no se vea, Tally sabe que está ahí.

Y eso es suficiente.

—Vale —dice, sin darse la vuelta—. Os creo.

—Entonces ¿te veremos mañana? —le pregunta Layla—. ¿Podemos volver a lo de siempre?

Tally sonríe a su reflejo en el cristal.

—«Lo de siempre» no me gusta —les contesta—. Desde ahora voy a montarme mi propia normalidad. Pero me alegro de que lo sintáis. Sé que a veces resulta difícil decirlo. Gracias.

Y después espera a que la puerta de entrada se cierre tras ellas, abre un paquete de galletas de chocolate y empieza a comérselas.

Fecha: Domingo, 16 de noviembre
Situación: No estoy segura, pero creo que todo bien.
Nivel de ansiedad: 3. Y eso es genial, teniendo en cuenta todo lo que ha pasado.

Querido diario:

Hoy ha sido un día raro, pero me alegro mucho de no tener que seguir escondiéndome. No le dije a casi nadie que soy autista porque me daba miedo que me trataran diferente. La gente es muy rara con este asunto. Creen que porque eres autista tienes que portarte de una forma determinada, y después piensan que en realidad no eres autista porque no encajas con su estereotipo.

«No pareces autista», me dijo alguien cuando me acababan de diagnosticar. ¿A qué se parece un autista? Le dije que lo sentía y me alejé caminando de la forma más divertida que pude, creí que así le daba lo que quería. Pero después siempre viene la pregunta inevitable: «¿Qué se siente siendo autista?». Vaya tontería. Yo siempre contesto: «¿Y qué se siente siendo tú?». Porque lo que están preguntando es lo mismo, como si toda la gente autista sintiera e hiciera lo mismo. Si ese día tengo paciencia (cosa rara), les digo que esto es como los copos de nieve, y que cada persona autista es diferente. Y, como todos los demás, cada persona autista tiene distintas necesidades, personalidad, pasiones y cosas que les dan rabia.

No hablo en nombre de toda la gente autista. Solo puedo compartir mis propias experiencias.

Y ahora voy a hacerlo mucho más. Voy a ser más abierta sobre lo que siento y cómo soy en realidad. No va a ser fácil porque hace mucho tiempo que oculto muchas cosas de mí, y es difícil mostrarlas cuando han hecho que me sienta tan incómoda con ellas. ¡Pero atención, mundo! ¡Ahora soy yo misma, Tally Adams, sin máscara, autista y orgullosa!

CAPÍTULO 30

La tormenta comenzó en mitad de la noche, y esta mañana el aire está fresco. Tally camina al lado de Nell, cuidando de no pisar los agujeros de la acera.

—Sabes que mamá nos habría llevado, ¿verdad? —se
queja su hermana, ajustándose la bufanda—. No sé por
qué le dijiste que no querías ir en el coche.

Ella la ignora y sigue mirando al suelo. Debe de haber
rescatado ya a unos cinco gusanos esta mañana mientras
paseaba a Rupert con papá, y sabe que encontrará más de
camino a la escuela.

—Hace mucho frío —murmura Nell—. Apenas siento
los pies.

Pero Tally no tiene frío. Las palabras de mamá se le
han quedado en la cabeza y le dan confort y calor; la en-

vuelven como una mantita muy cómoda. Le ha dicho que ella y papá han estado hablando y se han puesto de acuerdo: Rupert puede quedarse para siempre, o mientras los dos sigan comiéndose el desayuno y saliendo a pasear y haciendo los deberes (que no es tan tonto como suena: a Rupert le ponen muchos deberes en sus clases de adiestramiento, casi tantos como a la propia Tally). Si es así, podrá quedárselo para siempre.

Mamá también empezó a decirle algo sobre que tenía que entender que Rupert, con sus diez años, es un perro muy viejo, pero ella dejó de escuchar y se fue corriendo a darle al perro la buena noticia; no quería estropear su felicidad pensando en algo horrible. Ya sabe que algún día tendrá que meditar sobre ello, pero no hoy.

La entrada del colegio aparece en la distancia.

—No sé por qué tienes que hacer las cosas a tu estilo —protesta Nell—. La próxima vez le diré a mamá que me toca elegir a mí, y desde luego voy a quedarme con un cómodo y calentito viaje en coche. Si quieres, camina tú sola.

Tally parpadea, sorprendida por las repentinas lágrimas que acuden a sus ojos. Las cosas van mejor con Nell desde la noche en que encontraron a Rupert, aunque está segura de que sigue cayéndole mal a su hermana mayor, y que aunque le devolviera la máscara de tigre ya no la entiende. Al menos, no como antes. Mamá dice que Nell está muy ocupada con su adolescencia y que eso no tiene nada que ver con lo que siente por ella, pero Tally no es tonta y sabe que Nell cree que es una pesada insoportable.

Mientras se acercan a la verja, el corazón empieza a latirle más fuerte en el pecho. Quizá volver a la escuela sea un error. Quizá está siendo tonta al creer que puede que cambie algo en el cole, si ni su propia hermana puede soportarla. Piensa en la máscara de tigre, a salvo en el fondo de su mochila por si la necesita, e intenta sentirse fuerte. Quiere ser ella misma, pero aún no está convencida de que pueda mostrarles a todos cómo es en realidad.

Un grupo de alumnos de séptimo pasa por su lado, dándose empujones los unos a los otros. Tally se hace pequeña y mira al suelo, esperando que no se fijen en ella.

El grupo casi ha pasado de largo, enfrascado en una conversación sobre una película que van a estrenar este fin de semana. Suelta un lento y largo suspiro. Ya casi ha superado su primer trance.

—¿Todo bien, Tally?

Esta levanta la cabeza de golpe. Justo a su lado tiene a Aleksandra, de la clase de teatro. La misma Aleksandra que dijo que a veces a ella también le van mal las cosas. La misma Aleksandra que le dijo a Luke que no debería llamarla «friki».

Aleksandra le dedica una gran sonrisa y vuelve a su conversación sobre la película.

—Hola —susurra Tally mientras mira como se aleja.

No recuerda la última vez en que alguien le habló así, alguien que no fuera Layla o Lucy o Ayesha. No sabía que otra gente también podía verla.

—He quedado con Rosa en la tienda —le dice Nell—. Puedes entrar sola.

No ha sido una pregunta, así que Tally no responde. Se separa de Nell y cruza la puerta, sus ojos fijos en el montón de gente que hay en el patio.

Pero entonces algo la hace volverse y mirar como Nell cruza la calle y sigue por la acera, se detiene, mira algo en el suelo y mueve la boca a toda velocidad, como metiéndose bronca a sí misma o enfrentándose a una idea particularmente mala. Entonces se encoge de hombros como si se rindiera. Tally alarga el cuello para ver mejor qué hace.

Al otro lado de la calle, Nell se inclina y recoge algo del suelo, con cara de disgusto. Tally no puede creérselo: es un gusano, que deja a salvo en la hierba.

Su hermana mayor se levanta y se limpia las manos en el abrigo. Entonces mira directamente a Tally y niega con la cabeza, mientras se le dibuja una sonrisa igual a la de ella.

—¿Bien? —dice moviendo la boca, sin sonido.

—Bien —le devuelve Tally.

Se da la vuelta y se dirige de nuevo a la escuela. Deja que sus brazos aleteen en vez de forzarse a quedarse quieta y esconderse. Piensa que sí, que igual sí que todo va bien.

AGRADECIMIENTOS

Libby da las gracias a su mamá (Kym), su papá (Steve) y su hermana (Rosie) por creer en ella, y también al personal de la Escuela Primaria Valley y a todos sus amigos (especialmente Aurelie, Brooke, Ellie, Eniz, Erin y Lexie) por darle tanto apoyo.

Rebecca da las gracias a Adam, Zachary, Georgia y Reuben, cuatro personas a las que no les importa destacar del resto.

Las dos queremos dar las gracias a Libby Warren-Green (GrowingUpAutistic @LibbyAutism), Hope Whitmore, Anna Wolfenden, Freya Wall y Polly y Elsie Couldrick por sus opiniones y aportaciones, y también a Julia Churchill y el equipo de Scholastic, por unirnos en esta increíble experiencia.

Libby Scott tiene un blog llamado *Libby's Austism Blog*, puedes seguirlo en Twitter, @BlogLibby.

Esta primera edición de *Tally, la niña tigre* de Libby Scott
y Rebecca Westcott se terminó de imprimir en
Grafica Veneta S.p.A. di Trebaseleghe (PD)
de Italia en febrero de 2020.

Duomo ediciones es una empresa comprometida con el medio
ambiente. El papel utilizado para la impresión de este libro
procede de bosques gestionados sosteniblemente.

PEFC/18-31-226

Este libro está impreso con el sol. La energía que ha hecho posible
su impresión procede exclusivamente de paneles solares.
Grafica Veneta es la primera imprenta en
el mundo que no utiliza carbón.